Elf Jahre – Der Weg zum Ich

Für meine Frau

André Krause

Elf Jahre

Der Weg zum Ich

FSC
www.fsc.org
MIX
Papier aus verantwortungsvollen Quellen
Paper from responsible sources
FSC® C105338

Bibliografische Information der Deutschen Nationalbibliothek:
Die Deutsche Nationalbibliothek verzeichnet diese Publikation in der Deutschen Nationalbibliografie;
detaillierte bibliografische Daten sind im Internet über http://dnb.d-nb.de abrufbar.

www.der-weg-zum-ich.de
Titelbild: »Der Weg zum Ich« Bettina Brökelschen
Umschlaggestaltung: Difool.Design
Autorenfoto: Peter Noreick
Satz, Herstellung und Verlag: BoD – Books on Demand
ISBN: 978-3-7322-0751-0

»… und am Ende ist alles gut, und wenn es noch nicht gut ist, dann ist es noch nicht das Ende.«

Deborah Moggach

Teil I

1

Februar 2002

Zum Glück war das Glas nicht mehr ganz voll. Dennoch fühlte sich die Apfelschorle unangenehm kalt auf meiner Hose an. Obendrein hinterließ sie einen ungünstigen Fleck in einem Bereich, in dem man lieber keinen größeren Fleck haben wollte.

Während ich versuchte, meine Jeans, so gut es ging, mit den vorhandenen Servietten trocken zu tupfen, überkam mich das Gefühl, dass ich die nasse Hose irgendwie verdient hatte. Vielleicht war es doch nicht die beste Idee gewesen, meiner Frau in einem griechischen Restaurant zu beichten, dass ich eine andere Frau kennengelernt hatte. Gespräche solcher Art sollte man einfach nicht in einem öffentlichen Lokal führen.

Im Großen und Ganzen hatte meine Frau meine Hiobsbotschaft eigentlich ganz gut aufgenommen. Neben der Schorle ergoss sich zwar noch eine Flut von Schimpfwörtern über mich, aber ich denke, auch das war durchaus gerechtfertigt. Schließlich blickten wir mittlerweile auf mehr als ein gemeinsames Jahrzehnt zurück.

Wir lernten uns kennen, als ich gerade mal siebzehn Jahre alt war. Nach den ersten sechs Wochen unserer Beziehung beschlossen wir zusammenzuziehen und kämpften uns von nun an gemeinsam durch unsere Ausbildungszeit, die weiß Gott nicht immer leicht war. Ich lernte bei der damals zweitgrößten deutschen Bank und sie war Auszubildende in der Stoffabteilung eines renommierten Warenhauses. Das Geld war immer knapp und es dauerte eine ganze Weile, bis wir unseren gemeinsamen Weg fanden. Beide waren wir unglücklich in unseren Lehrberufen und begannen recht bald, uns unseren Platz in der Berufswelt zu erobern. Nach unzähligen Bewerbungsversuchen und einigen krassen Fehltritten assistierte meine Frau schließlich dem Professor der Kinderkardiologie des örtlichen Universitätskrankenhauses. Ich selbst fand nach einem gescheiterten Ausflug als Werbefilmunternehmer meine berufliche Heimat in der Immobilienbranche.

Wir genossen es sehr, als sich nach den anstrengenden Jahren der Entbehrungen die ersten kleineren Erfolge einstellten und endlich auch ein regelmäßiges Einkommen ins Haus kam. Irgendwie ging es von da an Schlag auf Schlag in recht großen Schritten voran. Unsere anfänglich kleineren Erfolge entwickelten sich und nach wenigen Jahren hatten wir es zu einem bescheidenen Wohlstand gebracht.

Im sechsten Jahr unserer Beziehung heirateten wir und unsere Wunschkinder kamen in doppelter Ausführung als Zwillinge kurz vor Ostern 1998 gesund zur Welt. Den Kindern folgte das erste eigene Haus in idyllischer Stadtrandlage. Unser Sohn kam zusammen mit diesem Haus im September 2001 zu uns. Wir führten ein stinknormales Familienleben, in dem wir mit befreundeten Familien am Sonntagnachmittag Kaffee tranken oder am Samstagabend gemeinsam grillten. Wir verbrachten unsere Urlaube in familiengerechten Ferienanlagen auf der beliebten Baleareninsel und richteten unsere Neubau-Doppelhaushälfte im trendbewussten Landhausstil ein.

Unsere Welt drehte sich um die Kindererziehung und wir stritten mit unseren Freunden um Fragen, ob ein Eigenheim vorzugsweise in Holz- oder Massivbauweise erstellt werden sollte und wie wichtig das Kellergeschoss für die Werthaltigkeit einer Immobilie nun wirklich sei.

Meine Sorgen kreisten in der Regel um meine Arbeit und darum, ob ich den finanziellen Anforderungen einer Familie mit drei kleinen Kindern gerecht werden würde.

Ich denke, dass ich selbst in diesem ganz normalen Familienwahnsinn irgendwo auf der Strecke geblieben bin. Im Moment kann ich nicht mal mehr sagen, wann und wo ich dabei den

Kontakt zu mir selbst verlor. Irgendwann hatte ich angefangen, mich nur noch als treu sorgenden Vater und als Ernährer der Familie wahrzunehmen. Anders kann ich es mir jedenfalls nicht erklären, dass ich auf einmal Interesse an einer anderen Frau hatte.

Wie so viele Geschichten dieser Art nahm auch meine Affäre ganz harmlos im Büroalltag ihren Anfang. Genauer gesagt begann alles damit, dass ich meinen Arbeitgeber wechselte.

Bis zu meinem Arbeitgeberwechsel war ich über fünf Jahre angestellter Verkäufer einer renommierten süddeutschen Immobiliengesellschaft gewesen. Im letzten Jahr dieser Tätigkeit übernahm ich zusätzlich die Leitung eines fünfköpfigen Verkaufsteams. Im Grunde war das mein Traumjob, dem ich mehr als zwei Jahre hinterhergelaufen war. Ich wollte damals um jeden Preis diesen Job haben und hatte dafür mit allen erdenklichen Tricks kräftig am Stuhl meines Vorgesetzten gesägt. Schließlich wollte ich Karriere machen und ich war mir zudem mehr als sicher, dass ich einfach der bessere Mann für diesen Posten war.

Als der besagte Vorgesetzte endlich über sich selbst und über meine Bemühungen gestolpert war, wurde mir wie erhofft seine Position angeboten. Leider hatte mein neuer Job nur einen klitzekleinen Schönheitsfehler.

Der Haken war, dass ich für diesen Job einen Arbeitsweg von über einhundertachtzig Kilometern in Kauf nehmen musste. Wohlgemerkt in einer Richtung. Bei einer Sechstagewoche verbrachte ich in dieser Zeit mit über zweitausend Kilometern in der Woche mehr Zeit auf der Autobahn als damit, an meinem Familienleben teilzunehmen. Zu allem Überfluss musste ich recht bald erkennen, dass mir mit meinen fünfundzwanzig Jahren jegliche Führungskompetenz fehlte. Die Probleme einer Teamleitung präsentierten sich plötzlich ganz anders, als ich es aus der Sicht als Immobilienverkäufer erwartet hatte. Im

Grunde war ich mit den Anforderungen meiner neuen Aufgabe hoffnungslos überfordert. Zudem verlief der Verkauf unserer beiden Großprojekte eher schleppend und der von mir geplante Erfolg wollte sich trotz meiner emsigen Bemühungen einfach nicht einstellen.

Nach diesem Jahr der beruflichen Odyssee im viel zu weit entfernten Hannover war ich mehr als froh, als mir ein alter Arbeitskollege einen neuen Job in Hamburg anbot. Ironischerweise war der Hauptsitz des Immobilienunternehmens, für das ich künftig Eigentumswohnungen in meiner Heimatstadt verkaufen sollte, wieder in Hannover.

Meinen ersten Arbeitstag bei meinem neuen Arbeitgeber verbrachte ich also erneut in der Stadt, in der ich im Grunde meines Herzens nicht mehr sein wollte.

Bei der Vorstellungsrunde durch das für mich neue Bürogebäude lernte ich in kürzester Zeit meine rund fünfzig neuen Kollegen kennen. Es muss irgendwo in der dritten Etage gewesen sein, als es mich ganz unvorbereitet traf.

Zügig eilte ich mit meinem neuen Chef durch die verschiedenen Abteilungen. »Guten Tag, die Herrschaften, das ist der neue Vertriebskollege für die Wohnanlage in Hamburg. Das ist Frau Soundso, die macht hier im Hause dies und das.«

»Oh wie schön, da freuen wir uns aber über die neue Verstärkung und wünschen Ihnen viel Erfolg bei Ihrer neuen Aufgabe«, war in etwa die jeweilig fast gleichlautende Antwort in meine Richtung. Darauf folgte in der Regel ein kurzes Lächeln, versehen mit einem wohlwollenden Kopfnicken, und wir verließen den Raum wieder so schnell, wie wir ihn zuvor betreten hatten. Ohne Pause stürzten wir dann in das nächste Büro und das ganze Spiel begann von vorne.

Als wir mit der dritten Etage fertig waren und auf den Fahrstuhl warteten, war da dieses eigenartige Gefühl. In mir machte sich die gleiche Empfindung bemerkbar, die ich bereits kurz zuvor in einem der Büroräume wahrgenommen hatte. In diesem Moment wusste ich, dass ich jemand Besonderen getroffen hatte.

Bei einer der neuen Kolleginnen hatte ich dieses ganz spezielle Gefühl von wohliger Vertrautheit gespürt. Es war ein Gefühl, das eine schlichte Sympathie deutlich überstieg. Für einen Augenblick war da eine großartige Wärme gewesen und ich fühlte mich ganz besonders wohl in der Gegenwart dieses Menschen. Ehrlich gesagt war das für mich eine neue Erfahrung, auf die ich so in keiner Weise vorbereitet war. Ich konnte mich nicht daran erinnern, so etwas seit dem Beginn meiner Beziehung mit meiner Frau schon einmal erlebt zu haben.

Eines konnte ich in diesem Augenblick jedoch mit Sicherheit sagen und ich musste in diesem Moment ernsthaft über mich selbst schmunzeln. Ich hatte ehrlich gesagt absolut keine Ahnung, welche der Kolleginnen es war, die diese Gefühle in mir ausgelöst hatte.

Auf der langen Heimfahrt versuchte ich mich immer wieder daran zu erinnern, welche der Frauen es wohl gewesen war, die mir so besonders aufgefallen war.

Spontan fiel mein erster Verdacht auf die Projektmanagerin meiner Wohnanlage. Nach reiflicher Überlegung war ich mir sogar fast sicher, dass es sich um diese Kollegin handeln musste.

Das Gute war, dass ich in nur knapp zwei Wochen einen ausführlichen Besprechungstermin mit meiner Projektmanagerin haben würde. Ich spürte ganz deutlich, wie sich dieses warme Gefühl erneut in meinem Bauch ausbreitete und kurz darauf bis in meinen Hals aufstieg. Auf einmal freute ich mich sogar auf die verhasste Autofahrt in das entfernte Hannover.

Als meine Projektmanagerin besagte zwei Wochen später den Konferenzraum betrat, stockte mir der Atem. Gut gelaunt strahlte mich ein rundes Gesicht mit praktischer Kurzhaarfrisur und lachenden Augen an.

Ich hoffe bis heute, dass sich meine Projektmanagerin nichts weiter bei meinem dämlich fragenden Gesichtsausdruck gedacht hat.

»Gut«, dachte ich bei mir, nachdem ich meine erste Überraschung überwunden hatte, »es kommt ja nicht nur auf die Äußerlichkeiten an.« Dass diese Frau mit ihren Unterlagen unter dem Arm nicht dem Bild meiner Traumfrau entsprach, konnte ich nicht verleugnen. Aber geht es bei der wahren Liebe etwa um Äußerlichkeiten? Ging es hier nicht vielmehr um die inneren Werte? Und waren da nicht vor Kurzem diese sagenhaft vertrauten Gefühle für diese Frau gewesen?

Meine Projektmanagerin setzte sich und breitete ihre Unterlagen vor sich aus. Sie hatte ein wirklich herzliches Lachen und eine sehr amüsante Art, die nüchternen Sachverhalte meines neuen Projekts zu erläutern. Wir verstanden uns vom ersten Augenblick an nahezu blendend.

Nur dieses besondere Gefühl wollte sich auch während unseres fast zweistündigen Gesprächs nicht wieder einstellen. Am Ende unseres Termins war ich mehr als durcheinander. War das womöglich gar nicht die »richtige« Frau? Aber wenn sie es nicht war, wer war es dann?

Damit sollte mein Rätselraten also wieder von vorne beginnen, oder hatte ich mich vielleicht getäuscht? Hatte es womöglich an meinem ersten Arbeitstag gar kein besonderes Gefühl für jemanden gegeben?

Fast klischeehaft sollte die Weihnachtsfeier für eine lückenlose Aufklärung sorgen. Im Grunde war zur Weihnachtszeit mein ganzes Gefühlshickhack und Rätselraten bereits längst wieder vergessen. Wie schon so oft in meinem Leben lief ich aber genau an diesem Abend, gut fünf Monate nach meinem ersten Arbeitstag, meinem Schicksal oder vielmehr meiner Kollegin einfach in die Arme. Schon auf dem Weg zur Garderobe stolperte ich über die etwa gleichaltrige Kollegin. Da war es wieder, dieses besondere Gefühl. Mit ihren lockigen braunen Haaren und den passenden grünbraunen Augen erinnerte sie mich mehr als nur beiläufig an eine junge Engländerin, in die ich mich als Schüler während eines Sommerurlaubes unsterblich verliebt hatte.

Auch mit der Engländerin hatte ich am ersten Abend nur einige Worte gewechselt und es brauchte damals mehrere Tage, bis wir uns näherkamen.

Ganz ähnlich verlief auch der Abend der Weihnachtsfeier. Wir wechselten ein paar belanglose Worte und lächelten uns eher verlegen zu, wenn sich unsere Blicke kurz trafen. Selbst als wir zu fortgeschrittener Stunde in kleiner Runde den Abend ausklingen ließen, wollte sich einfach kein rechter Gesprächsfluss zwischen uns ergeben. Trotzdem war dieses besondere Gefühl ganz deutlich zu spüren.

Am nächsten Tag brauchte ich zwar einige Zeit, aber irgendwann fasste ich mir kurz entschlossen ein Herz und schrieb ihr eine kurze E-Mail.

»Betreff: Alles gut?
Hallo,
sind Sie gut nach Hause gekommen? Ich hätte mich gern etwas länger mit Ihnen unterhalten. Viele Grüße«,
war alles, was ich geschrieben hatte.

Insgeheim hoffte ich irgendwie, mit dieser Frau näher in Kontakt zu kommen. Dass sie mir allerdings nahezu sofort antworten würde, überraschte mich und sorgte für ein ausgewachsenes, euphorisches Kribbeln in mir. Mit dieser simplen E-Mail war praktisch der Grundstein unserer Affäre gelegt.

Meine familiäre Situation mitsamt dem bevorstehenden Weihnachtsfest und die recht unpraktische Entfernung nach Hannover machten ein persönliches Treffen in diesen Tagen unmöglich. Zu mehr als einem kurzen gemeinsamen Kaffee nach der letzten Vertriebstagung des Jahres reichte es nicht. Unsere Affäre lebte durch unsere E-Mails und die unzähligen Kurzmitteilungen. Es bot sich im Grunde in der gesamten Zeit unserer Beziehung nur extrem selten die Gelegenheit, uns zu sehen. Ich war ehrlich gesagt selbst überrascht, dass mich dieser Umstand nicht sonderlich zu stören schien.

Die Sehnsucht, meine neue Liebe zu sehen, war bei mir natürlich genauso vorhanden wie bei jedem anderen frisch verliebten Menschen. Aber ich verging nicht vor Sehnsucht. Es war großartig, diese lebendige Verliebtheit zu spüren. Es reichte mir schon, regelmäßig von ihr zu hören.

In mir gab es kein Gefühl von Leid oder Unglück, nur weil ich meinen neuen Schwarm nicht sehen konnte. Ich litt nicht unter der quälenden Sehnsucht einer unerfüllten Liebe.

Ich war in diesen Wochen glücklich.

Ich war zufrieden und badete in meinen Gefühlen für diese Frau in Hannover. Ich genoss unsere endlosen E-Mails und die zahllosen Kurznachrichten. Es war überwältigend, wie nah ich mich diesem Menschen fühlte.

In kürzester Zeit war für mich diese Kollegin zu jemandem geworden, den ich wahnsinnig lieb gewonnen hatte.

Das hieß nicht, dass ich meine Frau oder meine Kinder plötzlich weniger mochte als zuvor. Auf einmal war da einfach nur ein weiteres Gefühl für einen weiteren Menschen. Ein Gefühl von Nähe und Geborgenheit, das nur mir alleine zu gehören schien. Ein Gefühl, das außerhalb der Familie stattfand und mich spüren ließ, nicht auf die Rolle als versorgender Ehemann und Vater begrenzt zu sein. Auf einmal nahm ich mich und meine Bedürfnisse wieder wahr. Es gab mich als Person wieder.

Ich musste nicht einmal etwas Besonderes für diese Gefühle tun und auch diese Frau brauchte im Prinzip nichts Besonderes dafür zu tun. Es war, als würde mir eine neue Lebensenergie eingehaucht. Ich war beschwingt und genoss in jedem Moment ausgiebig mein Leben.

Schwierig wurde die Situation allerdings, als mir meine Affäre nach knapp sechs Wochen erklärte, dass sie sich ernsthaft in mich verliebt habe und sie nun entweder eine echte Beziehung mit mir beginnen wolle oder sie den Kontakt zu mir abbrechen müsse.

Ich war wie vor den Kopf geschlagen. Im Grunde brauchte ich nicht lange zu überlegen. Ich war in den letzten Wochen glücklich gewesen. Und ganz offensichtlich stand mein Glück in ganz enger Verbindung mit meiner Kollegin aus Hannover. Schnell war mir klar, dass ich kein Leben führen wollte, in dem ich auf sie verzichten musste. Womöglich war diese Frau so etwas wie eine Seelenverwandte und es war meine Bestimmung, mein weiteres Leben mit ihr zu verbringen.

Mein Entschluss stand somit schnell fest und ich fasste einen aus meiner damaligen Sicht scharfsinnigen Plan. Ich würde meiner Ehefrau bei einer passenden Gelegenheit beichten, dass ich mich in eine andere Frau verliebt hatte. Ich war mir sicher, dass sie mich nach meiner Beichte kurzerhand vor die Tür setzen würde.

Ein erstes Ergebnis dieses tollkühnen Plans befand sich nun feuchtklebrig in Form einer ausgekippten Apfelsaftschorle auf meinen Jeans.

Meine Frau starrte nachdenklich in das leicht flackernde Kerzenlicht.

»Ich muss jetzt in Ruhe über die ganze Sache nachdenken«, hatte sie noch gesagt, bevor diese ewig lange Gesprächspause einsetzte.

Plötzlich war ich mir gar nicht mehr so sicher, dass mein Plan wirklich so gut war, wie ich es vermutet hatte.

Ich hatte erwartet, dass mir meine Frau eine klassische Szene machen würde. Da wir ja in einem Restaurant waren, hatte ich gedacht, dass diese Szene naturgemäß etwas ruhiger als an einem anderen Ort ausfallen würde.

Sie sollte mir sagen, dass sie mir nicht mehr vertraue und dass sie so nicht mehr mit mir zusammen sein könne. Falls sie drauf bestehen würde, hatte ich in Erwägung gezogen, mir für die Nacht ein Hotelzimmer zu nehmen und mich dann auf die Suche nach einer kleinen Wohnung in der Nähe meiner Kinder zu machen. Ich würde mich tausendmal für mein Fehlverhalten entschuldigen und zum Schluss feststellen, dass man da wohl nichts machen könne.

Während wir immer noch schweigend auf die Rechnung warteten, wurde mir klar, dass der Abend irgendwie ganz anders verlaufen würde, als ich es geplant hatte. Ich fühlte mich auch ganz anders, als ich es erwartet hatte. Ich war fest davon ausgegangen, dass mich ein unheimlich schlechtes Gewissen überkommen würde.

Ich musste mir aber eingestehen, dass ich mich nicht schlecht fühlte. Ich hatte nicht einmal das Bedürfnis, mich bei meiner Frau zu entschuldigen. Wofür sollte ich mich auch entschuldigen? Natürlich tat es mir leid, dass meine Frau meinetwegen traurig war. Aber ich hatte komischerweise nicht das Gefühl, eine besondere Schuld auf mich geladen zu haben. Überhaupt hatte ich in den sechs Wochen dieser Affäre in keinem Moment ein schlechtes Gewissen. Ich hatte einfach jemanden getroffen, den ich gern hatte. Jemanden lieb zu haben bedeutet ja nicht zwangsläufig, jemand anderen nicht mehr lieb zu haben oder gar zu hassen. Die Gefühle für meine Frau hatten sich im Grunde ja nicht verändert. Wir funktionierten in den letzten Jahren einfach, wie ein gutes Team funktionieren sollte. Wir verstanden uns wie allerbeste Freunde. Ich war mir sicher, dass dies auch so bleiben würde.

Die Gefühle für meine Affäre waren ganz anders. Da waren so viele aufregende Empfindungen. Diese Empfindungen waren so dominant und so sehr berauschend. Sie waren vereinnahmend und standen so großartig im Raum.

Die Gefühle für meine Frau lagen eher tiefer, waren weniger präsent, waren still, vertraut und eben verlässlich. Meine Frau war über die Jahre zu einem Teil von mir geworden. Oder ich war zu einem Teil von ihr geworden. Mir war nicht bewusst, dass sich unsere Verbindung durch meine neue Liebe wirklich verändern würde.

Als meine Frau an diesem Abend ohne ein Wort in unser heimisches Badezimmer ging und schweigend die Tür hinter sich abschloss, um sich die Zähne zu putzen, wurde auch mir klar, dass sich etwas verändert hatte. Auf einmal war es zwischen uns nicht mehr so, wie es immer gewesen war. Ich spürte in diesem Moment, wie sich meine Frau von mir getrennt hatte.

2

Die Nacht war kurz und auf irgendeine Weise unruhiger und etwas kühler als gewöhnlich. Als ich aufwachte, war meine Frau schon mit den Kindern unten in der Küche bei den Vorbereitungen für das Frühstück.

Ich würde wie immer die beiden Großen in den Kindergarten bringen und anschließend direkt in die Musterwohnung fahren. Auf meine morgendliche Laufrunde wollte ich an diesem Vormittag verzichten. Ich war so gar nicht in der Stimmung, unbeschwert durch den Wald zu joggen. Außerdem wusste ich nicht, wie meine Frau heute auf meine gebeichtete Affäre reagieren würde, und ich wollte erst einmal einem unangenehmen Gespräch aus dem Weg gehen.

Mir fiel ein, dass ich am späten Nachmittag bei den Kindern sein sollte, da meine Frau einen Termin bei ihrem Heilpraktiker hatte. Das bedeutete, dass ich möglicherweise erst am Abend mit einer unangenehmen Auseinandersetzung zu rechnen hatte.

Schon die Art, wie meine Frau nach ihrem Besuch bei ihrem Heilpraktiker die Tür aufschloss, hätte mir zu denken geben müssen. Sie vermied es zwar ganz offensichtlich, mit mir zu sprechen, jedoch strahlte sie eine fast schon unheimliche Ruhe aus. Mit dieser Ruhe begann sie den Kindern das Abendessen zuzubereiten, um sie anschließend wie jeden Abend um diese Zeit ins Bett zu bringen.

Während sie den Kindern oben im Kinderzimmer ihr Gutenachtlied vorsang, schaltete ich mich ziellos kreuz und quer durch die Fernsehkanäle, ohne ernsthaft auf das jeweilige Programm zu achten. Zu sehr war ich in Gedanken damit beschäftigt, mir auszumalen, was wohl als Nächstes passieren würde.

Irgendwann saß meine Frau neben mir auf dem Sofa und

schaute mich mit einem klaren und zugleich liebevollen Blick direkt an.

»Es hat mich sehr verletzt, dass du in den vergangenen Wochen nur noch Aufmerksamkeit für diese andere Frau gehabt hast. Ich fühle mich von dir betrogen und hintergangen.

Dennoch möchte ich dir sagen, dass ich dich immer noch sehr liebe und dass ich mir wünsche, weiterhin mit dir und den Kindern hier in unserem Haus als Familie zu leben. Ich möchte aber auch, dass du dich zwischen uns und der anderen Frau entscheidest. Da ich dich liebe, werde ich deine Entscheidung akzeptieren, wie immer sie auch ausfallen mag. Du musst deine Entscheidung auch nicht jetzt sofort treffen. Aber du bist es, der diese Entscheidung treffen muss. Ich werde sie dir nicht abnehmen.« Sie schaute mir noch einen kurzen Augenblick in die Augen, griff nach der Fernbedienung und wendete ihren Blick in Richtung Fernseher ab.

Ich war platt. Was für eine unglaublich starke Frau meine Frau doch war!

3

Ich hielt mir meine rechte Hand vor beide Augen. Dunkelheit. Ehrlich gesagt kam ich mir in dieser Haltung unendlich lächerlich vor.

Es war meine zweite Sitzung bei dem Heilpraktiker, von dem nicht nur meine Ehefrau, sondern auch der Rest meiner Familie schlicht begeistert war. Oma, Opa, Mutter, Vater und meine Schwester – alle gingen seit Jahren zu ihm. Nun also auch ich. Der Grund meines ersten Besuches war recht simpel. Es war eine Erkältung, die sich festgesetzt hatte und trotz des Einsatzes von verschriebenen Medikamenten nicht so recht weichen wollte. Ob die Behandlung im Reich der Alternativmedizin geholfen hat, vermag ich heute nicht mehr genau zu sagen. Ich kann mich aber noch sehr gut an die auf mich recht bizarr wirkende Behandlungssituation erinnern. Zuerst stellte mir der Heilpraktiker einige Fragen über mich und meine Beschwerden. Meine Antworten schien er mit seinem Pendel, welches er über eine Art Skala hielt, zu überprüfen. Dann stellte er eine ganze Reihe von Fragen, die er ganz offensichtlich direkt an das Pendel richtete. Nach jeder Frage wartete er auf eine Reaktion des Pendels, das durch ein Schwingen über einem der zehn Felder der Skala seine Frage zu beantworten schien. Als Nächstes setzte mir der Heilpraktiker eine zu große Brille auf die Nase, durch die ich meine Umgebung nur noch in einem grellen Orange sah. Wortlos erhob sich der ältere hagere Mann von seinem Sessel, setzte sich je einen schlangenartigen Ring auf beide Mittelfinger, umkreiste den Schreibtisch und stellte sich in einem kurzen Abstand schräg hinter mich. Konzentriert begann er nun mit beiden Händen gleichzeitig die Luft, die mich umgab, »zurechtzuschieben«. Wie er mir dabei mit wenigen Worten erklärte, würde er so mein gestörtes Energiefeld reparieren und einige störende Löcher schließen.

Nun war ich also zum zweiten Mal in der kleinen Naturheilpraxis, in welcher der Heilpraktiker immer donnerstags seine feste Sprechzeit abhielt. Diesmal war es kein Schnupfen, der mich hergeführt hatte. Vielmehr steckte ich eher mental in einer tiefen Sackgasse.

Es war für mich ganz offensichtlich, dass dieser freundliche, wenn auch wenig gesprächige weißhaarige Mann meiner Frau zu einer überaus logischen Klarheit ihrer Gedanken verholfen hatte. Warum sollte er nicht auch etwas Vergleichbares für mich tun können? Und es war kein Geheimnis, dass ich ein paar klare Gedanken jetzt ganz bitter nötig hatte. Ich saß zwischen zwei Stühlen und hatte keine Ahnung, wie ich mich entscheiden sollte. Dieses Gefühl der Verwirrung kam letztlich in mir auf, als mir meine Frau mit ihrem deutlichen Appell, eine Entscheidung zu treffen, den Schwarzen Peter wieder zurückgeschoben hatte.

Klar, meine Affäre frohlockte, als sie erfuhr, dass meine Frau bereit war mich gehen zu lassen. Schlussendlich hatte ich doch genau das erreicht, wofür ich meiner Frau diese Affäre gebeichtet hatte.

Auf der anderen Seite stand diese auf einmal so unheimlich selbstbewusste Frau mit ihren wunderbaren Kindern, die mir seit ihrem Appell mit einer außergewöhnlichen Ruhe, Freundlichkeit und Geduld entgegentrat. In manchen Momenten hatte ich fast den Eindruck, dass sie Gefallen an dieser neuen Distanz zwischen uns gefunden hatte. Ich denke, sie hatte keine Ahnung, wie anziehend ich sie in dieser neuen Situation empfand.

Die andere Frau versuchte ihrerseits mich in meiner Trennungsabsicht zu bestärken und freute sich auf unser Treffen, das wir für diesen Donnerstagabend verabredet hatten. Je näher der Donnerstag rückte, desto mehr verschwand allerdings das wunderbare Gefühl, das ich für diese Frau empfunden hatte. Mich überfiel langsam der Eindruck, mich zu einem Schritt verpflichtet zu haben, den ich auf einmal gar nicht mehr tun wollte.

Schlussendlich hatte ich das Gefühl, dass beide Frauen jeweils auf ihre Art um mich buhlten, nur war ich mir unsicher, welche Motive sie eigentlich damit verfolgten. Welcher von den beiden ging es bei ihren Bemühungen wirklich um meine Person und welche von den beiden wollte nur gegen die andere Frau gewinnen? Und was wollte ich eigentlich? Wo waren auf einmal diese großartigen Gefühle, die der Grund dafür waren, dass ich meine Familie verlassen wollte, um eine neue Beziehung mit einer mir nahezu unbekannten Person zu beginnen?

Während mir diese Gedanken immer wieder durch den Kopf kreisten, analysierte der Heilpraktiker meine Situation, indem er verschiedenste Fragen zu meiner Person von seinen kleinen Karten laut ablas und eine entsprechende Reaktion seines Pendels als Antwort abwartete. Als skeptischer Mensch hatte ich im Vorfeld der Behandlung darauf verzichtet, ihm von meinem Problem zu erzählen. Vielleicht wollte ich auch nur nicht mit einem weiteren Menschen über meine Situation sprechen.

»Jetzt habe ich es. Das ist ein seelischer Konflikt. Und welche Farbe ist dafür zuständig?« Mit dieser Frage drehte er sein Pendelbrettchen und es kam die bekannte Skala mit verschiedenen Farben zum Vorschein. »Dafür ist die Farbe Schwarz zuständig. Das können wir lösen. Bitte halte dir deine Hand vor beide Augen. Vielleicht kannst du ja ein paar Bilder sehen und du erkennst, worum es sich bei deinem Konflikt handelt«, sagte er abschließend in einem sehr zufriedenen Tonfall.

Das Pendel des Mannes begann wie wild zu schwingen und ich folgte wortlos seiner Anweisung. Zu meiner Überraschung erschienen in meinen Gedanken tatsächlich Bilder von meiner

Frau, von den Kindern und von der anderen Frau. Die Bilder waren wirr und ungeordnet, vergleichbar mit einem unruhigen Traum. Ohne einen nennbaren Erfolg bemühte ich mich konzentriert, etwas Sinnvolles aus dieser Bilderflut zu deuten.

»Gut, damit haben wir das gelöst«, sagte der Heilpraktiker nach wenigen Augenblicken. »Du kannst die Augen jetzt wieder aufmachen.«

Das soll schon alles gewesen sein? Ein wenig enttäuscht nahm ich meine Hand von den Augen. Ohne sich nach meiner Gefühlslage zu erkundigen oder zu fragen, ob ich wirklich etwas gesehen hatte, stellte der Heilpraktiker seinem Pendel noch ein paar abschließende Fragen, die dieses anscheinend zu seiner Zufriedenheit beantwortete. Ohne viele Worte erhob er sich anschließend aus seinem Sessel und begleitete mich zum Ausgang. Er verabschiedete sich damit, dass ich die Sache ja mal beobachten könnte und mich wieder melden solle, falls keine Besserung eintreten würde.

4

Eindeutig erleichtert trat ich an diesem kühlen Donnerstagvormittag durch den engen Windfang der kleinen Naturheilpraxis ins Freie. Meine Frau und die Kinder hatten mich zu meinem Termin begleitet und warteten auf dem nahe gelegenen Spielplatz auf mich.

Auf dem Weg zu meiner Familie spürte ich, dass dies seit Tagen der erste Moment war, an dem ich im Stande war, einen klaren Gedanken zu fassen. Das Gefühlschaos, das sich in den letzten Tagen in mir aufgetürmt hatte, schien plötzlich wie verflogen. War es wirklich möglich, dass ein alter Mann mit einem kleinen Pendel und ein paar wirren Fragen hierfür verantwortlich war?

Ein Gefühl von Freiheit und Ruhe stieg in mir auf und ich freute mich unbeschreiblich, meine Frau und die Kinder zu sehen.

Meine Frau schaute mich zufrieden an, als ob sie mir bereits ansehe, dass ich mich für sie und unsere Familie entschieden hatte. »Lass uns bei dem Italiener etwas essen gehen. Die Kinder haben Hunger und quengeln nach Pizza und Fanta«, sagte sie nur und verzichtete schlicht auf alle weiteren Fragen.

Während unseres Essens wurde auch mir klar, dass ich mich in der Tat entschieden hatte. Ich wusste, dass es besser wäre, meine Verabredung mit meiner Affäre für diesen Abend abzusagen. Nach dem Essen fuhr ich zurück in meine Musterwohnung und nutzte die Fahrzeit, um meine Affäre aus dem Auto heraus anzurufen. Es fiel mir nicht sonderlich schwer, ihr zu sagen, dass ich es für besser hielt, wenn wir uns an diesem Abend nicht sehen würden. Ich glaube, es war uns beiden klar, dass dieses Telefonat der Anfang unseres Endes war. Wir verabredeten uns für den morgigen Freitagnachmittag, um nach meiner turnusmäßigen Vertriebsrunde in Ruhe miteinander zu sprechen.

Wir trafen uns in dem Café, in dem wir damals unseren ersten gemeinsamen Kaffee getrunken hatten. Wir saßen sogar am selben Tisch und bestellten beide wieder einen Milchkaffee. Es war alles fast genau so, wie es vor gut sechs Wochen gewesen war. Nur meine unglaublich schönen Gefühle für meine attraktive Begleiterin fehlten an diesem Nachmittag.

Einfühlsam und mit dem Versuch, ihre Gefühle nicht unnötig zu verletzen, versuchte ich meiner Affäre zu erklären, dass ich keine feste Beziehung mit ihr beginnen würde und dass ich auch unsere Affäre nicht weiter fortsetzen konnte. Letztlich versuchte ich mich darauf rauszureden, dass ich einen Fehler gemacht hatte. Es war einfach nicht richtig von mir gewesen, eine Beziehung mit ihr anzufangen, obwohl ich ja noch mitten in einer Beziehung steckte. Ich versuchte ihr zu erklären, dass ich erst meine Ehe hätte beenden sollen, bevor ich mich nach etwas Neuem umschaute. Und schließlich bestand hier ganz offensichtlich mein Problem. Ich liebte meine Ehefrau und wollte sie und die Kinder auf keinen Fall mehr verlieren, geschweige denn freiwillig aufgeben.

Ehrlich gesagt hörten sich für mich meine kläglichen Erklärungsversuche wie ein schlechter Witz an. Bis zur Beichte bei meiner Ehefrau hatte ich noch von meinen großen Gefühlen und meiner vermuteten Seelenverwandtschaft gesprochen und jetzt, wo der Weg für den Beginn einer wahren Beziehung frei war, fiel mir plötzlich ein, dass ich mich erst einmal um meine Ehe kümmern sollte?

5

Frühjahr 2002

Es war nicht leicht, das verspielte Vertrauen bei meiner Frau zurückzuerlangen. An manchen Tagen hatte ich ernsthafte Zweifel, ob es überhaupt möglich war, zu unserem offenen Umgang miteinander zurückzufinden. Natürlich kam das Thema Affäre in den verschiedensten Lebenssituationen wieder auf den Tisch und mir blieben auch einige unschöne Szenen nicht erspart.

Allerdings verhalf uns meine Affäre auch zu den Gesprächen, in denen wir versuchten, uns gegenseitig zu verstehen. In denen wir bemüht waren zu erkennen, wie sich unsere Ehe im Laufe der Jahre verändert hatte. Wir waren gewillt zu sehen, wie wir funktionierten, und wir wollten auch wissen, was bei uns nicht funktioniert hatte. In dieser Zeit wurde uns schnell deutlich, dass wir nicht nahtlos einfach so weiterleben wollten, wie wir es vor meiner Affäre getan hatten. Wir wollten beide nicht nur zur Tagesordnung zurückkehren, um bloß wieder irgendwie zu funktionieren. Wir hatten beide den Anspruch, glücklich in unserem Leben sein zu dürfen. Letzten Endes stand für uns die Frage im Raum, was wir hierfür tun konnten. Was mussten wir verändern, um glücklich zu leben?

Bei der Suche nach einer Antwort auf unsere Fragen sollte uns der Zufall ganz deutlich auf die Sprünge helfen. Wobei der Anstoß zur Veränderung eigentlich von meiner Frau kam. Beim Stöbern in unserer Fernsehzeitung war sie über einen Buchtipp gestolpert, der es in sich haben sollte. Der Aufmacher dieses Zeitungsartikels war in großen Buchstaben über zwei Seiten geschrieben und lautete: »Sie sind unzufrieden mit Ihrem Leben? – bestellen Sie sich doch einfach ein neues«.

Eines Abends lag die besagte Buchempfehlung kommentarlos

auf meinem Nachttisch. Meine Frau wusste ganz genau, dass ich im Grunde meines Herzens alles andere als ein Bücherwurm war. Allerdings fühlte ich mich augenblicklich nicht in der Position, mich überhaupt irgendeinem ihrer Wünsche zu widersetzen und begann noch am gleichen Abend ohne größeres Murren zu lesen.

Das Buch war kurz und knackig geschrieben. Schon nach zwei Tagen war ich am Ende angelangt und rieb mir verwundert die Augen. Sollte die Autorin recht haben und wir konnten uns unser Leben einfach so bestellen, wie wir es uns erträumten?

Die Autorin argumentierte überaus überzeugend und ihre Anwendungsbeispiele erschienen mir einfach und praktikabel. Letztendlich ging sie von einer Art höherer Macht aus, die auf unsere Wünsche reagiert und die diese auf geheimnisvolle Weise, wenn man sich an ein paar simple Regeln halte, in Erfüllung gehen lässt. Ich war entschlossen mich mit dieser Wunscherfüllungstheorie ernsthaft auseinanderzusetzen, insbesondere da ich glaubte, der Beschreibung nach auch ohne dieses Büchlein bereits erste Erfahrungen mit dem kosmischen Lieferservice gemacht zu haben.

Im Grunde hatte ich in meinem bisherigen Leben unwissentlich bereits einige Bestellungen erfolgreich auf den Weg gebracht. Ich konnte mich gut daran erinnern, wie ich im Sommer 1991 auf dem Rückweg von meinem Ausbildungsbetrieb in der Regionalbahn am Hauptbahnhof saß und mir, während ich auf die Abfahrt des Zuges wartete, eine Frau bestellte. Ich war es zu jener Zeit einfach überdrüssig, immer nur recht kurzweilige wechselnde Liebeleien zu haben und wünschte mir eine echte, langfristige Partnerschaft. Nur wenige Wochen nachdem ich meinen Wunsch in der Bahn ausgesprochen hatte, lernte ich meine heutige Frau kennen.

So gesehen hatte ich mir auch meinen Beruf als Immobilienverkäufer irgendwie bestellt. Ich kann mich bildhaft daran erinnern, wie ich mit vierzehn Jahren bei einer Besichtigung eines Neubauprojektes mit meinen Eltern dachte: »Cool, das, was der Maklertyp hier macht, das mache ich später auch.«

Nicht zuletzt hatte ich mir zu Beginn meiner Affäre gewünscht, dass sich meine Kollegin unsterblich in mich verlieben sollte.

Im Grunde musste mich die Autorin gar nicht erst von ihren Wunschgedanken überzeugen. Vielmehr stellte ich mir zwei Fragen: »Warum gehen die Wünsche in Erfüllung?«, und vor allem: »Kann man sich auf die Wunscherfüllung verlassen?«

In diesem Punkt schien die Autorin mitgedacht zu haben und lieferte im Anhang ihres Buches eine umfangreiche Liste an Leseempfehlungen, die Antworten auf meine Fragen versprachen.

Mit dem Bestellbuch unter dem Arm lief ich also in die nächste größere Buchhandlung in der Hoffnung, einige der aufgeführten Bücher erwerben zu können.

In der Tat waren manche der genannten Buchtitel vorrätig, andere mussten erst bestellt werden. Ich entschied mich spontan, alle Titel zu kaufen, die ich sofort kriegen konnte.

Nur bei dem Buch mit dem hochtrabenden Titel »Gespräche mit Gott« zögerte ich. Allein das Wort »Gott« löste schon als Kind bei mir ein ganz gehöriges Maß an Unbehagen aus. Ich hatte mir bereits als Grundschüler immer wieder die Frage gestellt, wie es sein konnte, dass Kinder in Unfällen und bei Kriegen starben, ohne dass der liebe Gott, sollte es ihn überhaupt geben, etwas dagegen tat. Ich kam damals zu dem Schluss, dass der liebe Gott entweder gar nicht existierte oder einfach nur ein großes Arschloch war, das keiner wirklich brauchte.

Allen Vorbehalten zum Trotz nahm ich auch das Gottes-Buch kurzerhand mit. Ich könnte es ja später immer noch verbrennen, sollte es meine kindliche Meinung von Gott bestätigen.

6

Sommer 2002

Es war Sommer geworden und unser dreiwöchiger Familienurlaub auf Mallorca stand vor der Tür. Bis auf das Gottes-Buch hatte ich mit wachsender Begeisterung in den letzten Wochen alle Bücher von der Liste nacheinander abgearbeitet.

Immer wieder traf ich in diesen Büchern auf erstaunliche Gedanken, die in mir eine noch erstaunlichere Kraft freizusetzen schienen. Ich hatte das Gefühl, etwas ganz Speziellem auf der Spur zu sein. Da war etwas, das in mir die Hoffnung weckte, mein Leben ohne große Mühen in eine positive Richtung lenken zu können. Ich hatte das Gefühl, dass auf einmal alles möglich war und dass es im Grunde keine Begrenzungen gab. Ganz im Geheimen erhoffte ich mir auf diesem Weg, meinem großen Wunsch von einem glücklichen Leben in finanziellem Reichtum ein ganzes Stück näher zu kommen.

Zum Abschluss meiner Erkenntnisphase wollte ich nun auch das »Gespräche mit Gott«-Buch in meinem Urlaub in Angriff nehmen.

Gott, fielen mir die ersten Seiten dieses Werkes schwer. Anders als bei den bisherigen Büchern schaffte ich es kaum, mehr als zwei bis drei Seiten am Stück zu lesen. Teilweise schlief ich mitten im Satz ein und wachte später, mit meinem Gesicht auf dem offenen Buch liegend, wieder auf.

Ich weiß nicht, warum, aber an einem Punkt veränderte sich mein Gefühl beim Lesen dieses Buches schlagartig. Es muss etwa nach fünfzig Seiten gewesen sein. Urplötzlich schien mir dieses Buch zu gefallen. Insbesondere die Antworten, die der Autor auf seine eigenen Fragen erhielt, hatten es mir angetan.

Der Autor Neale Donald Walsch führte in diesem Buch im Grunde ein ganz einfaches Selbstgespräch. Er stellte eine Frage über sein Leben und schrieb anschließend die Antwort auf, die ihm quasi von selbst in den Sinn kam. Das Besondere daran war, dass jede dieser Antworten tatsächlich ein Gefühl vermittelte, als ob sie von einer ganz anderen Person stammen würde. Die Antworten waren erstaunlich logisch und erweckten bei mir den Eindruck, als ob dies schlicht der Wahrheit entspreche.

In mir entwickelte sich eine Art Sucht nach diesen Antworten von Gott und ich war genervt, wenn der Autor selbst versuchte, einen Sachverhalt zu erklären. Konnte es sein, dass da wirklich eine höhere Macht durch den Autor sprach? Gesetzt den Fall, dass es wirklich Gott war, der hier die Antworten gab, war es dann möglich, dass dieser Gott ganz anders war als der andere Gott aus dem Religionsunterricht der Grundschule?

War es möglich, dass der Antworten-Gott auch seine Finger bei der Wunscherfüllung mit im Spiel hatte?

Im Kern seiner Aussagen stand immer wieder, dass wir alle eins sind und aus derselben Quelle stammen. Das bedeutete, dass alles Leben, alle Menschen und letztlich auch Gott selbst den gleichen Ursprung haben und alles Leben über eine natürliche Verbindung verfügt.

Dass wir uns als selbstständige, von Gott und der Welt getrennte Individuen wahrnehmen, ist demnach einem Trick der höchsten Instanz, der göttlichen Quelle, geschuldet.

Zu Anbeginn der Zeit gab es nur diese höchste Instanz, die alles in sich trug, was es gibt.

Das Alles-was-Ist war genau das. Es gab nichts außerhalb dieses unendlichen Alles-was-ist-Feldes, in dem alles miteinander verbunden war. Da dieses Alles-was-ist-Feld immer auf der Suche nach einem Abenteuer war, beschloss es eines Tages, sich eine Welt zu erschaffen, in der sich das Alles-was-ist-Feld selbst ermöglichen wollte zu vergessen, wer es eigentlich war.

Dafür erschuf das Alles-Was-Ist am äußersten Rande seines Feldes ein Sonnensystem. In diesem Sonnensystem sollte es einen einzelnen Planeten geben, auf dem individuelles Leben möglich war. Die Individuen, die letztlich auch ein Teil aus dem Alles-was-ist-Feld waren, sollten mit ihrer Geburt vergessen, was sie ihrer Natur nach waren.

Ihrer Natur nach waren sie individuelle Gottheiten, die über die identischen Fähigkeiten verfügten, die auch im Alles-was-ist-Feld vorhanden waren.

Das Alles-was-ist-Feld war sehr gespannt, wie sich seine individuellen Teile verhalten würden. Was würden sie in den einzelnen Lebenssituationen tun? Wie würden sie sich untereinander verhalten? Würden sie versuchen herauszufinden, woher sie stammten, und würden sie wissen wollen, von wem sie abstammten oder wer sie in Wirklichkeit waren?

Das Alles-was-ist-Feld freute sich diebisch, als es dieses Abenteuer vor Äonen von Jahren begann, und wenn man den Antworten aus dem Buch Glauben schenken möchte, verfolgt das Alles-was-ist-Feld dieses Abenteuer bis zum heutigen Tage mit großer Freude.

So bescheuert diese Geschichte auch klingen mochte – sie fühlte sich für mich einfach großartig an.

Ich war also ein kleiner Teil vom ganz großen Ganzen. Ich war eine individuelle Gotteinheit. Und alle Menschen um mich herum waren ebenfalls Gott, die allesamt nur vergessen hatten, wer sie in letzter Konsequenz wirklich waren.

Das war total bekloppt!

Und dennoch wollte mir ein Gedanke nicht mehr aus dem Kopf gehen:

Der Wassertropfen, der dem Ozean entnommen wurde, bleibt trotz der Trennung vom Ozean immer das Wasser des Ozeans.

7

Das Gottes-Buch hatte mich komplett in seinen Bann gezogen. Ich verschlang die Seiten und die Antworten Gottes. Ich weinte vor Rührung, als ich die letzten Seiten des Buches erreicht hatte, und konnte das Urlaubsende kaum erwarten, um gleich mit dem zweiten Band dieser Gesprächsreihe anfangen zu können.

Geschäftlich kümmerte ich mich nach meiner Rückkehr aus dem Urlaub nur noch um das absolut Nötigste, stattdessen zog ich mich in meine Musterwohnung zurück, las die Worte Gottes und schwelgte in den immer tiefer gehenden Erkenntnissen dieser Bücher.

Ich glaube, ich muss meinem Umfeld in dieser Zeit wohl wahnsinnig auf die Nerven gegangen sein, aber ich konnte nicht umhin, ungefragt jedem von dieser für mich bahnbrechenden Neuigkeit zu berichten. »Verstehst du, mein Freund – du bist Gott.« Im Nachhinein glaube ich, dass ich mit meinem Gequatsche nur bei den wenigsten Gesprächspartnern wirklich gut ankam.

Insbesondere meiner Frau bin ich immer noch zu großem Dank verpflichtet. Sie war es, die mich davon abgehalten hat, mir ein Betttuch überzuwerfen, eine Apfelsinenkiste zu schnappen und die frohe Kunde meiner Erkenntnis im Stadtpark zu predigen. Das wäre mit an Sicherheit grenzender Wahrscheinlichkeit hochgradig peinlich ausgegangen.

Trotzdem schöpfte ich aus den Büchern eine gehörige Portion Mut und entschloss mich, mein Leben nun ordentlich auf Vordermann zu bringen. Ich dachte mir: Wenn ich schon weiß, dass ich Gott bin, warum soll ich nicht auch danach leben?

Als Erstes wollte ich mein Arbeitsumfeld verändern. Ich hatte einen guten Job. Die Arbeitsbedingungen und die Bezahlung waren im Grunde super. Wie es aussah, sollte ich in diesem Jahr zum ersten Mal mehr als einhunderttausend Euro verdienen. Allerdings war auch dieses Verkaufsprojekt endlich und irgendwann würde ich alle Wohnungen verkauft haben. Zudem hatte ich zwischen meinen Verkaufsgesprächen eine ganze Menge Leerlauf, den ich aktuell zwar zum Bücherlesen nutzte, den ich in der Vergangenheit zu meinem Leidwesen aber überwiegend mit Computerspielen verbracht hatte.

Also warum sollte ich mich nicht selbstständig machen und versuchen, mein Angestelltenverhältnis in eine freie Mitarbeit umzustellen? Parallel könnte ich mich dann nach zusätzlichen Vertriebsaufträgen und weiteren Auftraggebern umschauen. Ich könnte so meine Zeit viel effizienter nutzen und mein Einkommen sicherlich deutlich steigern.

Gesagt, getan. Schon zum Ende des Jahres war klar, dass ich ab Frühjahr des kommenden Jahres meinen bisherigen Job als freier Mitarbeiter auf Provisionsbasis fortsetzen würde. Der Kontakt zu einem alten Kollegen verhalf mir zudem bereits zu einem zusätzlichen Auftrag. Ich erhielt über den Kollegen die Möglichkeit, den Vertrieb der Wohnungsbestände eines lokalen Bauträgers zu übernehmen.

Geht doch.

8

Januar 2003

Das Weihnachtsfest und den Jahreswechsel verbrachten wir in diesem Jahr erstmals nicht zu Hause im trauten Familienkreis, sondern waren in unserer kleinen Familie kurz vor den Festtagen spontan nach Österreich gefahren, um in einem schicken Familienclub dieses ereignisreiche Jahr gebührend zu verabschieden. Wir wollten Kraft für das kommende Jahr sammeln, das versprach, nicht weniger aufregend zu werden. Wer konnte schon genau sagen, was uns im kommenden Jahr noch alles erwarten würde?

Die ersten Januartage kamen und mit ihnen hatte sich irgendwas verändert. Schon bei unserer Abreise in Richtung Heimat fühlte ich mich unangenehm schwer, und auch wenn es sich nicht wie eine Krankheit anfühlte, war ich doch angeschlagen.

Auch zu Hause wollte sich das kraftvolle Gefühl des vergangenen Jahres nicht mehr so richtig einstellen. Wo war dieses Gefühl geblieben, göttlich und ohne Begrenzung zu sein? Es hatte sich offensichtlich klammheimlich über die Festtage aus dem Staube gemacht und war spurlos verschwunden.

Lag meine Schwere vielleicht nur an den äußeren Umständen? War der plötzliche Wetterumschwung schuld an meinem Elend?

Nach einer kurzen Frostperiode hatte ungemütliches, graues Tauwetter eingesetzt und es schien schon seit Tagen nicht mehr richtig hell zu werden.

Dazu mehrten sich in dieser Zeit die Anzeichen, dass die USA ihren immer wieder angedrohten Angriffskrieg gegen den Irak in die Tat umsetzen wollten.

Möglicherweise war es einfach keine sonderlich aufhellende

Idee, in meiner Stimmung an dieser verregneten Demo gegen den Krieg teilzunehmen. Wie sich später herausstellte, hatte unsere Lichterkette um die Binnenalster bei Dauernieselregen den Krieg bedauerlicherweise nicht aufhalten können.

All dies waren Umstände, die ich wahrscheinlich auch mit meinem Gottgefühl im Bauch nicht hätte verändern können.

Als sich Ende Januar meine Gemütslage immer noch nicht zu bessern schien, machte ich einen Termin bei meinem Heilpraktiker. Vielleicht hatte dieser ganz offensichtlich sehr spirituelle Mensch eine Idee, was zu tun war, um mein verlorenes kraftvolles Gefühl zurückzuerlangen.

Schon der Besuch bei diesem ganz besonderen Mann war im Grunde ein Erlebnis für sich. Auch wenn er sich weiterhin eher wortkarg gab, so war es doch spannend, ihn und sein Pendel bei der Arbeit zu beobachten. Es machte bei meinem Besuch den Eindruck, als funktioniere sein Arbeitsgerät noch schneller und präziser als noch vor einem Jahr.

Ich schilderte ihm meine Antriebslosigkeit und er begann in gewohnter Manier nach den Ursachen zu forschen. Laut stellte er die Fragen von seinen Karten und das Pendel antwortete.

Fast beiläufig stoppte er nach einigen Fragen sein Pendel für einen Moment und schaute über seine Brille hinweg zu mir auf: »Ich habe in der letzten Woche eine Frau kennengelernt, die mit einem Engel spricht.«

Dieser Satz traf mich wie der Blitz. Mir war sofort klar: Ich musste diese Frau unbedingt kennenlernen.

9

Februar 2003

Das Wohnviertel, in dem die Frau lebte, die mit Engeln sprechen sollte, war mir bestens vertraut. In den ersten sechs Jahren unserer Beziehung hatte ich mit meiner Frau nur ein paar Straßen weiter in Richtung Alster gewohnt.

Ich war eine Viertelstunde zu früh, was für mich eine bemerkenswerte Ausnahme darstellte. Ich fand einen der seltenen Parkplätze in der kleinen Straße, die mit alten Bäumen gesäumt war. Während ich wartete, dass die Zeit verging, ging mir das Telefonat mit dem Medium durch den Kopf.

Unser Telefongespräch war hanseatisch kurz und sachlich gewesen. »Ich habe gehört, dass Sie mit Engeln sprechen, und möchte Sie gern treffen«, sagte ich. Sie fragte mich, ob ich das Engelswesen, das durch sie spreche, kennen würde und ob ich bereits eines der Bücher, die von dem Engelswesen durchgegeben wurden, gelesen hätte. Ich verneinte beide Fragen. Weder kannte ich bisher überhaupt irgendein Engelswesen noch hatte ich gewusst, dass es Bücher gibt, die von Engeln »durchgegeben« werden. Hätte ich davon gewusst, dann hätte ich bestimmt schon längst wenigstens eines davon gelesen.

Nur um sicherzugehen, dass ich wenigstens eine kleine Vorstellung davon hatte, was mich bei dem Medium erwarten würde, sprang ich nach dem Telefonat ins Auto und besorgte mir eines der Bücher des besagten Engelswesens. Ich war ehrlich gesagt überrascht, dass ich auf Anhieb ein solches Buch in der kleinen Buchhandlung in unserem Heimatort fand.

Eine ältere Dame mit einem erfrischenden Lächeln öffnete mir die Wohnungstür und bat mich, an einem kleinen Tisch in ihrer Küche Platz zu nehmen. Auf dem Holztisch stand eine Glaskaraffe, die bis zur Hälfte mit Wasser gefüllt war, in dem ein übergroßer, rötlich schimmernder Salzkristall lag. Die Wohnungseinrichtung gefiel mir und erinnerte mich mit ihren einfachen antiken Kiefernmöbeln an unsere Einrichtung zu Hause. Das Medium bot mir ein Glas von dem salzigen Wasser an und erkundigte sich, ob ich den Weg zu ihr gut gefunden hätte. Ohne weitere Umschweife fragte sie mich, ob wir gleich mit der Sitzung beginnen wollten. Klar wollte ich beginnen. Ich war aufgeregt und neugierig zugleich und konnte auf einen längeren Smalltalk nur allzu gut verzichten.

Das Medium saß aufrecht auf der mir gegenüberliegenden Seite des Küchentisches. Sie legte ihre Hände mit den geöffneten Handflächen nach oben auf ihre Oberschenkel und schloss die Augen. Zunächst senkte sie ihren Kopf in Richtung ihrer Brust leicht ab und brummelte ein paar unverständliche Sätze, die mich in ihrer Art an ein Gebet erinnerten. Nach einer kurzen, stillen Pause hob sie ihren Kopf an und neigte ihn ganz leicht zurück. Im selben Augenblick begann sie mit immer noch geschlossenen Augen zu sprechen.

Sie sprach mit einer festen Stimme und gestikulierte dazu ausdrucksstark mit ihren Händen in der Luft. Zunächst stellte sich das Engelswesen mir vor und beschrieb seine Aufgaben im energetischen System der Erde. Es erzählte mir von einer neuen Energie, die seit einiger Zeit auf der Erde Einzug gehalten hatte, und von den Veränderungen, die diese Energie mit sich bringe. Das Wesen unterstrich mit Nachdruck, dass dies der Beginn eines neuen Zeitalters für die Menschheit sein werde.

Nach der eher recht globalen Einführung kamen wir zu dem Themenbereich, der mich deutlich mehr interessierte. Der Engel begann über meine persönliche Situation zu sprechen. Zu meiner Überraschung offenbarte mir das Wesen, dass wir uns schon sehr lange kennen würden und bereits das eine oder andere Abenteuer gemeinsam gemeistert hätten. Dann begann das Wesen sehr konkret auf meine persönlichen Themen einzugehen. Der Engel sprach über Dinge, die das Medium nicht von mir wissen konnte. Selbst meine Affäre war ein Thema in dieser Sitzung und war dem Engel anscheinend nicht verborgen geblieben.

Ich war rundum zufrieden, als die Wesenheit nach einer guten halben Stunde zum Ende kam und sich freundlich verabschiedete. Mir war in dieser halben Stunde klar geworden, dass der Autor der Gottesbücher offensichtlich nicht geschwindelt hatte und dass es eine göttliche Kraft wirklich geben musste. Schließlich hatte eben einer seiner Mitarbeiter direkt mit mir gesprochen. Großartig. Das war es, was ich wissen wollte, und ehrlich gesagt war diese Sitzung jeden einzelnen Euro wert.

Hochzufrieden begann ich also in meiner Hosentasche nach dem vereinbarten Honorar zu kramen.

»Gut«, sagte das Medium, bevor ich mit meinem Kramen zu Ende war. »Wollen wir dann rübergehen?« Sie deutete mit ihrer Hand auf die beiden weißen Sofas, die ich durch die Tür im Nachbarraum sehen konnte.

»Welchen Grund sollte es geben, mich jetzt gemeinsam mit der freundlichen Dame auf ein Sofa in ihrem Wohnzimmer zu setzen?«, dachte ich bei mir.

6

Ein Gefühl von Unbehagen stieg in mir auf, als ich mich schlussendlich auf dem weichen weißen Sofa mit den großen Kissen wiederfand. Ich hatte eine Wolldecke in Leopardenoptik auf meinen Beinen und war bereit mich nach einer entsprechenden Aufforderung der Frau hinzulegen.

»Die Wolldecke ist für den Fall, dass Ihnen in der Meditation kalt wird. Vielen Klienten wird dabei kalt. Haben Sie schon Erfahrungen im Meditieren?«

Offen gesagt hatte ich die nicht. Für mich waren Meditationen ein Buch mit sieben Siegeln. Ich wusste nur, dass es sich dabei wohl um eine Art Entspannungstechnik handeln musste, mit deren Hilfe man zu einer inneren Ruhe finden sollte. In der Flut der Bücher, die ich im letzten Jahr gekauft hatte, war auch eines über Meditationen dabei. Das Buch hatte den Anspruch, einen Weg zur eigenen inneren Mitte aufzuzeigen und wollte mir dabei helfen, meine Gedanken zum Schweigen zu bringen. Im Grunde war das ja keine schlechte Sache.

Ich sollte mir in einer der ersten Übungen vorstellen, dass ein großes Pendel an meinem Steißbein befestigt ist, welches den Mittelpunkt der Erde berührt. Ehrlich gesagt fand ich diese Vorstellung eher schmerzhaft als beruhigend und legte das Buch sicherheitshalber erst einmal zur Seite.

Das Medium schien meine Ausführung eher irritierend als lustig zu finden und ihr sonst so frisches Lächeln wirkte leicht gequält auf mich. Sei es drum. Anscheinend gefiel ihr dafür aber meine kleine Anmerkung, dass ich mich seit geraumer Zeit bemühte, mehr auf meine innere Stimme zu hören, wenngleich es mir noch recht schwerfiel, zwischen der meist lauten Stimme meines Verstandes und dieser leisen inneren Stimme zu unterscheiden.

»Gut. Legen Sie sich bitte hin und schließen Sie die Augen.« Da war sie, die erwartete Aufforderung, mich hinzulegen, dachte ich und kam ihr stillschweigend nach.

»Stell dir vor, du stehst auf einer Wiese. Du hast deine Schuhe und deine Strümpfe ausgezogen und spürst das kühle, nasse Gras unter deinen nackten Füßen.«

Ja, in der Tat konnte ich das nasse, kühle Gras sehr gut spüren. Das sollte im Übrigen jedem gelingen, der schon einmal barfuß über eine feuchte Rasenfläche gelaufen ist.

Auf jeden Fall begann mit dieser Visualisierung eine geistige Reise, die ich bis heute als äußerst spektakulär bezeichnen würde. Wir begaben uns auf eine Art Traumwanderung, auf der ich drei verschiedene Wesenheiten treffen sollte. Jedes dieser Wesen schien hierbei für ein besonderes Aufgabengebiet zuständig zu sein. Das erste Wesen hielt eine Art Lichtschwert in seinen Händen und entfernte damit alte Muster und Prägungen aus meinem Körper. Das nächste Wesen wiederum schien in einer Höhle zu wohnen, deren Wände mit violetten Edelsteinen gespickt waren, wodurch die Höhle in ein ebenfalls violettes Licht getaucht war. Das Wesen lud mich ein, eine Art Lichtdusche zu nehmen, die naheliegenderweise auch in Violett gehalten war und meinen persönlichen Transformationsprozess unterstützen sollte. Das dritte Wesen war eine Art großer Schlüsselmeister. Wir trafen diese Wesenheit in einer weiteren großen Höhle, deren Zugang ein wenig verborgen hinter der violetten Höhle lag.

Das Medium beschrieb jede einzelne Situation sehr genau und ließ mir anschließend sehr viel Raum, mich in der jeweiligen Szene zurechtzufinden. Insgesamt war dies eine wirklich erstaunliche Erfahrung.

Zum Teil war ich in der geistigen Welt so vertieft, dass ich meinte die Wesen bereits sehen zu können, bevor das Medium anfing diese zu beschreiben.

So hatte ich mir eine Meditation beim besten Willen nicht vorgestellt.

Die Höhle, in der wir die dritte Wesenheit trafen, war in ein angenehm warmes, gelbgoldenes Licht gehüllt. Nach einer herzlichen Begrüßung holte das Wesen einen überdimensionierten goldenen Schlüssel aus einem ebenfalls goldenen Schrank und bat mich mein Herz damit aufschließen zu dürfen.

Ohne weiter über diesen, sagen wir mal, ungewöhnlichen Wunsch nachzudenken, willigte ich kurzentschlossen ein. Irgendwie hatte ich das Gefühl, die Reise würde ohne meine Einwilligung abrupt zu Ende sein.

»Nun übergeben wir an dich!«, sagte das Medium, nachdem die Wesenheit den Schlüssel umgedreht hatte und zurückgetreten war.

7

»Wie bitte?« Ein deutlicher Anflug von Panik stieg steil in mir auf und riss mich aus meiner eben noch so heilen Traumwelt. Das war jetzt nicht ihr Ernst. Jetzt, wo es gerade so gut lief, sollte ich die Führung dieser Reise übernehmen? Erneut spürte ich das Gefühl der Panik weiter in mir ansteigen. Mein Panikgefühl war in etwa vergleichbar mit dem Gefühl, das in mir aufkam, als ich in der 5. Klasse eine Darstellung des weiblichen Unterleibes auf einem Overhead-Projektor beschriften sollte. Auch da hatte ich leider keinen Schimmer von dem, was ich eigentlich tun sollte.

»Gut«, dachte ich mir. »Das hier kann ja nicht so kompliziert sein wie der weibliche Uterus.« Dumm war nur, dass mit Einsetzen der Panik alle Bilder verschwunden waren. Es war genau so, als wenn ich einfach nur die Augen zumachte. Da war nichts mehr außer dem für gewöhnlich bei geschlossenen Augen vorherrschenden Nichts. Dunkelheit. Schwarz. Einfach Licht aus.

Wie lange lagen wir jetzt schon schweigend auf den Sofas? Ich versuchte mich zu konzentrieren. Nichts. Ich konnte weder etwas hören noch konnte ich etwas sehen und es kamen auch keine Gefühle in mir auf, die ich hätte näher beschreiben können.

Da war nichts außer dieser beklemmenden Stille und der Dunkelheit.

»Schau noch einmal genau hin. Was siehst du?«

»Ich sehe nichts.«

»Beschreibe das Nichts.«

Jetzt wollte sie mich wohl auf den Arm nehmen. »Beschreibe das Nichts.« Das ist so ähnlich wie der Versuch, den weißen Adler auf weißem Grund zu beschreiben. Geht nicht.

Allerdings schien das Medium nicht von seinem Wunsch nach einer Beschreibung des Nichts abweichen zu wollen. Also gut: »Da ist nichts. Nichts außer Dunkelheit.«

»Gut. Gehe jetzt einen Schritt nach vorne. Gehe in die Dunkelheit hinein.«

Ein klares »Nein!« durchdrang mein Gehirn. Mir war klar: Ich wollte der Dunkelheit nicht näher treten. Komisch, wieso wollte ich das nicht?

»Gehe einen Schritt nach vorn und begib dich in die Dunkelheit.«

Ich kann heute nicht mehr mit Sicherheit sagen, ob ich wirklich einen Schritt nach vorne ging oder ob ich stehen blieb. Jedenfalls hatte ich mit dem, was dann passierte, in keiner Weise auch nur annähernd gerechnet.

Unvermittelt begann die Dunkelheit sich plötzlich zu bewegen. Sie drehte sich. Es fühlte sich an, als ob ich in meinem eigenen Körper eine Rolle rückwärts machte.

Im selben Moment spannten sich meine Beinmuskeln an und es durchdrang mich ein stechender Schmerz, der meinen Magen sich zusammenziehen ließ. Tränen schossen aus meinen Augen und liefen im Sturzbach meine Wangen hinunter. Mein Gesicht verzog sich und eine unerträgliche Hitze stieg in mir auf. Ich rang nach Luft und schluchzte laut auf.

»Sehr gut. Kannst du auch etwas sehen? Begib dich noch tiefer in die Dunkelheit hinein«, sagte das Medium mit noch festerer Stimme, während ich mich redlich um Fassung bemühte und nach Luft schnappte.

Wenn es eine Sache gab, die ich in diesem Moment auf keinen Fall machen wollte, dann war es noch tiefer in diesen Schmerz hineinzugehen. Ich war an der Grenze des Machbaren angelangt und sah mich außerstande auch nur einen Millimeter weiterzugehen. Mein ganzer Körper brannte mittlerweile, als ob ich bei Satan persönlich im Fegefeuer stünde, und gleichzeitig weinte ich wie ein Baby, dem der Leibhaftige erschienen war. Dazu kam, dass das Ganze auf dem Sofa einer älteren Frau stattfand, die ich noch nie zuvor in meinem Leben gesehen hatte. Ein bisschen Würde hätte ich mir in diesem Moment gern erhalten.

Das Medium wiederholte stur seine Aufforderung: »Gehe tiefer in die Dunkelheit und schau einmal genau hin. Was kannst du sehen?«

Auch wenn ich bei Gott keine Bilder oder sonst was sehen wollte. Auf einmal war da etwas in der Dunkelheit. Da war etwas, ich erkannte den Umriss einer Gestalt, die offenbar in dieser Dunkelheit umherirrte. Das Ganze war mehr schemenhaft und es wirkte auf mich, als ob Nebelschwaden die Gestalt umgeben würden.

»Beschreibe bitte, was du siehst.«

»Da ist ein Mönch«, hörte ich mich zu meiner eigenen Überraschung sagen.

»Ja.

Kennst du diesen Mönch? Weißt du, wer er ist?«

Erneut durchfuhr mich dieser sagenhafte Schmerz. Diesmal war der Schmerz noch stärker als zuvor. Der Schmerz zerriss mich förmlich.

»Ich bin der Mönch«, flüsterte ich leise. Schmerzen. Tränen. Nur noch Schmerzen. Tränen tropften von meinem Kinn. Der Schweiß rann von meiner Stirn. Ich zitterte und zuckte.

»Sehr gut. Schau noch einmal hin. Was ist der Grund für deine Schmerzen?«

»Alle sind tot. Einfach alle sind tot. Das ist meine Schuld«, brachte ich mit tränenerstickter Stimme hervor. »Ich hätte sie warnen müssen.«

Auf einmal wusste ich, was passiert war. Das Wissen darüber durchdrang meinen Kopf.

Ich war in diesem Leben ein Mönch gewesen. Ich sah mich

in einem dunklen Gewand in Mitten eines schier unendlichen Schlachtfelds stehen. Viele der toten Menschen dieses großen Regimentes waren Freunde von mir. Ich hatte Informationen über diesen Hinterhalt und war nicht in der Lage gewesen, meine Freunde rechtzeitig zu warnen.

Meine Tränen flossen und ich spürte mit jeder Faser meines Körpers die tiefe Verzweiflung, den unermesslichen Schmerz dieses Mannes.

»Kannst du sehen, wie du diese Inkarnation beendet hast? Wie bist du gestorben?«, wollte das Medium von mir wissen.

Die eben noch plastischen Bilder des Schlachtfeldes lösten sich auf und verschwammen zu einer neuen Szene. Mit den Bildern des Schlachtfeldes wich auch die damit verbundene Trauer langsam aus meinem Körper.

Ich erkenne eine kleine, dunkle Gasse mit feuchtem Kopfsteinpflaster. Es ist Nacht und die Straße ist nur schwach beleuchtet. Ein regungsloser Körper lehnt halb aufrecht sitzend an einer Hauswand eines windschiefen Fachwerkhauses. Neben ihm liegt eine halb geleerte Flasche Wein. Ich bin einsam in einer Gosse elendig verreckt.

Ich griff nach den auf der Sofalehne liegenden Taschentüchern und wischte mir die Tränen aus meinem Gesicht. Langsam legten sich meine Schmerzen und mein Körper beruhigte sich.

Das Medium sah mich mitfühlend an. »Alles gut? Können wir weitermachen? Wir sind ja noch nicht am Ende. Da kommt noch was.«

Ich atmete tief durch, nickte ihr kurz zu und schloss erneut meine Augen.

»Wir sind zurück in der Höhle, in der du zuvor die leuchtende Wesenheit mit dem großen Schlüssel getroffen hast. Die Wesenheit steht dir wieder direkt gegenüber. In Form eines goldenen Bandes stellt das Wesen eine Verbindung von seinem

Herzen zu deinem Herzen her. Spüre einmal in diese Verbindung hinein. Erfühle den Frieden und die Liebe, die dein Herz jetzt durchströmen.«

Was auch immer da jetzt nach der ganzen Aufregung passierte, es fühlte sich sehr gut an.

Das Wesen nahm mich nach einer Weile an die Hand und wir gingen gemeinsam ein Stück tiefer in die Höhle hinein. Nach wenigen Schritten trafen wir auf eine schlichte, goldene Tür. Hinter dieser Tür sollte ein Raum liegen, den ich nur alleine betreten konnte. Die Wesenheit verabschiedete sich von mir und ich trat vor die Tür.

Vorsichtig drückte ich die mächtige Türklinke hinunter und öffnete die Tür zunächst einen Spaltbreit.

Ein angenehm warmes Licht strahlte mir entgegen. Es blendete mich förmlich, sodass ich meine Augen zusammenkniff. Ich trat in den Raum hinein. Es schien, als sei der ganze Raum mit diesem hellen Licht gefüllt. Der Raum fühlte sich sehr vertraut an und mich durchströmte das wohlige Gefühl von Sicherheit und Geborgenheit.

Ein Gefühl voller Vertrauen. Es war, als käme ich nach einer unendlichen langen Reise endlich nach Hause.

Der Raum an sich schien keine Grenzen zu haben. Es war für mich nicht zu erkennen, wo er anfing oder wo er endete.

Auf die Anweisung des Mediums sah ich mich weiter um und ging tiefer in Richtung eines etwas heller scheinenden Bereiches in den Raum hinein. Dieser immer heller werdende Bereich schien mich magisch anzuziehen.

Das Medium ermunterte mich in ihrer mittlerweile gewohnt direkten Weise, zu beschreiben, was ich sah.

Ich stand vor einer strahlenden, goldenen Lichtsäule mit einem unglaublichen Glanz. Der Glanz schien wellenartig von der Lichtsäule auszugehen. Ich spürte, wie eine unbeschreibliche Wärme meinen Körper durchdrang.

»Weißt du, wer das ist?«, wollte mein Medium mit einer fast buttrigen Stimme wissen.

Ja, ich wusste, wer das war.

Aber es gelang mir nicht, mein Wissen in Worte zu fassen.

»Das ist dein Höheres Selbst. Dein Höheres Selbst hat eine Botschaft für dich. Konzentriere dich und höre einmal genau hin. Was möchte dir dein Höheres Selbst sagen?«

Diese Botschaft erreichte mich zunächst als Gefühl. Eine unglaubliche Wärme drang in mich ein und umhüllte mich liebevoll.

Tränen stiegen in mir auf. Eingebettet in dieses tiefe Gefühl vernahm ich eine ganz leise Stimme, die zu mir sagte:

»Schön, dass du da bist. Ich habe dich so sehr vermisst.«

Ich war außerstande, meine Gefühle zurückzuhalten. Erneut strömten Tränen meine Wangen hinunter.

8

Ich saß noch eine ganze Weile auf dem Sofa und hing in Gedanken meinen Erlebnissen nach. So war das also, wenn man auf seinen göttlichen Anteil traf. Warum hatte ich das nicht schon viel früher gemacht? Und warum hatte mir bisher noch niemand gesagt, dass man so etwas machen kann?

Das Medium reichte mir mein Glas mit dem Salz-Wasser-Gemisch. Auch für sie schien die letzte Stunde recht anstrengend gewesen zu sein.

»Das war großartig«, sagte ich und fühlte mich außerstande das Erlebte in Worte zu fassen.

Nur zögerlich begannen wir eine Unterhaltung. Wir tauschten uns ein wenig über unseren bisherigen spirituellen Weg aus. Sie schien es zu amüsieren, dass der Heilpraktiker, den wir ja beide kannten, ein Großcousin von mir war und dass ich ihn trotzdem erst vor einem Jahr kennengelernt hatte. Ich könne mir sicher sein, dass dies kein Zufall war, sagte sie mit ihrem ansteckenden Lachen.

Draußen wurde es langsam dunkel und es war Zeit für mich aufzubrechen. Das Medium verabschiedete mich, allerdings nicht ohne mir noch ein paar Worte mit auf den Weg zu geben:

»Wie Ihnen der Engel ja bereits im Channeling [Begriff für die Übermittlung von Botschaften aus der geistigen Welt durch ein Medium] sagte: Die neue Energie ist auf der Erde angekommen und Sie können sich mit dieser Kraft verbinden. Wenn Sie diese Verbindung mit der neuen Energie eingehen möchten, genügt es, wenn Sie hierfür Ihre reine Absicht bekunden. Dann wird Ihr Prozess ganz von alleine beginnen. Nutzen Sie die Wiese und die Engelswesen, die Sie jetzt ja kennen, um gut durch die Umstellungsphase zu kommen. Rufen Sie mich an, wenn Sie weitermachen wollen. Wir haben ja noch ein bisschen Arbeit vor uns.«

Ich nickte ihr ohne Widerworte zu, wenngleich ich nicht genau wusste, was sie gemeint hatte. Aber welche Rolle sollte das an diesem Tag noch spielen? Ich hatte meinen göttlichen Anteil gesehen. Ich hätte platzen können vor Glück. Alles, was ich in den vergangenen Monaten so sehnlich erhofft hatte, schien wahr zu sein. Das Göttliche war zum Greifen nahe.

Ich musste jetzt unbedingt meiner Frau davon berichten.

9

Noch auf der Heimfahrt von meiner Sitzung rief ich meine Frau an. Ich glaube, dass sie von meinem Redeschwall maximal die Hälfte verstehen konnte. Ich war derartig durch den Wind, dass ich kreuz und quer von meinen Erlebnissen berichtete.

Um mich überhaupt einigermaßen auf den Verkehr konzentrieren zu können, beschloss ich, erst einmal eine Pause in einem Coffeeshop in der Nähe einzulegen.

Noch bevor ich meinen Wagen für meinen Kaffeestopp verließ, hielt ich für einen kurzen Moment inne und atmete einmal tief durch.

Mit einer leicht tragenden Stimme tat ich meine Absicht kund, in die neue Energie gehen zu wollen.

Was auch immer diese neue Energie genau sein mochte.

Genau genommen war es mir in diesem Moment auch schnurzpiepe, was die neue Energie war oder nicht war. Ich hatte eben meinen wahren göttlichen Kern getroffen. Ich hatte seine Gegenwart gespürt. Seine Liebe hatte mich durchflutet. Was also in drei Teufels Namen sollte mir jetzt noch passieren können? Ich wollte mit meiner Anforderung nur sichergehen, dass dieses göttliche Gefühl niemals aufhören würde.

In den folgenden Tagen empfand ich mich selbst nur noch als absolut heilig. In jedem Menschen, den ich traf, glaubte ich seinen göttlichen Anteil zu erkennen. Ich war wie in Watte gepackt und schwebte engelsgleich durch meinen Alltag.

Im Gedenken an diesen einmaligen Moment, in dem ich meinen göttlichen Teil traf, ließ ich mir bei dem kleinen Goldschmied in unserem Ort einen goldenen Anhänger anfertigen, der die Symbole der Weiblichkeit und der Männlichkeit in sich vereinte. Der Anhänger war sozusagen eine Symbiose beider

Geschlechter, die für mich meinen göttlichen Kern symbolisierte.

Ganz tief in mir spürte ich: Alles ist gut.

10

Es traf mich ohne Vorwarnung. Es war ein Gefühl, als hätte mich ein kompletter Sattelzug überrollt. Ich konnte kaum atmen und rang nach Luft.

Mit der rechten Hand stützte ich mich am Stamm einer mächtigen Kiefer ab. Ein kraftvoller Hustenkrampf, der seinen Ursprung offensichtlich in meinem Bauchraum hatte, versuchte auf dem Weg nach draußen meinen Brustkorb zu sprengen. Ich hatte das Gefühl, ich müsste mich auf der Stelle übergeben. Meine Beine gaben nach. Ich sackte auf meine Knie und stützte meinen Oberkörper mit beiden Händen mühevoll auf dem feuchten Waldboden ab. Schleim lief mir aus Mund und Nase. Der Schweiß stand auf meiner Stirn. Mit der nächsten Hustenattacke sollte mir schwarz vor Augen werden.

Noch einmal hustete ich und das Ganze endete so schnell, wie es gekommen war. Ich berappelte mich wie ein alter Ackergaul, klopfte die Erde und die alten Blätter von meiner Jogginghose und reinigte meine Hände, so gut es eben mitten im Wald ging. Schweren Schrittes schleppte ich mich die letzten zwei Kilometer bis zu unserem Haus. Ohne zu wissen, was mir da im Wald passiert war, setzte ich mich an unseren runden Küchentisch.

Die ersten Veränderungen hatte ich bereits gut eine Woche nach meiner Sitzung bei dem Medium gespürt. Mehrmals am Tag durchzog mich ohne einen ersichtlichen Grund ein beunruhigendes Gefühl. Es war ein Gefühl von leichtem Unbehagen und brachte eine gewisse Schwere mit sich. Das Gefühl blieb einige Augenblicke, verschwand dann aber genauso schnell und unauffällig, wie es zuvor gekommen war.

Neu für mich waren diese immer häufiger auftretenden Hustenattacken, die zum ersten Mal auf meiner morgendlichen

Laufrunde auftraten und mich von nun an regelmäßig überkamen.

Was war los mit mir? War ich krank? Hatte das alles etwas mit der Sitzung bei dem Medium zu tun? Waren das etwa Anzeichen des Umstellungsprozesses, von dem das Medium und der Engel gesprochen hatten?

Da ich sowieso vorhatte, in den nächsten Tagen einen Termin für eine zweite Sitzung bei dem Medium zu vereinbaren, rief ich die Frau kurz entschlossen an. Vielleicht konnte sie mir ja sagen, was zum Teufel mit mir los war.

Auf meine ausführliche Schilderung der Lage antwortete das Medium in ihrer gewohnt hanseatischen Art kurz und knapp: »Sie arbeiten an Ihnen. Das ist doch gut, nicht?«, und damit war das Thema für sie erledigt.

»Das ist doch gut, oder ist es das nicht?«, stellte ich mir selbst die Frage. Was bedeutete, »Sie arbeiten an Ihnen«? Und wer waren in diesem Fall eigentlich »sie«? Ich war beunruhigt und hoffte inständig, eine etwas aussagekräftigere Antwort auf meine Fragen in meiner nächsten Sitzung mit dem Engel zu erhalten.

10

März 2003

Bis zu der nächsten Sitzung sollte sich die Zeit wie ein elendiger Kaugummi ziehen. Mein ungutes Gefühl kam nun regelmäßiger vorbei und blieb auch unangenehmerweise immer länger. Zu diesen unguten Gefühlen gesellten sich dann auch bald einige körperliche Symptome, die sich quasi über Nacht angeschlichen hatten und sich mit steigender Intensität ganz langsam in mir ausbreiteten. Das Ganze paarte sich mit einem Gefühl von unsagbarer Unruhe.

Die Muskeln in Armen und Beinen fingen dabei zunächst leicht an zu kribbeln und fühlten sich schwerer und träger an als sonst. Vielleicht ist dieses Gefühl am besten mit Gliederschmerzen zu vergleichen, die eine aufziehende Erkältung ankündigen. Nur folgte den Gliederschmerzen weder ein Halsschmerz noch sonstige Anzeichen eines grippalen Infektes.

Die Gliederschmerzen waren einfach da und machten keine Anstalten, wieder gehen zu wollen. Sie blieben einfach. Das Kribbeln in den Muskeln entwickelte sich langsam zu einem Ziehen und machte jede Bewegung unheimlich zäh. Nach und nach fühlte ich mich immer mehr, als ob eine tonnenschwere Last auf mir ruhen würde.

Fast noch unerträglicher als der körperliche Schmerz war ein Zustand von Unruhe, der den Anschein hatte, ganz tief aus meinem Bauchbereich zu kommen. Diese Unruhe trieb mich fröhlich pfeifend wie ein angeschlagenes Tier vor sich her. Es gab irgendwann keinen Platz mehr, an den ich mich hätte zurückziehen können. Nicht auf mein Sofa, nicht in mein Schlafzimmer, nicht vor den Fernseher. Nirgends fühlte ich mich noch sicher, geschweige denn geborgen.

Wahrscheinlich war es logisch und es ist überflüssig, es zu

erwähnen, aber auch meine Nachtruhe wurde ganz empfindlich in Mitleidenschaft gezogen. In dieser Phase schlief ich in der Regel völlig gerädert erst weit nach Mitternacht ein und fiel in eine Art komatösen Schlaf. Problematisch war, dass dieser Schlaf bereits am frühen Morgen gegen etwa vier Uhr endete.

Mein Körper schlief um die Zeit noch, aber mein Geist war bereits hellwach. Ich lag da und erspürte den Schmerz, der gemeinsam mit der Hoffnungslosigkeit durch meinen Körper zog.

Mitten in der Nacht lag ich bewegungsunfähig mit geschlossenen Augen da und war hellwach, während mein Körper zu schlafen schien. Manchmal glaubte ich, dass es sich genau so anfühlen musste, lebendig begraben zu sein.

In manchen Nächten schwitzte ich stark und ich musste mein Bettzeug wechseln. Immerhin wurde durch das Wechseln der Bettwäsche in der Regel auch mein Körper wieder wach.

»Gut, sie arbeiten an dir«, dachte ich mir. Nur, bezogen sie auch mein Bett neu und würden sie dafür sorgen, dass genügend Geld in der Familienkasse war?

Neben der wirklich anstrengenden körperlichen und psychischen Herausforderung dieser Tage brach zu allem Überfluss auch noch mein Geschäft komplett ein. Sollte mich die Panik aufgrund der beschriebenen Symptome bis jetzt noch nicht vollständig gepackt haben, so war dies ganz offensichtlich der Zeitpunkt, mir ernsthaft Sorgen zu machen.

Schließlich stand der Start meiner Selbstständigkeit unmittelbar bevor. Ab dem 1. April sollte es kein Gehalt mehr für mich geben. Ab April würde ich von einer Provision abhängig sein, die logischerweise nur bei einem erfolgreichen Verkauf einer oder auch mehrerer Eigentumswohnungen gezahlt werden würde.

Und da lag der Hase im Pfeffer. Seit Wochen war das Interesse an meinen Wohnungen stetig zurückgegangen. Natürlich lag das nicht zuletzt an der Jahreszeit und den traditionell verkaufsschwachen Monaten Januar und Februar. Aber auch der unmittelbar bevorstehende Frühling schien keine Belebung der Nachfrage mit sich zu bringen. Ganz im Gegenteil. Ohne zu flunkern, kann ich behaupten, dass es in den letzten zwei Wochen nicht einen einzigen Anruf eines potenziellen Kaufinteressenten gegeben hatte.

Aber gut – sie arbeiteten ja an mir.

11

Kurz bevor ich in die Wohnstraße einbog, in der ich das Medium erneut treffen würde, erreichte mich der Anruf meines Berliner Kollegen.

»Stell dir vor, sie haben heute den Vorstand vom Hof gejagt«, teilte mir dieser hörbar aufgeregt mit.

»Super«, dachte ich. Das hatte mir zur Vollkommenheit meines Glücks noch gefehlt. Schließlich hatte ich alle Details meiner angehenden Selbstständigkeit mit dem betreffenden Vorstandsvorsitzenden ausgehandelt. Bis zu diesem Anruf war ich im festen Glauben gewesen, unsere persönliche Beziehung sei ein solides Fundament für einen sicheren Start in meine unternehmerische Zukunft. Das war wohl nichts.

Als ich wenig später vor der Wohnungstür des Mediums stand, hoffte ich nur, dass in der Sitzung keine weiteren schlechten Nachrichten auf mich lauerten.

Der Ablauf der Sitzung entsprach im Grunde in Art und Umfang dem meines ersten Besuches.

Wieder sprach der Engel als Einführung freundliche Worte. Wieder begaben wir uns auf die Sofas. Wieder starteten wir auf der Wiese. Wieder kamen die drei Wesenheiten. Wieder gab es Tränen und Schmerzen bei dem Besuch eines längst vergangenen Lebens. Wieder besuchte ich zum Abschluss mein Höheres Selbst.

Einen gravierenden Unterschied gab es allerdings:

Ich fühlte mich nach dieser Sitzung nicht göttlich.

Ich wusste nicht, wie lange ich schon auf der Parkbank am Alsterufer saß. Waren es zehn Minuten, eine Stunde, drei Tage? Ich hatte keine Ahnung. Die Gedanken kreisten durch meinen Kopf. Ich war erschöpft von der Sitzung und von den zurückliegenden Wochen. Auch die Nachricht von der Entlassung des

Vorstandes meines Auftraggebers hatte ihre Spuren hinterlassen. Da ich ja im Moment absolut keinen Verkauf zustande brachte, würde mich die neue Geschäftsleitung sicherlich als Nächsten rauswerfen, ging es mir durch den Kopf.

Kunststück, als freier Mitarbeiter war ich leicht zu entsorgen. Auch egal. Ohne Verkäufe und somit ohne Provisionseinnahmen war ich ja sowieso in spätestens zwei Monaten pleite. Wo also war da bitte der Unterschied?

Wer hatte nur diese beschissene Idee, mit der Verantwortung für drei Kinder, einer Vollzeitmutter, einem neuen Haus und zugleich ohne nennenswerte Rücklagen den Schritt in die Selbstständigkeit zu wagen?

»Sie arbeiten an dir«, hatte ich die Worte des Engels noch im Ohr. Klar doch, wenn man irgendwo auf der Wolke sitzt, mag das alles ganz lustig sein. Hier ging es aber schlicht und ergreifend um unsere Existenz. Hier wurde nicht mit Wattebauschen geworfen. Das hier war das wirkliche Leben.

Mir kamen Tränen der Verzweiflung hoch. Und noch ein Problem wurde mir dadurch deutlich: Irgendwie musste ich dieses ewige Geheul in den Griff kriegen.

Ich versuchte mich also sachlich meinen Problemen zu nähern. Was hatte der Engel gesagt? Vielleicht hätte ich mir doch ein paar Notizen machen sollen, während ich seinen Ausführungen am Küchentisch lauschte.

Der Engel hatte mir meine Symptome im Grunde ausführlich erklärt. Er sagte, dass ich mit der Äußerung meiner Absicht, in die neue Energie zu gehen, eine Art Umstellungsprozess ausgelöst hatte, welcher für gewöhnlich nicht länger als neunzig Tage andauern würde. In dieser Zeit würde sich mein Energiefeld neu ausrichten und es würde ein Wechsel der Geistführer stattfinden. Es sei zwar nicht der Regelfall, aber es könne bei Einzelfällen in dieser Zeit durchaus zu depressionsartigen Zuständen kommen, die aber wieder verschwinden würden.

Super, ich war also bedauerlicherweise ein nicht sehr häufig vorkommender Ausnahmefall.

Weiter erklärte mir der Engel, dass bei meiner Person erschwerend hinzukomme, dass ich eine weit gereiste Seele sei, die mit schwerem Gepäck unterwegs war. Dieses Gepäck wolle jetzt ausführlich bearbeitet werden. Insgesamt seien hierfür fünf Sitzungen sehr empfehlenswert.

Moment mal! Ging es hier etwa nur darum, mir so viele Sitzungen wie möglich zu verkaufen?

Nach kurzer Überlegung verwarf ich diesen durchaus berechtigten Gedanken recht schnell. Meine Gefühle in den Sitzungen waren einfach zu real. Ich wusste, was ich gespürt hatte. Ich wusste, was ich gesehen hatte. Ich war mir mehr als sicher, dass diese vielleicht auch geschäftstüchtige ältere Dame nicht in der Lage war, mir meine Gefühle bloß einzureden.

Größere Sorgen bereitete mir allerdings, was der Engel über meine berufliche Zukunft zu sagen hatte. Er meinte zu wissen, dass ich in früheren Leben ein großartiger Heiler gewesen war. Dies gehe bis auf die Zeiten in Atlantis zurück. Es wäre nun für mich an der Zeit, dieses alte Wissen zu bergen und es in mein Leben in der neuen Energie zu integrieren. Mir sei ja schon bewusst geworden, dass sich meine berufliche Tätigkeit in diesem Moment bereits neu ausrichtet. Im Grunde würde ich mich mit den Dingen, die ich in der Vergangenheit so getrieben hatte, eh nicht mehr richtig wohlfühlen. Es sei nun an der Zeit für mich, die anstehenden Veränderungen in mein Leben zu lassen.

Super, ich gebe jetzt mein erhofft profitables Immobiliengeschäft auf, noch bevor ich überhaupt richtig damit angefangen habe, um als Heiler meine Hand auf irgendwelche Gebrechen zu legen. Genau so hatte ich mir mein Leben nicht vorgestellt. Als Nächstes kam wahrscheinlich die Information, dass ich in Zukunft in einem Zelt hausen und als Jäger und Sammler auf Nahrungssuche gehen würde.

Auf diese Art von Zukunftsvision verzichtete der Engel allerdings. Vielmehr versuchte er abschließend ein wenig Zuversicht in mir zu verbreiten. Es gebe in Wirklichkeit keinen Grund, sich irgendwelche Sorgen zu machen. Alles werde schließlich so kommen, wie ich es in einer höheren Ebene geplant hatte, und es sei für mich und meine Familie gesorgt. Schließlich würde ich ja das Gesetz der Fülle bestens kennen.

Ich solle mich vordringlich weiter mit den Meditationen beschäftigen und so oft wie möglich in den Kontakt mit meinem Höheren Selbst treten. Schlussendlich sei es ja das Ziel aller erwachten Seelen, sich mit dem eigenen göttlichen Anteil zu verbinden. Es schien den Engel zu amüsieren, dass es nach seiner Einschätzung noch gut zehn Jahre dauern dürfte, bis eine wahre Verschmelzung mit meinem göttlichen Anteil möglich sei.

Ich starrte auf die Alsterdampfer, die am vergangenen Wochenende ihren Betrieb nach den langen Wintermonaten wieder aufgenommen hatten und in Hamburg so etwas wie die Vorboten des Frühlings waren.

Ich fühlte mich so unglaublich leer. Meine Gedanken kreisten immer wieder um die gleichen Themen. Wie sollte das alles nur weitergehen?

12

Montag, der 5. Mai 2003. An diesem Tag würde rein rechnerisch alles vorbei sein. Jedenfalls war dies der neunzigste Tag nach der ersten Sitzung bei dem Medium. Es waren also nur noch dreiundsiebzig Tage, der Rest von diesem Tag und drei weitere Sitzungen bei dem Medium und ihrem Engel. Das klang eigentlich machbar.

Das Erste, was ich nun brauchte, war ein gutes Konzept, wie ich diese Zeit halbwegs gesittet hinter mich bringen konnte.

Im Prinzip wollte ich einfach nur an meinem Lebensrhythmus festhalten. Ich hatte vor, weiterhin drei- bis viermal in der Woche meine Laufrunde zu absolvieren. Die Kinder würde ich wie gewohnt jeden Morgen in den Kindergarten bringen. Ich fand, das war ein guter Plan.

In der verbleibenden Zeit könnte ich versuchen zu arbeiten. Irgendwie musste ich mich ja auch noch um meinen Broterwerb bemühen. Mein neuer Auftraggeber hatte sich gemeldet und der Vertriebsstart sollte in rund vierzehn Tagen über die Bühne gehen. Hierfür war noch ein ganzer Haufen von Dingen in der Vorbereitung zu erledigen. »Also packen wir es an«, dachte ich bei mir.

Der Vertriebsleiter dieses neuen Auftraggebers war mir schon bei unserem ersten Treffen sympathisch gewesen und hatte ebenfalls erst vor Kurzem in dem Unternehmen seine Arbeit aufgenommen. Zudem schien er eine gewisse spirituelle Ader zu haben. Bei unserem Kennenlernen berichtete er mir von seinen wundervollen Erlebnissen auf seiner Ayurveda-Kur, für die er Ende des letzten Jahres mehr als sechs Wochen in einem kleinen Dorf in Indien gelebt hatte. Guck an. Vielleicht würde sich da ja noch etwas aus diesem Kontakt ergeben.

Wir hatten uns für den kommenden Montagvormittag für

den Einkauf der Musterwohnungseinrichtung verabredet. »Routine«, dachte ich mir. Ich konnte mich im Grunde gar nicht mehr daran erinnern, wie häufig ich in den vergangenen Jahren in irgendwelchen Möbelhäusern irgendwelche Einrichtungsgegenstände für irgendwelche Musterwohnungen ausgesucht hatte.

Das dazwischenliegende Wochenende verlief ähnlich katastrophal wie die gesamten letzten Wochen. Ich schleppte mich von Stunde zu Stunde, stets in Begleitung von Schmerzen, düsteren Gedanken, Husten, keiner Kraft und wieder Schmerzen. Würde das jemals aufhören?

Am Montagmorgen fuhr ich also leicht gerädert, aber pünktlich zum Treffpunkt mit meinem neuen Chef. Je näher ich meinem Fahrtziel kam, desto kraftloser wurde ich. Da war sie wieder, die mittlerweile fast schon lieb gewonnene Schwere in meinen Knochen.

»›Komm schon, reiß dich zusammen‹, versuchte ich mich selbst zu disziplinieren. ›Ist doch im Grunde ganz einfach‹, hörte ich mich selbst sagen. ›Es ist Krieg und wir gehen hin.‹«

Als ich meinen Wagen auf dem großen Parkplatz abstellte und das Gebäude des überdimensionierten Möbelhauses betrachtete, stand eines für mich fest: Ich wollte eigentlich gar nicht in den Krieg ziehen!

Der Vormittag im Möbelhaus war das reine Martyrium. Ich schleppte mich von Abteilung zu Abteilung. Wir kauften hässliche blaue Sessel, einen wenig attraktiven Schreibtisch mit einem doofen Schreibtischstuhl, von dem ich schon beim bloßen Ansehen Rückenschmerzen bekam.

Apropos Schmerzen. Mein Körper brannte wie ein Weihnachtsbaum. Konnte den vielleicht mal kurz jemand löschen?

Vergebene Liebesmühe. Da war niemand, der meinen brennenden Körper wahrnahm, geschweige denn meinen Schmerz löschen konnte oder wollte.

Gefühlte unzählige quälende Stunden später waren wir fertig und trafen mit dem Haufen Zeugs in meiner neuen Musterwohnung ein. Gott, war das schrecklich hier.

Ich stellte mir vor, dass ein Amokläufer kurz vor seiner Tat ähnliche Gefühle haben musste.

»Ich kann das nicht«, hörte ich mich sagen und drehte mich gleichzeitig zu meinem Vertriebsleiter um. »Ich kann hier nicht für Sie arbeiten.«

Damit hatte ich den Mann sichtlich überrascht. Allerdings blieb der von mir erwartete Gefühlsausbruch dieses Mannes aus. Auch musste ich ihm nicht lange erklären, was auf einmal los mit mir war. Es schien mir, als habe er nicht begriffen, was ich da eben gesagt hatte.

Auch nach meinem zweiten Erklärungsversuch blieb dieser Mann erstaunlich gelassen. Er hatte nur den Wunsch, dass ich meine Entscheidung dem Inhaber des Unternehmens direkt mitteile. Also rief ich noch aus der Musterwohnung bei diesem an, um ihm die Botschaft meiner Kapitulation persönlich zu überbringen.

Seine Antwort fiel dann auch dementsprechend aus: »Wer nicht verkaufen kann, den brauchen wir nicht. Das wird sich in der Branche rumsprechen. Auf Leute, die aufgeben, bevor sie anfangen, kann die Welt gerne verzichten. Machen Sie sich bloß vom Acker!« Er knallte den Telefonhörer noch mitten in seinem Schwall von Beschimpfungen auf das Telefon.

Natürlich konnte ich ihn und seinen Ärger irgendwie verstehen. Aber das war jetzt zweitrangig. Ich nahm meine Beine in die Hand und sah zu, dass ich so schnell wie möglich nach Hause kam.

»Gut«, dachte ich auf der Rückfahrt. Es sind noch ich weiß nicht wie viele Tage und drei Sitzungen, bis dieser Albtraum ein Ende haben wird. Im Moment hatte ich ohne ersichtlichen Grund meinen neuen Job weggeworfen und damit schon wieder ein neues Problem verursacht.

13

Ganz offensichtlich war mein Konzept, einfach weiterzumachen, als ob nichts wäre, nicht ganz so erfolgreich, wie ich es mir erhofft hatte. Ich hatte das dumpfe Gefühl, dass ich etwas vorsichtiger mit meinem Handeln sein musste, ansonsten würde am Ende dieser neunzig Tage nicht mehr allzu viel von meinem Leben übrig sein.

Meine morgendlichen Läufe halfen mir trotz allem ein wenig dabei, mich über Wasser zu halten. Ich hatte mittlerweile auf meiner Laufstrecke einen festen Ort gefunden, an dem ich unbeobachtet meine Hustenanfälle zelebrieren konnte. Wenigstens auf das regelmäßige Auftreten der Hustenkrämpfe war in diesen Tagen Verlass.

Mehr Sorgen als der Husten bereiteten mir allerdings meine Gedanken, die zunehmend düsterer wurden. Irgendwann stellte ich mir die Frage, was passieren würde, wenn sich herausstellte, dass diese Phase nicht wie versprochen am 5. Mai beendet sein würde.

Gab es überhaupt so etwas wie diese Umstellungsphase?

Was wäre, wenn das alles nur ein gefährliches Spiel mit meiner Psyche war? Wer war diese Frau überhaupt, die sich hier als Medium ausgegeben hatte? Wusste sie wirklich so genau, was sie da tat?

Immerhin hatte ich eben einen ganz offensichtlich wichtigen Job in den Wind geschossen. Was war, wenn ich morgen einen Rappel bekam, meine Familie auslöschte und das Haus anzündete?

Gut, jetzt hatte ich Angst.

Mein Heilpraktiker schied als seriöser Ansprechpartner in Sachen Medium aus. Schließlich hatte er diese Frau ja angeschleppt.

Normale Menschen oder gar einen Arzt wollte ich in diesem Moment nicht um Rat fragen. Zu groß war meine Angst, dass ich von jetzt auf gleich für eine längere Zeit eingeschlossen werden würde.

Also blätterte ich auf der Suche nach Hilfe das esoterische Monatsmagazin durch, welches ich vor einigen Tagen in unserem Bioladen gefunden hatte.

Auf den hinteren Seiten des Magazins fand ich eine ganze Menge von Kleinanzeigen, in denen die verschiedensten Menschen ihre Dienste feilboten. Offensichtlich gab es hier auch eine ganze Reihe von Anbietern, die ebenfalls einen Kontakt zu dem Engel meines Mediums unterhielten. Praktischerweise verfügten einige der Anzeigen über ein Foto des Anbieters und so suchte ich mir nach Sympathiefaktor eine Ansprechpartnerin aus und wählte ihre Rufnummer.

Das Glück war mir in diesem Moment offenbar hold und ich erreichte die junge Frau bei meinem ersten Kontaktversuch. Als ich mich vorgestellt hatte und sie mir bestätigte, dass sie sich mit Fragen zu dem besagten Engel durchaus sehr gut auskenne, legte ich los. Ich klagte ihr mein komplettes Leid. Ich erzählte ihr von den Sitzungen, von vergangenen Leben, von dem vermeintlichen Umstellungsprozess, kurzum lud ich all meine Erlebnisse der letzten Wochen bei ihr ab. Als ich zum Ende gekommen war, schwieg meine Gesprächspartnerin eine Weile und stellte mir dann eine einzige Frage.

»Wissen Sie, ob Ihr Medium eine Einweihung erhalten hat?«

Eine was? Ich hatte keinen blassen Dunst, wovon meine Gesprächspartnerin in diesem Moment sprach. Auch wusste ich nicht, ob das Medium, bei dem ich gewesen war, über eine derartige Qualifikation verfügte. Gesagt oder gezeigt hatte mir die Frau nichts dergleichen.

»Ohne eine entsprechende Einweihung ist es sehr gefährlich, mit Klienten diese Arbeit zu machen.«

Gut beziehungsweise gar nicht gut. Das konnte ich verstehen und ich wusste nur zu genau, was die Frau am anderen Ende der Leitung mit »gefährlich« meinte.

Sie empfahl mir, mich schleunigst bei meinem Medium zu erkundigen, ob sie eine entsprechende Einweihung erhalten hatte. Anschließend sollten wir noch einmal telefonieren, um zu besprechen, was dann zu tun war.

Als meine Frau am selben Nachmittag von ihren Einkäufen nach Hause kam, fand sie ihren Ehemann als ein Häufchen Elend in ihrer Küche vor.

Ich berichtete ihr von meinem Telefonat mit der Frau aus der Zeitung und von der möglicherweise fehlenden Einweihung des Mediums und dass ich, sollte sich das Fehlen der Einweihung bestätigen, möglicherweise verloren sei.

Ein schwallendes Gelächter unterbrach meine bis dahin herzzerreißende Darbietung. Meine Frau schüttelte sich vor Lachen und tippte mit der Spitze ihres Zeigefingers an ihre Stirn. »Du spinnst, mein Schatz. Du spinnst.«

14

Mitte April 2003

Manchmal tut es gut, wenn einem ein vertrauter Mensch mehr oder minder behutsam den Marsch bläst. Meine Frau zählt für mich ganz eindeutig zu diesen Menschen, die es verstehen, mir gelegentlich behutsam, aber kräftig in den Hintern zu treten.

Und natürlich hatte sie recht, dass es an der Zeit war, einfach mal Ruhe zu bewahren. Und ja, noch waren die neunzig Tage nicht vorüber und somit gab es im Moment keinen Anlass, die Worte des Engels und die Arbeit des Mediums infrage zu stellen.

Es war jetzt an der Zeit, zu vertrauen. Natürlich ist es leichter zu vertrauen, wenn die Sonne scheint und alles wie am Schnürchen läuft. Praktisch gesehen ist es in diesen guten Phasen nicht einmal erforderlich, großartig zu vertrauen.

Erst wenn ein Unwetter aufzieht, welches ganz offensichtlich Haus und Hof bedroht, dann ist Vertrauen gefragt. Und ausgerechnet dann ist es für mich so überaus schwer, nicht kopflos durch den Sturm zu rennen und mir auszumalen, was doch alles Schlimmes passieren wird.

Ja, es war gut, dass mich meine Frau zur Ruhe ermahnte. Es waren ja bloß noch ein paar Wochen bis zum Ablauf der neunzig Tage. Auch war es eine gute Idee, erst einmal das Ergebnis der letzten Sitzung bei dem Medium abzuwarten und den eingeschlagenen Weg weiterzugehen.

Außerdem schien sich in diesen Tagen beruflich eine positive Veränderung anzubahnen. Ein spanischer Bauträger hatte sich auf meine Bewerbung gemeldet und mich zu einem Vorstellungsgespräch eingeladen. Mit euphorischer Begeisterung studierte ich den der Einladung beiliegenden, mehrere Hundert

Seiten starken, zum Buch gebundenen Hauskatalog. Ich konnte mir diese Aufgabe sofort sehr gut vorstellen. Ich würde die deutschen Interessenten, die sich auf die aufwendigen Werbemaßnahmen des Unternehmens melden würden, in allen Fragen rund um die angebotenen Villen im sonnigen Spanien beraten. Für die Geschäftsabschlüsse würde ich mit den Kunden an die Costa Azahar, an die südspanische Orangenblütenküste in der Nähe von Alicante, fliegen und in dem gesellschaftseigenen Hotelkomplex residieren. »Das passt«, dachte ich mir. War dies womöglich schon die vom Engel prophezeite Wendung meines Schicksals? Es würde sich alles ergeben und etwas Neues in mein Leben kommen, hatte er gesagt.

Zack, da war es.

Ich bestätigte den vorgeschlagenen Termin und freute mich auf das Kennenlernen des für das Deutschlandgeschäft zuständigen Vertriebsleiters.

Zwar verschwanden meine Beschwerden nicht vollständig, aber der anstehende Termin schien einen positiven Einfluss auf meine Befindlichkeit zu haben.

Ich traf den Deutschlandchef in einem Hotel am Flughafen in meiner Lieblingsstadt Hannover. »Komisch. Schon wieder Hannover.« War das womöglich ein gutes Zeichen?

Ein überschwänglich wirkender Mann mittlerer Größe kam in der vertriebstypischen Dynamik auf mich zu. Irgendwie passte sein Auftreten zum 1980er-Jahre-Chic der übergroßen Hotellobby, dachte ich, als ich seine Hand schüttelte.

Wir setzten uns und der Mann kam ohne große Vorrede zur Sache. »Herr Krause, ich will mich kurz fassen. Wir sind auf der Suche nach den besten Verkäufern. Herr Krause, beantworten Sie mir eine Frage: Sind *Sie* der beste Verkäufer?«

Jeder halbwegs zurechnungsfähige Mensch mit ein wenig Vertriebserfahrung wäre in genau diesem Moment kopfschüttelnd aufgestanden und hätte zugesehen, dass er Land gewinnt.

Ich blieb sitzen.

Keine acht Tage später fand ich mich auf dem Beifahrersitz eines Kleinwagens wieder, der soeben von einem merkwürdig lachenden Menschen hupend und mit deutlich überhöhter Geschwindigkeit durch die Rechtskurve einer spanischen Landstraße gelenkt wurde. Erneut hupte der Mann am Steuer ohne einen erkennbaren Grund.

»Das macht Spaß, Herr Krause. So fährt man in Spanien Auto«, gab mein neuer Vertriebsleiter in seinem sportlichen legeren Outfit und mit seinen restlichen wild abstehenden Haaren zum Besten.

»Schauen Sie, Herr Krause. Wir fahren jetzt über die Nationalstraßen. Da geht der Spanier am Sonntagnachmittag hin und lässt sich schön verwöhnen. Die Frau ist zu Hause bei den Kindern und freut sich, wenn der Mann zufrieden am Abend heimkommt. Ja, so lebt man in Spanien – wollen Sie in Spanien leben, Herr Krause?«

An dem immer noch zu schnellen Wagen zog die Leuchtreklame zweier Bordelle vorbei. Was hatte der Mann da eben gesagt?

Sein schwäbischer Dialekt machte diese Szene noch unwirklicher, als sie per se schon war. War das jetzt ein Test? War das so etwas wie versteckte Kamera auf Spanisch? Oder war es möglich, dass dieser Schwabe einfach nur verrückt war? In mir machte sich Ratlosigkeit breit.

Wir fuhren an diesem wunderbar sonnigen Aprilnachmittag die einzelnen Grundstücke des Bauträgers ab und besichtigten die verschiedenen zum Verkauf stehenden Villen. Unterwegs hörte ich mir die aberwitzigsten Theorien über die Mentalität der Spanier an. Mein Begleiter faselte fortwährend von den Vorlieben der spanischen Frauen und dass ich unbedingt dran denken müsse, meinen Kindern Apfelsinchen und Nüsschen von der so wunderbaren Costa Azahar mit nach Hause zu bringen.

Klar, meine Kinder würden sicherlich schon beim bloßen Anblick der Apfelsinen und der Nüsse durchdrehen vor Glück. Aus welchem Urwald kam dieser Typ?

Für den frühen Abend stand das Kennenlernen mit dem spanischen Gesamtvertriebsleiter auf dem Plan. Wir trafen uns zunächst auf der Dachterrasse des gesellschaftseigenen Golfclubs zu einem Umtrunk, um anschließend gemeinsam zu Abend zu essen.

Zugegebenermaßen war ich von den Eindrücken des Tages und von den wirren Erzählungen des Kollegen recht erledigt, als ich mich an dem großen Glastisch auf der Dachterrasse niederließ. Zu allem Überfluss klingelte auch noch mein Telefon und zeigte eine Hamburger Rufnummer an. Vielleicht war es ja ein Interessent für meine seit Wochen unverkäuflichen Eigentumswohnungen, dachte ich kurz und entschuldigte mich für einen Augenblick bei der kleinen Runde.

Ich zog mich in eine abgelegene Ecke der Dachterrasse zurück, um das Gespräch in Ruhe anzunehmen.

»Hallo? Herr Krause? Ja, ich rufe auf Empfehlung Ihres alten Vertriebsleiters an. Ich habe ein Problem mit dem Vertrieb eines recht großen Projektes in Hamburg. Hätten Sie Lust, sich mal mit mir darüber zu unterhalten?«

Im Grunde war dies der Anruf, auf den ich seit Wochen gewartet hatte. Jackpot.

Nur kam dieser Anruf, wie ich spontan fand, zu einem denkbar ungünstigen Zeitpunkt. Schließlich befand ich mich ja mitten in den Vorbereitungen meiner Zukunft als Verkäufer von spanischen Ferienimmobilien.

Sinngemäß teilte ich der hörbar enttäuschten Anruferin diesen Sachverhalt auch so mit. Ich würde mich dann melden, wenn ich wieder in Deutschland wäre und ein wenig Luft hätte, sagte ich zum Abschluss. Ohne mir den recht langen Doppelnamen meiner Gesprächspartnerin zu notieren, beendete ich das Telefonat und gesellte mich zurück zu der illustren Runde von Spanienexperten.

Die am nächsten Tag folgende Vertriebsschulung sollte das katastrophale Ausmaß dieses Vertriebsauftrages deutlich machen. Der spanische Vertriebschef setzte in seinem Wahnsinn nahtlos dort an, wo sein deutscher Kollege aufhörte.

»Ich muss hier weg«, dachte ich nach zwei weiteren Tagen sinnbefreiten Vertriebsunsinns und buchte für denselben Abend ein Rückflugticket. Das waren sicherlich ganz ansprechende Villen, aber da musste jemand her, der den beiden Vertriebsexperten gewachsen war. Eines stand für mich nach vier Tagen Costa Azahar fest: Ich war das nicht.

Noch im Flugzeug kam mir die Überzeugung, dass es jetzt von größter Wichtigkeit war, den Namen dieser Anruferin herauszufinden. Vielleicht hatte ich ja Glück und es bestand von ihrer Seite noch Gesprächsbedarf. Und ich durfte in dem Gespräch mit meinem ehemaligen Kollegen auf keinen Fall vergessen, Erkundigungen über die Anruferin einzuholen. Noch mehr Wahnsinnige in meinem Leben würde ich im Moment wahrscheinlich nicht verkraften.

15

Mai 2003

Das Beste am Wiedergutgehen ist im Grunde, dass man sich für gewöhnlich nicht daran erinnert, dass es jemals anders war.

Bei einem Blick auf den Kalender erkannte ich, dass ich den neunzigsten Tag meiner Umstellungsphase glatt verpennt hatte.

Bereits vor einigen Tagen war dieser von mir so sehnsüchtig herbeigewünschte Tag absolut unbemerkt an mir vorübergerauscht.

Das soll es jetzt also gewesen sein? Ich wusste, dass ich mich im Grunde nicht beklagen konnte. Ich fühlte mich gut, das war die Hauptsache. Aber ich hatte mir eigentlich etwas Spektakuläres zum Ende dieses sagenumwobenen Umstellungsprozesses erwartet. So etwas wie ein gewisses Gefühl von Erleuchtung oder wenigstens das göttliche Gefühl, das ich nach der ersten Sitzung mit dem Medium gehabt hatte. Doch da war nichts dergleichen. Es gab keinen Engel, der mir zu Ehren die Posaune blies. Auch konnte ich nicht feststellen, dass ich seit dem neunzigsten Tag über irgendwelche außergewöhnlichen Superkräfte verfügte. Es war ganz einfach nichts passiert, außer dass es mir gut ging.

Im Grunde ging es mir schon seit meiner Rückkehr aus Spanien deutlich besser. Oder ging es mir auch schon in Spanien besser? Ich überlegte eine Weile, konnte aber nicht mehr mit Sicherheit sagen, an welchem Zeitpunkt ich eine Besserung bemerkt hatte.

Auf einmal war es ganz einfach besser.

Ebenso spontan, wie sich mein gesundheitlicher Zustand verändert hatte, veränderte sich auch die Dynamik meiner Geschäfte. Wenngleich es sicherlich eine Lüge war, meinem

Geschäftsleben der vergangenen Monate überhaupt irgendeine Form von Dynamik zu unterstellen.

Plötzlich schien der Knoten bei meinem bestehenden Vertriebsobjekt geplatzt zu sein. Wie aus dem Nichts konnte ich in den letzten Tagen gleich mehrere Kaufverträge beurkunden.

Dazu kam, dass ich in der vergangenen Woche einen wirklich lukrativen Vertriebsvertrag über 184 attraktive Eigentumswohnungen in einer ordentlichen Wohnlage zu fairen Kaufpreisen unterschrieben hatte. Die Anruferin von der Golfclub-Dachterrasse entpuppte sich hierbei als durchaus normale und angenehme Geschäftspartnerin.

War es etwa doch so, wie der Engel es prophezeit hatte? Gab es wirklich eine höhere Stelle, die dafür sorgte, dass die Dinge zum richtigen Zeitpunkt quasi von selbst in mein Leben kamen?

Diese Vorstellung löste eine Gänsehaut bei mir aus.

16

September 2003

In dem folgenden Sommer schien mir einfach alles zu gelingen. Die noch junge Zusammenarbeit mit der Geschäftsführerin der großen Hamburger Wohnungsgesellschaft entwickelte sich sehr vielversprechend. Alle meine Vertriebskonzepte wurden dankbar von ihr aufgenommen und verfehlten auch in der Umsetzung nicht ihre Wirkung, was an den steigenden Verkaufszahlen sehr gut abzulesen war.

Mein in den neunzig Tagen quasi unverkäufliches Altprojekt entwickelte sich sogar ohne mein Zutun ebenfalls prächtig. Die Interessenten kamen und kauften Wohnungen. So einfach konnte dieser Job sein. Das Beste daran war, dass endlich wieder Geld in die leere Familienkasse kam.

Die Stimmung in unserer Familie war besser als je zuvor und auch unser Nachwuchs entwickelte sich zu unserer vollsten Zufriedenheit.

Meine Laufrunde und die wenigen stillen Momente nutzte ich für mich, ging regelmäßig in die erlernte Meditation und versuchte meine Erlebnisse der neunzig Tage und die Eindrücke aus den Büchern des Vorjahres irgendwie ein wenig zu sortieren.

Im Ergebnis kam ich immer wieder zu dem Schluss, dass an dieser ganzen Gottessache mehr dran sein musste, als ich es mir in diesem Augenblick vorstellen konnte.

Insbesondere die Botschaft des Engels, ich sei ein alter Heiler und sollte mich dieser Aufgabe annehmen, ging mir regelmäßig durch den Kopf. In jeder meiner fünf Sitzungen kam dieses Thema wieder auf den Tisch.

Ich konnte mir diese immer wiederkehrende Botschaft beim besten Willen nicht erklären. Ich hatte überhaupt kein Interesse, ein Heiler zu sein. Ich fühlte mich von der gesamten Thematik Heilung in keiner Weise angesprochen. Ich interessierte mich weder für irgendwelche Krankheitsbilder gleich welcher Couleur noch sah ich mir freiwillig irgendwelche Arztserien im Fernsehen an. Ich selbst ging nur im äußersten Notfall zum Arzt, und am wenigsten Motivation verspürte ich, irgendjemanden auf welche Art auch immer heilen zu wollen.

Trotzdem oder gerade deswegen meldete ich mich für ein Wochenseminar »Geistheilung« an und buchte, nur so zur Sicherheit, gleich den weiterführenden Kurs »Energetische Chirurgie« mit.

17

Auf der Homepage des Anbieters wurden die Erfolge, die sich nach einem erfolgreichen Abschluss der Seminare »Geistheilung 1« und »Geistheilung 2 – energetische Chirurgie« einstellen würden, als bahnbrechend und zukunftsweisend angepriesen. Dem Vater dieser neuartigen Heilmethode wurden seine Fähigkeiten unmittelbar aus der astralen Welt durch eine Einweihung verliehen und es war ihm nun eine Ehre, diese hohe Kunst der Heilung in seinem eigens hierfür gegründeten Seminarzentrum weiterzugeben. So weit, so gut.

Das Ganze hatte aufgrund seiner Einzigartigkeit natürlich auch seinen einzigartigen Preis, welcher sich aber durch die Arbeit als künftiger Wunderheiler quasi wie von selbst amortisieren sollte.

Das klang gut. Wunder tun und damit noch viel Geld verdienen. Da war ich dabei. So motiviert brach ich in Richtung Bad Godesberg auf. Auf einem eigens für diese Zwecke umgebauten Landsitz sollten die Schulungen durchgeführt werden.

Offensichtlich war der Umbau des Landsitzes seit Längerem ins Stocken geraten. Die baufällige Fassade machte den Eindruck, bereits seit mehreren Jahrzehnten keine Instandsetzung mehr erfahren zu haben, und auch der Deckenputz in dem ehemals prachtvollen Gartensaal hatte mindestens einen Anstrich dringend nötig.

Aber ich wollte das Gebäude ja nicht kaufen. Ich wollte hier der mir offenbarten Aufgabe nachkommen und mich mit dem Thema Heilung näher auseinandersetzen.

Die Teilnehmerzahl war mit insgesamt fünf Personen recht überschaubar. Ehrlich gesagt wunderte mich das schon ein wenig. Bei einem derart bahnbrechenden Seminarinhalt müssten die Leute hier doch eigentlich Schlange stehen. »Gut«, dachte ich, »in einer kleinen Gruppe kann man ja im Grunde schneller und erfolgreicher lernen als auf einer unpersönlichen Massenveranstaltung.«

Am Vormittag des ersten Tages wurden uns die theoretischen Grundlagen der Geistheilung vorgestellt und am Nachmittag sollten erste kleinere Übungen mit dem neu erworbenen Wissen folgen. Wir erspürten in dem Praxisteil unterschiedliche Schwingungen von farbigem Papier, wir untersuchten geistig einige Pflanzen auf ihr Wohlergehen und legten uns gegenseitig die Hand auf und spürten dabei den angenehmen kribbeligen Fluss der Energie. Die richtige Heilenergie sollte in uns am kommenden Tag durch eine feierliche Einweihung erweckt werden.

Wir hörten im Laufe des Tages von einer Vielzahl spontaner Wunderheilungen und spektakulärer energetischer Notoperationen, die der Vater der Heilenergie in den letzten Jahren vollbracht hatte. Dieser bedauerte es im Übrigen sehr, dass er die Seminarleitung in dieser Woche nicht selbst übernehmen konnte. Er war aber sicher, dass er in seinem persönlichen Assistenten eine ebenbürtige Vertretung hatte. So sagte es jedenfalls dieser Assistent. Der Vater der Heilenergie selbst wurde aufgrund seiner Fähigkeiten in dieser Woche leider dringend in Rumänien benötigt. Er würde sich aber auf der geistigen Ebene zur morgigen Einweihung dazugesellen.

Insgeheim fragte ich mich schon, was ein Mann mit seinen Fähigkeiten wohl Wichtiges in Rumänien zu erledigen hatte. Gab es nicht auch hierzulande genügend schwer kranke Menschen, die seine Hilfe dringend benötigten?

Der erste Tag war anstrengend. Am Abend traf sich unsere Seminargruppe ohne den Leiter zu einem gemeinsamen Abendessen in einem chinesischen Restaurant. Eine gute Gelegenheit, die anderen Teilnehmer ein bisschen näher kennenzulernen.

Vielleicht ergab sich ja ein nettes Gespräch, in dem ich erfahren konnte, wie so ein Tag als Heiler in aller Regel abläuft. Wieder fühlte ich mich überrascht, als ich feststellte, dass die Teilnehmer in ihrem normalen Leben ebenso wenig als Heiler tätig waren wie ich. Wenn sie einer Erwerbstätigkeit nachgingen, hatte diese Tätigkeit nicht mal im entferntesten Sinne etwas mit einem Heilberuf zu tun. Alle Teilnehmer einte, dass sie sich auf die eine oder andere Art als Heiler berufen fühlten. Alle wollten mit diesem Seminar eine Änderung ihrer beruflichen Laufbahn einleiten oder wenigstens in den Erwerbsprozess zurückkehren.

Bei meinem Frühstück auf der Terrasse meines Hotels freute ich mich auf den bevorstehenden Seminartag. Insbesondere freute ich mich auf meine erste Einweihung. Als Vorbereitung auf diese Einweihung sollten wir am Vormittag in einer Meditation unseren persönlichen Geistführer treffen. Der Geistführer würde uns dann bei der Einweihung am Nachmittag zur Seite stehen.

Meditation klang für mich gut. Das kannte ich. Der Weg in die Meditation, den unser Seminarleiter wählte, ähnelte im Grunde dem Weg meines Mediums. Wir begannen ebenfalls auf einer Wiese und gingen anschließend einen Wanderweg entlang, der uns an eine Brücke über einen kleinen Bach führte, auf dessen anderer Seite eine Bank unter einem Baum stand. »So weit, so gut«, dachte ich.

Wir wurden von der Stimme des Seminarleiters aufgefordert auf der Bank Platz zu nehmen und unseren Blick nach vorne in die Ferne zu richten. Die Gestalt, die wir anschließend sehen würden, würde unser persönlicher Geistführer sein, der ganz langsam auf uns zukommen würde.

Der Seminarleiter schwieg und gab uns so die Gelegenheit, Kontakt mit dem uns nun gegenüberstehenden Geistführer aufzunehmen. Wenn alles gut liefe, würden wir vielleicht auch den Namen unseres Geistführers erfahren.

Für einen Moment musste ich ernsthaft lachen. Ich kannte den Typen, der mir da mit einem großen Grinsen gegenüberstand. Das war exakt die Wesenheit, die mir damals in der Höhle mit dem viel zu großen Schlüssel mein Herz aufgeschlossen hatte. Vielen Dank übrigens dafür. War wirklich sauschmerzhaft, was da passierte, nachdem du deinen Schlüssel umgedreht hattest.

Aber das war damals. In diesem Moment freute ich mich einfach dieses bekannte Gesicht wiederzusehen. War für mich damit doch bewiesen, dass ich auf dem richtigen Weg war. Für mich war in diesem Augenblick ganz klar, dass da eine Verbindung zwischen dem Medium und diesem etwas eigenartigen Seminar für Geistheilung bestehen musste.

Ich freute mich diebisch darauf, bei der anschließenden Gesprächsrunde meine Erkenntnisse aus der Meditation kundzutun.

Als ich als Dritter an der Reihe war, atmete ich tief. Mit leicht erhabener Stimme stellte ich den Namen meines persönlichen Geistwesens in den Raum.

Betretenes Schweigen.

Schweigen hatte ich als Reaktion auf den Namen meines Geistwesens jetzt nicht erwartet. Vielmehr rechnete ich mit einem anerkennenden »Ahhh«, oder auch ein einfaches »Oh, toll« wäre aus meiner Sicht eine adäquate Rückmeldung gewesen.

Sei es drum. Ich war ja schließlich noch an der Reihe, von meinem Geistführer zu berichten. Ich erzählte in wenigen Sätzen, dass ich die Wesenheit bereits in mehreren Sitzungen bei einem Medium am Anfang des Jahres getroffen hatte. Bisher wusste ich jedoch nicht, dass diese Wesenheit mir offenbar ganz persönlich zugeteilt war. Ich grinste siegessicher mit der Gewissheit, ein wirklich tolles Los gezogen zu haben.

Einzig das ernste Gesicht des Seminarleiters passte so gar nicht zu meinem Gefühl des Durchbruchs.

»André«, er machte eine andächtige Pause. »Das stimmt so nicht.«

Wie jetzt? Was stimmte nicht? Ich glaube, meine Gesichtszüge entglitten mir in diesem Augenblick ein wenig.

Unbeeindruckt von meinem Gesicht fuhr der Seminarleiter mit einer ernsten Stimme in seiner Ausführung fort. »Diese Wesenheit, die du da ansprichst, hat in der geistigen Welt ihre sehr hohen Aufgaben und hat leider keine Zeit, eine persönliche Geistführerschaft zu übernehmen. Auch deine nicht, André.«

O. k., in mir wuchs das Gefühl, dass dieser Mensch versucht hatte, mir mitzuteilen, dass ich eben die Unwahrheit gesagt hatte.

Ich spürte, wie eine gehörige Portion Wut in mir aufstieg.

»Wer sagt, dass diese Wesenheit nicht mein Geistführer sein kann? Schließlich hat sich mir eben genau diese Wesenheit als mein persönlicher Geistführer vorgestellt«, entfuhr es mir trotzig.

»Noch mal, André. Das stimmt einfach so nicht! O. k.?«

Gut, jetzt reichte es mir. Ich wusste doch, was ich eben gesehen und gehört hatte.

»Nichts ist hier *o. k.* Wieso soll dieses Wesen nicht mein Geistführer sein? Euer Vater der Heilenergie ist ja auch irgendwann in den Wald gezogen und hat von allerhöchster Stelle diese Energie erhalten. Warum sollte ich dann nicht auch in den Wald gehen dürfen und diese ach so hohe Wesenheit als Geistführer erhalten? Schließlich habe ich ja nicht darum gebeten, genau dieses Wesen als Ansprechpartner zu haben. Es kam ja ganz von allein auf mich zu.«

In diesem Augenblick verdunkelte sich das Gesicht des Seminarleiters merklich. Irgendwie war da jetzt nichts mehr von dem »Wir haben uns alle lieb und vollbringen gemeinsam Wunder«-Gesichtsausdruck übrig geblieben.

»Jetzt reicht's!«, entfuhr es ihm mit einem sichtlich geröteten Gesicht. »Dir steht nicht zu, die Empfängnis der heiligen Energie durch den Vater der Heilenergie infrage zu stellen. Akzeptiere einfach, dass es da einen Unterschied gibt. Du bist nicht wichtig genug, damit eine Wesenheit dieser Kategorie überhaupt Notiz von dir nimmt. Verstehst du?«

Das hatte gesessen. In mir pulsierte ein Gefühl von tiefer Verletzung, gepaart mit einer immensen Wut.

»Gut, dann wäre das ja auch klar. Ich wünsche euch noch viel Erfolg bei eurem Kurs hier«, antwortete ich beleidigt auf diese zum Himmel schreiende Ungerechtigkeit.

Ich packte meine Siebensachen und verließ ohne ein weiteres Wort den Seminarraum.

18

Auf meiner langen Heimfahrt gingen mir alle möglichen Gedanken durch den Kopf. War es die richtige Entscheidung gewesen, kopflos davonzulaufen? Vielleicht stimmte es, dass diese Wesenheit ja gar nicht mein Geistführer sein konnte. Wollte ich mich vielleicht nur ein bisschen wichtig machen und hatte das alles erfunden? So richtig erfolgreich schien dieses Seminarzentrum aber offensichtlich auch nicht zu sein. War es wirklich klug, immer so extrem auf meine Gefühle zu reagieren?

Als ich zu Hause angekommen war, hatte ich jedenfalls einen Beschluss gefasst.

Sollte es wirklich so sein, dass in mir irgendein Heiler schlummerte, dann würde sich dieser sicherlich zur gegebenen Zeit bei mir melden.

Es würde dann einfach so sein wie der Anruf von der Frau der Hamburger Wohnungsgesellschaft, der mich im Frühjahr auf der Dachterrasse des spanischen Golfclubs erreicht hatte.

Ich beschloss, dass die Dinge, die wirklich in meinem Leben sein wollten, ganz einfach und ganz leicht des Weges kommen würden.

Ich war mir sicher, dass diese Dinge eine gehörige Portion an eigener Energie mit sich bringen und sich wie von selbst vor mir ausbreiten würden.

Ganz wichtig war, dass diese Dinge eine Menge Spaß machen würden.

Es würde einfach ganz genauso sein wie dieser Vertriebsauftrag, der seinen Ursprung auf der sonnigen Dachterrasse an der Costa Azahar hatte.

Teil II

1

Dezember 2005

»Was ist denn jetzt schon wieder los?«, fragte ich mich still und wischte mir meine Tränen aus den Augenwinkeln. Dieses Lied, das offensichtlich der deutschen Fußballnationalmannschaft gewidmet war, traf mich wie ein Faustschlag.

Eigentlich wollte ich mir einen gemütlichen Fernsehabend machen und in Ruhe auf die Rückkehr meiner Frau von der Weihnachtsfeier ihres Reitstalls warten. Beim Durchschalten durch die einzelnen Programme blieb ich bei einer der alljährlich zelebrierten Jahresrückschauen hängen. Der Moderator war eben dabei, ein wenig auszuholen und philosophierte gemeinsam mit dem neben ihm stehenden Popstar über die im kommenden Jahr in Deutschland stattfindende Fußballweltmeisterschaft. Ebendieser Popstar outete sich in dem Gespräch als glühender Bewunderer der deutschen Mannschaft und widmete ihr nun den Song, den er gleich mit seiner Band zum Besten geben wollte.

Im Normalfall nahm ich die Ankündigung einer derartigen Gesangsdarbietung gern zum Anlass, nach der Fernbedienung zu greifen und recht zügig den Sender zu wechseln. An diesem Abend blieb meine Fernbedienung unberührt und ich verfolgte gebannt die künstlerische Darbietung in ihrer ganzen Länge.

Anders ausgedrückt: Ich heulte wie ein Baby, während ich auf unser Fernsehgerät starrte.

Dabei gab es, objektiv betrachtet, eigentlich keinen Grund für einen derartigen Gefühlsausbruch.

Hinter mir lag ein Jahr, das besser nicht hätte sein können.

Nachdem selbst das Jahr 2003 mitsamt seinem Neunzig-Tage-Prozess ganz versöhnlich ausgelaufen war, wurde das bereits wirklich gute Jahr 2004 von dem Spitzenjahr 2005 noch einmal deutlich in den Schatten gestellt. Ich hatte einfach einen Lauf, so viel war klar.

Gemeinsam mit meiner Mitarbeiterin verkaufte ich im zurückliegenden Jahr genau zweihundertfünfzehn Wohnungen und erwirtschaftete einen Provisionsertrag von über einer halben Million Euro. Wenn man hierbei noch berücksichtigte, dass ich bis auf das Gehalt meiner Mitarbeiterin keine weiteren Kosten zu tragen hatte, war dies einfach ein Bombenergebnis.

Unser Familienleben war in diesen Jahren glücklicher und erfüllter als jemals zuvor. Am Pfingstsonntag 2005 kam unser viertes Kind gesund zur Welt und im Herbst haben wir unser Traumhaus mit großem Garten und ausreichend vielen Kinderzimmern gekauft.

Warum also in drei Teufels Namen saß ich hier heulend vor dem Fernseher? War es, weil eine Band einen Song über den steinigen Weg zu sich selbst sang? Hatte ich diesen Weg nicht bereits vor rund drei Jahren in den neunzig Tagen mit Bravour absolviert? War dieser Song so etwas wie ein Vorbote für das, was mich im nächsten Jahr erwarten würde?

Ich fühlte mich für einen kurzen Moment in die Gefühle der neunzig Tage zurückversetzt. Konnte das sein? Ich hatte diesen Prozess doch abgeschlossen. Es war doch alles gut. Ich war seit fast drei Jahren mit der neuen Energie verbunden. Ich meditierte jeden Abend und hielt Kontakt zur geistigen Welt. Ich machte es doch genau so, wie es mir das Medium damals gesagt hatte. Oder etwa nicht?

Erleichtert hörte ich, wie meine Frau nach Hause kam. Wir würden jetzt einfach noch ein bisschen fernsehen und dann gemeinsam schlafen gehen, dachte ich bei mir. Alles würde so sein, wie es immer war.

2

Anfang 2006

Das neue Jahr kam und mit ihm eine ganze Menge neuer Herausforderungen.

Für mein nun gut florierendes Unternehmen hatte ich vor einem halben Jahr eine kleine, aber feine Bürofläche angemietet, und damit wir nicht weiter im Chaos versinken würden, hatte ich für mich und meine Verkäuferin eine Assistentin eingestellt.

Sosehr ich mich über den Verkaufserfolg des vergangenen Jahres freute, so sehr brauchten wir nun langsam Nachschub an neuen Vertriebsobjekten. Wir waren ja praktisch sehr erfolgreich darin, uns selbst arbeitslos zu machen, indem wir in Windeseile fast alle Wohnungen eines unserer beiden Auftraggeber abgewickelt hatten. Auch wenn wir noch so viel Lob für unsere Tätigkeit einheimsten, so würde es aus dieser Quelle künftig keine weiteren Aufträge geben. Der Eigentümer dieses Auftraggebers hatte sich entschieden, sich künftig aus dem Immobiliengeschäft zurückzuziehen und sich nur noch seinem Kerngeschäft im Versicherungsbereich zu widmen.

Auch von unserem zweiten Auftraggeber, der großen Hamburger Wohnungsgesellschaft, kamen im Moment keine Signale, dass hier in absehbarer Zeit mit dem Start eines weiteren Verkaufsprojektes zu rechnen war. Dies hatte im Grunde nichts mit unserer sehr geschätzten Arbeit zu tun, sondern vielmehr damit, dass auch diese Gesellschaft über eine Neuausrichtung ihrer Geschäftsaktivitäten nachdachte und in der aktuellen Phase einfach keine neuen Verkaufsprojekte auflegen wollte.

Auch der aus dem vergangenen Sommer stammende Plan, zusammen mit der Geschäftsführerin der Hamburger Wohnungsgesellschaft eine gemeinsame Vertriebsgesellschaft zu gründen und neue Auftraggeber zu akquirieren, war seit Wochen irgendwie ins Stocken geraten.

Wir hatten bereits aufwendige Präsentationsunterlagen erstellt und diese, mit unseren Konzepten versehen, an den unterschiedlichsten Stellen platziert. Jedoch wollten die als hochkarätig angepriesenen Kontakte meiner Geschäftspartnerin in spe nicht so recht in die Hufe kommen.

So ruhten meine einzigen Hoffnungen auf einem Kontakt, den ich schon seit geraumer Zeit zur zweitgrößten Wohnungsgesellschaft in Deutschland unterhielt. Deren neue angelsächsische Eigentümer beabsichtigten, in diesem Jahr ein umfangreiches Wohnungsverkaufsprogramm aufzulegen. Ich war wie gefesselt von der Vorstellung, hier ein großes Stück vom Kuchen ergattern zu können. Die ersten Gespräche waren durchaus vielversprechend verlaufen und in Kürze sollte ein weiterführendes, alles entscheidendes Gespräch mit dem Vertriebsvorstand in Essen folgen.

Nahezu zur gleichen Zeit starteten die Umbauarbeiten in unserem neuen Haus und wir planten unseren Umzug für spätestens Mitte Juni. Es war schon irgendwie lustig, dass mit diesem Haus unser fast schon vergessener Traum von einem klassischen Backsteinhaus der 1920er-Jahre Realität werden sollte. Wie es der Zufall gewollt hatte, traf meine Frau bei einer Kaffeerunde auf die Mutter ihrer alten Schulfreundin, die überlegte, ihr Haus zu verkaufen. Es lief, wie es laufen sollte. Ohne größere Schwierigkeiten waren wir Eigentümer dieses wunderschönen Hauses in bester Wohnlage geworden.

Was seit der Fernsehsendung zum Jahreswechsel geblieben war, war mein immer mal wieder aufkommendes ungutes Gefühl, welches eine gewisse Unruhe und ein Unbehagen in mir auslöste. Es war ein immer gleiches, unangenehmes Gefühl, so als ob irgendetwas nicht stimmte. Zuerst tauchte dieses Gefühl nur sporadisch auf und blieb mir für ein oder zwei Stunden erhalten. Später blieb es regelmäßig gern auch ein oder zwei Tage.

Insgeheim spürte ich, dass dieses Gefühl in mir die unliebsamen Erinnerungen von Angst und Ohnmacht der so lange zurückliegenden neunzig Tage weckte. Es erinnerte mich an Gefühle, die mich vor knapp drei Jahren beinahe um den Verstand gebracht hatten. Bestand da ein Zusammenhang?

3

Ich saß alleine im Abteil der ersten Klasse dieses etwas in die Jahre gekommenen Intercity-Zuges. Endlich etwas Ruhe. Ich fühlte mich verschwitzt und müde. Eigentlich wäre dies eine gute Gelegenheit für eine Meditation gewesen. Hin und wieder nutzte ich die Meditationen, um in solchen Momenten nur ein wenig Kraft zu schöpfen. Aber meine Gedanken ließen mich einfach nicht zur nötigen Ruhe finden.

Im Grunde war mein Termin ja nicht schlecht gelaufen. Ich war pünktlich gewesen. Gut, dafür ließ mich mein Gesprächspartner über eine halbe Stunde warten. Ich bedauerte, dass sich meine Aufregung auch während der langen Wartezeit nicht hatte legen wollen.

Ich hatte das Gefühl, ich schwitzte wie ein Schwein. War es in dem großen Konferenzraum wirklich so warm oder kam es mir nur so vor? Vielleicht war es auch dieser verflixte Anzug, den ich extra für diesen Termin gekauft hatte. Die Krawatte zwackte. Warum trug ich jetzt nach so vielen Jahren plötzlich wieder eine Krawatte? Gut, dachte ich mir, die anderen Herrschaften würden höchstwahrscheinlich auch eine tragen. Ich wollte einfach nicht unangenehm auffallen und um Himmels willen bloß nicht durch eine Kleinigkeit dieses Geschäft gefährden.

Als meine Gesprächspartner endlich den Konferenzsaal betraten, war ich im Grunde mit meinen Nerven schon am Ende. Immerhin schien es so, als ob die beiden unsere Konzeptunterlagen wenigstens gelesen hatten. Jedenfalls stellten sie mir hierzu inhaltliche Fragen, die ich ausführlich beantworten konnte. Es tat mir gut, über unsere Erfolge der vergangenen Jahre reden zu können, aber irgendwie waren meine Antworten hölzern und etwas gestelzter als gewöhnlich. Das passte gar nicht zu mir. Wo war diese gewinnende Leichtigkeit geblieben? Offensichtlich störten sich meine Gesprächspartner nicht sonderlich daran. Es schien mir vielmehr so, als ob sie von meiner Person nicht allzu viel Notiz nähmen. Offensichtlich verstanden sich die beiden auf der anderen Seite des übergroßen Tisches recht gut und waren an diesem Vormittag bester Laune. Ständig warfen sie sich irgendwelche Neckereien zu und schienen sich dabei köstlich zu amüsieren. Hallo? Würden Sie bitte mal mit Ernst bei der Sache bleiben? Schließlich ging es hier um meine Existenz. – Schon wieder ging es um meine Existenz.

O. k., nach zwei Stunden Bahnfahrt musste ich einsehen, dass dies ein absoluter Scheißtermin gewesen war. Ich versuchte mich damit zu beruhigen, dass der Vertriebsvorstand am Ende des Termins dennoch recht zuversichtlich gewirkt hatte. Schließlich hatte er mir bei der Verabschiedung zugesagt, dass sich der für den norddeutschen Bereich zuständige Regionalleiter mit allen weiteren Details bei mir in den nächsten Tagen melden würde.

Das war doch eine Zusage, oder? Jetzt hieß es für mich warten. Ich musste mich jetzt einfach in Geduld üben, und Geduld war für mich eine Tugend, mit der ich so gar nicht reich beschenkt war.

4

Die Umbauarbeiten in unserem neuen Haus liefen auf vollen Touren. Wir hatten den ehrgeizigen Plan, in einem sehr engen Zeitplan aus einem kleinen Mietshaus mit drei Wohneinheiten ein gemütliches Zuhause für unsere Familie zu machen.

Unser befreundeter Bauunternehmer, der sich auf Sanierungen und Umbauten von Wohnimmobilien spezialisiert hatte, war voller Zuversicht, den Fertigstellungstermin halten zu können.

Ehrlich gesagt schien offensichtlich keiner der weiteren Beteiligten an dieses Wunder noch zu glauben. Die Baustelle hinkte in allen Bauabschnitten mehr als deutlich hinter dem Zeitplan her. Dazu kam es, dass unser Bauunternehmer selbst terminlich ebenfalls mehr als hinterherhinkte und sehr selten auf der Baustelle sein konnte. Somit war ich nun selbst täglich mehrere Stunden auf der Baustelle, um die jeweiligen Arbeitsschritte zeitnah mit den einzelnen Gewerken abzustimmen. Ich hoffte, dass wir so die Verzögerungen wenigstens ein bisschen unter Kontrolle halten würden.

Aus Zeit- und noch mehr aus Kostengründen hatten wir uns zudem entschieden, einige kleinere Arbeiten in Eigenregie auszuführen.

Neben der Ausführung der Malerarbeiten im Kellergeschoss betraf dies auch die vorbereitenden Fußbodenarbeiten in meinem künftigen Büroraum. Die Aufgabe war nicht sonderlich anspruchsvoll, jedoch kostete sie mich eine ungeahnte Menge an Zeit und Kraft. Mein zukünftiges Büro wurde seinerzeit ursprünglich als Küche genutzt, und das als Fußbodenbelag in grauer Vorzeit verlegte Linoleum hatte sich mit den Jahren in die Dielen gearbeitet und hielt nun mit diesen wie Pech und Schwefel zusammen.

Ich war schon seit Stunden dabei, etwa münzgroße Stücke dieses Teerbelages von den Dielen abzukratzen, als ich furchtbar erschrak und zusammenzuckte. Adrenalin schoss mir durch die Adern und mein Herz begann wie wild zu rasen.

»Hallo? Wer ist da?«, rief ich in den Flur des leeren Hauses hinein. Keine Antwort. Komisch. Ich hätte schwören können, dass da eben noch jemand im staubigen Türrahmen gestanden hatte. Ich war mir einhundertprozentig sicher, jemanden aus meinem Augenwinkel gesehen zu haben. Sicherheitshalber legte ich eine kurze Pause ein und begann die Baustelle vom Dachboden bis zum Keller abzusuchen. Nichts. Außer den Werkzeugen und dem Arbeitsmaterial der Handwerker, die schon längst Feierabend gemacht hatten, gab es da absolut nichts zu sehen.

Ich setzte meine Arbeit fort und nahm erneut meine mittlerweile schmerzende Position auf dem Holzfußboden wieder ein.

Da war es wieder. Aufs Neue bemerkte ich jemanden in meinem Türrahmen stehen. Ich drehte meinen Kopf in Richtung des Türrahmens. Nichts.

Das Spiel wiederholte sich insgesamt dreimal.

Jedes Mal riss ich an den Überresten des Linoleums. Ich spürte jemanden im Türrahmen stehen. Ich erspähte dieses Wesen aus meinem Augenwinkel. Ich drehte den Kopf. Nichts.

Als das Wesen sich zum vierten Mal bemerkbar machte, wurde es mir zu bunt. »Was willst du von mir?«, raunte ich in den Raum. Hatte ich das jetzt wirklich laut gesagt oder bloß in Gedanken ausgesprochen, fragte ich mich selbstzweifelnd.

»Es wird alles gut. Mach dir keine Sorgen«, antwortete eine leise Stimme. O. k., jetzt hatte ich meinen Verstand verloren.

»Wer bist du?«

»Es wird alles gut. Mach dir keine Sorgen. Ich schütze dich. Ich bin der Erzengel Gabriel.«

In diesem Moment spürte ich ein warmes Licht, das den

Raum und mich zu fluten schien. Ich verließ meine auf den Knien hockende Position und drehte mich auf meinen Hintern.

»Was war das denn jetzt für eine Nummer?«, dachte ich bei mir.

»Wovor willst du mich schützen?«, fragte ich den einsamen Türrahmen. Keine Antwort.

»So ein Schwachsinn!« Oder war ich etwa in Gefahr und ich wusste nur noch nichts davon?

5

Nach dieser recht eigenwilligen Begegnung ließ sich das Wesen, das sich als Erzengel Gabriel ausgegeben hatte, nicht wieder blicken.

Als es etwa nach einer weiteren Stunde komplett dunkel war und ich meine Beine vor lauter Schmerzen nun gar nicht mehr zu spüren schien, machte ich mich auf den Heimweg.

Während ich die Baustelle ordnungsgemäß verschloss, war ich mir nicht einmal mehr sicher, dass da wirklich so etwas wie ein Wesen gewesen war. Vermutlich war ich nur überarbeitet und litt ein wenig unter der stressigen Doppelbelastung. Diese Haussanierung kostete einfach eine Menge Kraft und die schleppende Vorbereitung des neuen Großauftrages in meiner Firma bereitete mir im Moment auch keine große Freude.

Ich war müde und wollte an diesem Abend nur noch etwas essen und dann schnell schlafen. Ich aß das von meiner Frau warm gehaltene Essen ohne viele Worte vor dem Fernseher und fiel anschließend todmüde in unser Bett. »Jetzt noch schnell in meine lieb gewonnene Einschlafmeditation«, dachte ich mir. So viel Zeit musste noch sein. Für gewöhnlich fiel ich recht schnell in einen tiefen Schlaf, sobald ich mit meinen Füßen das feuchte saftige Gras der Wiese berührte. Diesmal sollte es anders sein.

6

Ich saß deutlich übermüdet über meiner Müslischale. Unsere großen Töchter waren eben auf ihren Schulweg aufgebrochen, unser Sohn spielte mit seinem Frühstück und meine Frau stillte unser Nesthäkchen. Alles war wie immer. Eigentlich wollte ich wieder anfangen morgens regelmäßig zu laufen. Im letzten Sommer hatte ich mich nach einer weiteren Nacht, in der ich wieder bis zwei Uhr morgens in meinem häuslichen Kellerbüro gearbeitet hatte, dazu entschlossen, mit den morgendlichen Läufen auszusetzen. Die Waage strafte mich nun mit einem langsam, aber deutlich ansteigenden Gewicht.

Auch an diesem Morgen verspürte ich keinen Elan, meine Laufschuhe zu schnüren und eine lockere Runde zu drehen. Ich stocherte in meinem Müsli rum und wusste, dass ich gleich losmusste. Unseren Sohn würde ich im Kindergarten absetzen und auf dem Weg ins Büro auf unserer Baustelle nach dem Rechten sehen.

Ich hatte wieder dieses beklemmende Gefühl. Was war los mit mir?

Nach der Spukvorstellung auf der Baustelle wollte ich mir in meiner abendlichen Meditation ein wenig Kraft holen und dabei einfach gemütlich einschlafen. Aber statt in meinen wohlverdienten Schlaf zu gleiten, kam mir auf der Wiese ungefragt ein Wesen entgegen. »Guck da«, dachte ich, »den habe ich ja lange nicht mehr gesehen.« Plötzlich stand mein Geistführer vor mir. Der Geistführer, der mir damals mit dem goldenen Schlüssel das Herz aufgeschlossen hatte. Der Geistführer, wegen dessen Namen ich seinerzeit das Geistheilerseminar geschmissen hatte, war wieder aufgetaucht.

Er stand in seinem goldenen Glanz und seinen weiten Gewändern vor mir. Sein Haar fiel locker auf seine Schultern und ich hatte den Eindruck, als strahle er heute kräftiger als sonst. Er machte ein liebevolles, aber durchaus ernstes Gesicht. Er sagte mir nur zwei Sätze: »Mach dir keine Sorgen. Es wird nicht schlimm werden.« Anschließend drückte er mich kurz und verschwand.

Gab es wirklich keinen Grund, sich irgendwelche Sorgen zu machen?

Als ich an diesem Morgen ins Büro kam, spürte ich deutlich, dass sich etwas verändern würde.

7

September 2006

Da war es wieder. Das Lied vom steinigen Weg lief im Radio. Irgendwie war das schon lustig. Der Song hatte offensichtlich recht behalten. Ich war wieder mitten auf diesem in dem Lied so freundlich besungenen Weg zu mir selbst. Und ja, dieser Weg war steinig und schwer. Und es war schlimmer, als ich es mir in meinen kühnsten Träumen hätte vorstellen können.

Die Geschichte nahm streng genommen an dem Morgen ihren Anfang, als mir der Engel auf der Baustelle erschienen war und mein Geistführer unerwartet in der Meditation auftauchte.

Noch bevor ich mir meine erste Tasse Kaffee nehmen konnte, überfiel mich unsere Assistentin mit der Feststellung, dass sie ja nun schon fast ein Jahr bei mir arbeite. Ab dem kommenden Monat hätte sie wieder einen Anspruch auf Arbeitslosengeld. Ohne mit der Wimper zu zucken, forderte sie mich im selben Atemzug dazu auf, sie zum Ende des Monats zu kündigen. Wie bitte?

Ich traute meinen Ohren nicht. Ganz Deutschland litt unter mehr als fünf Millionen Arbeitslosen und ich sollte meiner Mitarbeiterin grundlos die Kündigung aussprechen, damit es ab kommendem Monat fünf Millionen und eine Arbeitslose sein sollten?

Ich war geschockt. Nicht nur, dass ich diesen Vorschlag für völlig indiskutabel hielt, auch wartete mit der Vorbereitung der neuen Verkaufsobjekte eine ganze Menge Arbeit auf uns. Nebenbei war ja auch noch unser Tagesgeschäft zu erledigen. Scheiße.

Im Ergebnis war dies der letzte Morgen, an dem ich unsere Assistentin sah. Nun gut, es würde ja auch ohne sie weitergehen.

Die Vorbereitungen der neuen Objekte waren wie gesagt äußerst zäh. Jeder einzelne der Arbeitsschritte, die mir in den vergangenen Jahren wie von selbst von der Hand gegangen waren, war schwer und kostete mich mehr als eine doppelte Portion Kraft.

Als wir endlich die Musterwohnungen einrichten konnten und der Vertrieb startete, war ich nur noch froh, dass es losging. Einzig mein Gefühl im Bauch wollte einfach nicht besser werden.

Objektiv betrachtet gab es für dieses Gefühl immer noch keinen Anlass. Ich hatte nach dem Wegfall unserer Assistentin einen weiteren Verkäufer eingestellt und unsere Abläufe neu organisiert. Künftig würde ich mich noch intensiver um die organisatorischen Abläufe kümmern können. Die beiden Verkäufer waren gut motiviert und würden die Verkaufsgespräche in den einzelnen Objekten führen.

Sollten wir nur annähernd an die Erfolge der vergangenen Jahre anknüpfen können, blickte ich jedenfalls theoretisch in eine sorgenfreie Zukunft.

Leider sollte mein Bauchgefühl recht behalten. Es zeigte sich schnell, dass der erhoffte Erfolg ausblieb. Das seit Jahren erprobte Vertriebskonzept verfehlte seine Wirkung auf der ganzen Linie und griff einfach nicht. Es war ein einziges Desaster. Nicht, dass mir dieser Umstand nicht schon genug Sorgen bereitete, auch unser Auftraggeber fing nach kurzer Zeit an, einen unangenehmen Druck auf mich aufzubauen.

Nahezu täglich gab es nervende Anrufe und anstrengende E-Mails. Stets stand die Frage nach der nächsten Beurkundung im Raum. Mit viel Geduld beantwortete ich die ersten Nachfragen ausführlich und erklärte, dass alles völlig normal sei und dass der durchschnittliche Immobilienkäufer nicht innerhalb einer Woche einen Kaufvertrag unterschreibe. Was so im Grunde ja auch stimmig war.

Der Erfolg meiner Erklärungsversuche war leider nur von kurzer Dauer und der von unserem Auftraggeber ausgeübte Druck nahm stetig zu. In regelmäßiger Wiederkehr erhielt ich meist am späteren Freitagabend einen letzten Anruf unseres Auftraggebers. »Rechnen Sie in dieser Woche noch mit einem Verkauf?« Witzbold.

Meist schon am frühen Montagvormittag erfolgte dann der nächste Anruf. »Und, wie ist das Wochenende gelaufen? Mit wie vielen Kaufverträgen planen Sie in dieser Woche?« Diese Art des Telefonterrors war auf Dauer unerträglich. Es war doch ganz offensichtlich, dass wir auch ohne diese dämlichen Anrufe alles taten, um die blöden Buden an den Mann zu bringen. Schon allein in unserem eigenen finanziellen Interesse gab es nichts, woran wir mehr Interesse hatten. Es dauerte im Moment nur einfach ein bisschen.

8

Auch unser Familienleben ließ plötzlich die gewohnte Harmonie vermissen. Wenige Wochen nach unserem Umzug und dem notwendigen Schulwechsel unserer großen Töchter wurden wir von der neuen Klassenlehrerin zu einem persönlichen Gespräch gebeten.

»Liebe Familie Krause, die schulischen Leistungen Ihrer Mädchen sind unter aller Kanone. Ich kann mir nicht erklären, wie die Kinder mit diesen schwachen Leistungen die Versetzung in die dritte Klasse geschafft haben sollen.«

Was sollte das denn jetzt heißen? Unbeeindruckt von unseren unglücklichen Gesichtern fuhr die Klassenlehrerin in ihren Ausführungen fort: »Die Kinder sind nicht einmal in der Lage, ihre Unterlagen zum Stundenbeginn aus ihrem Ranzen zu holen. Ein wenig Eigenorganisation hätte man den beiden schon beibringen können.«

Wie war das denn jetzt schon wieder gemeint?

Wir waren platt. Bisher verlief die schulische Laufbahn unserer Mädels eher unauffällig. Hatten wir uns die letzten Jahre nicht richtig um sie gekümmert? Hatten wir irgendetwas verpasst oder gar irgendwelche Fehler in ihrer Erziehung gemacht?

Insbesondere meine Frau nahm sich die Worte der Klassenlehrerin sehr zu Herzen.

Bei der finanziellen Planung des Umbaus unseres Hauses war mir ganz offensichtlich auch ein größerer Fehler unterlaufen. Unser befreundeter Bauunternehmer präsentierte uns in diesen Tagen eine Schlussrechnung, die den vereinbarten Kostenrahmen um fast 30.000,- Euro sprengte.

Zudem erwies sich unsere Schornsteineinfassung bei starkem Regen als unangenehm undicht. Zu guter Letzt war unsere Hauptabwasserleitung aufgrund von Verwurzelungen in derselbigen bereits nach wenigen Wochen verstopft. Als Folge der Verstopfung standen uns die Fäkalien knöcheltief im Keller und das braune Regenwasser lief wegen der defekten Schornsteineinfassung im frisch gestrichenen Treppenhaus die Wände hinunter.

Hatte sich eventuell die ganze Welt zusammengetan und sich gleichzeitig gegen uns verschworen?

9

Den für die Herbstferien geplanten Liebesurlaub in einer gehobenen Clubanlage in einer einsamen Lage der türkischen Ägäis wollte ich nach dieser Verkettung unglücklicher Umstände eigentlich schon gar nicht mehr antreten.

Im Nachhinein wäre dies bestimmt nicht die schlechtere Entscheidung gewesen. Der lang ersehnte Pärchenurlaub entpuppte sich für mich schnell als eine depressive Extremwoche, in der es für mich nur noch darum ging, irgendwie durchzuhalten.

Nach der Geburt unseres vierten Kindes, den arbeitsintensiven letzten Jahren und nicht zuletzt nach dem nervenaufreibenden Umbau unseres neuen Hauses hatten wir uns ganz sicher eine Zeit in trauter Zweisamkeit an diesem paradiesischen Fleckchen der Erde verdient.

Schon die längst vereinbarte Unterbringung unserer vier Kinder bei den Großeltern verkam zu einer enttäuschenden Posse, an deren Ende wir händeringend nach einem adäquaten Ersatz für unsere beiden Großen suchten. Letztlich brachten wir die beiden Mädchen einen Tag vor unserem Abflug in einem Ponyhof irgendwo in Schleswig-Holstein unter. Glücklicherweise schien ihnen diese Lösung ebenso gut zu gefallen wie die ursprüngliche Planung, eine Woche bei Oma und Opa Urlaub zu machen.

Die Anreise an unseren Ferienort war für mich das reinste Martyrium. Ich konnte einfach nicht abschalten. In meinem Kopf kreisten die immer selben Gedanken.

Die anfänglichen Verkaufsschwierigkeiten der neuen Objekte hatten sich zu einer ausgewachsenen Verkaufskrise entwickelt. Insgesamt war der gesamte Großauftrag dabei, sich zu einem Riesenflop zu entwickeln. Zwar verkauften wir mittlerweile die eine oder andere Wohneinheit, aber die Umsätze reichten bei Weitem nicht aus, auch nur annähernd kostendeckend zu arbeiten.

Der Verkauf der restlichen Wohnungen der Hamburger Wohnungsgesellschaft lief zwar im Verhältnis etwas besser, fiel aber ebenfalls deutlich schlechter als erwartet und vor allem als kalkuliert aus.

Sollte diese Entwicklung anhalten, konnte ich mir an fünf Fingern abzählen, wann ich die Gehälter und Rechnungen nicht mehr zahlen konnte. Um ganz sicherzugehen, rechnete ich mir dieses Endzeitszenario auf dem Gesamtflug immer wieder aufs Neue vor.

Im Grunde musste ich mir schon zu Beginn unseres Urlaubs eingestehen, dass ich kolossal gescheitert war. Für mich waren dies so gar nicht die richtigen Voraussetzungen, um jetzt in einen kostspieligen Turtelurlaub zu fliegen.

Das Schlimmste an dieser Erkenntnis war nur, dass ich mir überhaupt nicht erklären konnte, woran ich gescheitert war. Ich hatte mir mit allem, was ich tat, wirklich Mühe gegeben und mit Herzblut unsere Arbeit vorangetrieben. Ich hatte mir Gedanken gemacht, Investitionen getätigt und wie ein Wahnsinniger für meinen Erfolg gekämpft. Sollte das alles vergebens gewesen sein? Ich hatte doch exakt mit diesem Konzept in den vergangenen Jahren einen Erfolg nach dem anderen gefeiert.

Mein Körper krampfte sich mit jedem Gedanken zusammen, Hitze stieg in mir auf und mir wurde speiübel.

Wie sollte es jetzt weitergehen? Ich hatte augenblicklich keine Kraft mehr, überhaupt noch irgendeinen klaren Gedanken zu fassen, geschweige denn irgendwas zu tun.

10

»Beruhig dich. Die Sonne scheint. Es ist angenehm warm. Du hast von deiner Liege einen großartigen Blick über diese herrliche Bucht. Es ist alles bezahlt. Also genieße es doch einfach. Zu Hause ist zu Hause und hier ist hier«, versuchte ich mich zu beruhigen.

Siehst du, alles ist gut.

»Gar nichts ist gut«, entfuhr es mir wütend. Meine Frau warf mir von ihrer Liege einen irritierten Blick zu. Ich schwieg und drehte mich auf die Seite. Vielleicht würde es mir ja gelingen, wenigstens ein wenig zu schlafen. Eine halbe Stunde wäre letztlich ein Bombenerfolg.

Aber selbst dieses kleine Nickerchen war mir nicht gegönnt. Ich warf mich von meiner rechten auf meine linke Seite. Anschließend drehte ich mich auf den Rücken und begann nach einer kurzen Pause wieder von vorn.

Irgendwann versuchte ich auf die Wiese zu kommen. Vielleicht konnte ich meine Gedanken und schlussendlich mich selbst mit einer Meditation nur ein wenig austricksen und mich ein bisschen beruhigen.

Wenigstens die Wiese war noch da, wenngleich sie heute ungewöhnlich düster wirkte.

»Ich steh also auf dieser düsteren Wiese und habe meine Schuhe und meine Socken ausgezogen«, sprach ich mir im Stillen gut zu. Ich versuchte mich zu konzentrieren.

Es schien zu funktionieren. Ich wurde ein wenig ruhiger. Die angespannten Muskeln entkrampften sich. Das war ein gutes Zeichen. Gleich würde mich der Schlaf überkommen, dachte ich noch.

Anstelle des so sehr ersehnten Schlafes kamen urplötzlich, quasi aus dem Nichts, zwei recht bullige Wesen auf mich zu.

Ich erschrak. »Super, wer hat euch denn eingeladen?«, entfuhr es mir unwirsch.

Ich kannte keinen der beiden. Sie wirkten ungewöhnlich grob und hatten irgendwie etwas Furchteinflößendes an sich. Groß und mächtig standen die beiden nur wenige Schritte vor mir. Wer waren die Kerle? Was führten die beiden im Schilde? War das hier jetzt irgendwie gefährlich? Im Grunde war es mir eigentlich egal. Schlimmer konnte es für mich eh nicht mehr werden, oder etwa doch?

Die beiden Burschen machten einen sehr entschlossenen Eindruck. Offensichtlich steckten beide in einer unbequemen Rüstung. Die Rüstungen machten auf mich einen recht martialischen und schweren Eindruck. In den Händen hielten die beiden so etwas wie ein Werkzeug. Oder waren das Waffen? Ich konnte es nicht richtig erkennen. Beide traten sehr nah an mich heran und fingen an auf mich einzureden. Für meinen Geschmack war das eindeutig zu dicht. Ich verstand kein Wort von dem, was sie sagten. Es blieb mir aber nicht verborgen, dass die beiden Gesellen etwas Besonderes von mir wollten. Während sie auf mich einredeten, gestikulierten sie wild mit ihren Händen und deuteten dabei immer wieder auf meinen Körper. Ganz offensichtlich warteten sie auf eine Erlaubnis, um mit ihrer Arbeit beginnen zu können.

»Klar, Jungs, legt doch einfach los oder spricht was gegen eine schnelle Nummer?«, forderte ich die beiden trotzig auf.

Die beiden fingen an mit ihren Werkzeugen auf meinen Rücken einzuhämmern. Es fühlte sich an, als ob sie sich einmal quer durch meine Wirbelsäule arbeiten würden. Es zog und schmerzte ein wenig. Kurz darauf präsentierte mir einer der beiden eine recht grobgliedrige, schwarze Panzerung. Ein bisschen erinnerte mich das Ding an einen Rückenprotektor. Motorradfahrer trugen solche Protektoren für gewöhnlich, um ihr Rückgrat vor den Folgen eines Sturzes zu schützen. Was hatte solch ein Ding in meinem Rücken zu suchen?

Der zweite Typ fummelte nun an meiner Brust herum und förderte kurz darauf ein ähnliches Teil, quasi einen schwarzen, grobgliedrigen Brustpanzer, zutage.

Die beiden machten einen sichtlich zufriedenen Eindruck, hoben ihre freie Hand zum Gruß und verschwanden so schnell, wie sie zuvor aufgetaucht waren. Was war das denn bitte jetzt schon wieder?

Ich hatte keine Zeit, mich näher mit dem Erlebten zu beschäftigen. Plötzlich zog sich mein Magen zusammen und meine Arm- und Beinmuskeln verspannten sich. Ehe ich mich an dieses Gefühl erinnern konnte, brach ein wohlbekannter Hustenkrampf aus.

Ich zitterte am ganzen Körper und mein Gesicht schwoll an. Ich bekam augenblicklich keine Luft mehr durch die Nase und der Schweiß rann von meiner Stirn. Ich drehte mich mit letzter Kraft von meinem Rücken in die Seitenlage, damit der Schleim aus meinem Mund und der Nase abfließen konnte.

Nach wenigen Minuten war der Spuk wie gewohnt wieder vorbei. Bis auf die beiden Wesen, die neu waren, war es der mir aus den neunzig Tagen noch lebhaft in Erinnerung gebliebene Hustenkrampf. Ich war offensichtlich endgültig in meinen persönlichen Prozess zurückgekehrt.

Meine Frau schaute besorgt zu mir rüber. Es war für sie das erste Mal, dass sie eine meiner Hustenattacken miterlebte.

11

Es fügte sich alles zusammen. Die immer gleichen bedrückenden Gefühle, die quälende Unruhe, die schlaflosen Nächte und nun auch wieder die bekannten Hustenattacken.

Wahrscheinlich standen auch meine beruflichen und privaten Schwierigkeiten der vergangenen Wochen in irgendeinem Zusammenhang mit diesen Symptomen. Augenblicklich schien es mir, als ob es eine übergeordnete Verbindung gebe. Ich spürte, wie mich die Gefühle der neunzig Tage durchströmten.

Oder wollte ich mir hier etwas einreden, was es nach objektiver Betrachtung eigentlich gar nicht geben konnte? War es vielleicht andersherum und mein Körper und meine Psyche reagierten ganz einfach nur auf meinen Misserfolg und auf den Druck der vergangenen Wochen und Monate? Waren es vielleicht nur Anzeichen eines in letzter Zeit in den Medien immer häufiger vorkommenden Burnout-Syndroms? War es vielleicht nur eine ganz gewöhnliche Depression?

Ich spürte, wie eine unangenehme Angst in mir aufstieg, oder verstärkte sich nur das Neunzig-Tage-Gefühl?

Depressionen waren in den vergangenen Jahren zu einer salonfähigen Volkskrankheit avanciert. Im Prinzip konnte diese Krankheit jeden treffen. Viele Prominente standen ganz offen dazu, dass sie unter Depressionen litten. Warum sollte ich nicht zu diesem erlauchten Kreis sensibler Menschen gehören?

Stellte sich nur die Frage, was waren Depressionen eigentlich?

In einer meiner schlaflosen Nächte während der beschriebenen neunzig Tage hatte ich bereits versucht, nähere Informationen zu dieser Krankheit im Internet zu recherchieren. Allerdings wusste offensichtlich keiner wirklich genau, wo die Ursachen für den Ausbruch dieser Krankheit lagen. Man hatte die Krankheit zwar weitestgehend erforscht und in verschiedene Arten und Schweregrade eingeteilt. Die Fachwelt konnte auch die jeweiligen Symptome den einzelnen Krankheitsbildern zuordnen und anhand dieser Erkenntnisse den ungefähren Krankheitsverlauf vorhersagen, aber keiner konnte mit Sicherheit sagen, wo diese Krankheit eigentlich herkam, und vor allem, warum sie auftrat.

Das war doch eigentlich eine ganz einfache Lösung. Als sensibler Mensch litt ich an einer stressbedingten Depression. Dies erklärte zwar nicht, warum alles Mögliche in meinem Leben nicht mehr wie gewohnt funktionierte, aber konnte ich mich nicht einfach später um diese Dinge kümmern, wenn mein Kopf wieder klar war?

12

Du spinnst. Du hast keine Depressionen«, sagte meine Frau energisch. »Ich will nicht, dass du Depressionen hast.« Meiner Frau schossen die Tränen in die Augen. Sie schob ihren Teller zur Seite und vergrub ihr Gesicht in ihren Händen.

»Ich will das alles nicht. Ich kann nicht mehr so weitermachen. Ständig habe ich Angst, dass du dir etwas antust. Was soll denn dann aus mir und den Kindern werden? Wir brauchen dich doch«, schluchzte meine Frau voller Schmerz und Verzweiflung.

Ich hatte offensichtlich schon wieder den gleichen Fehler gemacht. Ich hatte dieses recht private Thema im weniger privaten Clubrestaurant angesprochen. Zu meiner Ehrenrettung muss ich sagen, ich hatte es diesmal allerdings nicht geplant. Es hatte sich einfach aus dem Gespräch heraus ergeben.

»Ich denke, dass es mir nicht so besonders gut geht, weil ich depressiv bin«, hatte ich gesagt. War das so verkehrt? Ich hatte ja nicht gesagt: »Hey, Schatz, ich spring gleich von der Brücke, bitte grüße die Kinder von mir!« Was, wenn ich es genauer betrachtete, wahrscheinlich eine sehr ähnliche Wirkung auf meine Frau gehabt hätte.

Ich wusste, dass ich meine Frau beruhigen wollte. Nur wie? Immerhin ging es mir in diesem Moment gar nicht mehr so schlecht. Sollte ich jetzt sagen: »April, April, es ist alles gut. Mir geht es gerade viel besser. Was gibt es zum Nachtisch, Liebling?«

Ich denke, das wäre im Augenblick einfach nicht überzeugend gewesen.

Ich versuchte es also schließlich mit der Wahrheit: »Es war doch nur ein Gedanke. Ich suche nur nach einer plausiblen Erklärung, warum es mir schon wieder so scheiße geht.«

Schweigen. Meine Frau wischte sich mit ihrer Serviette die Tränen aus dem Gesicht.

»Aber du weißt doch genau, warum es dir nicht gut geht.« Jetzt war ich gespannt. »Das hat doch alles mit dem Engelkram zu tun. Das hast du selbst gesagt. Du hast gesagt, dass du da jetzt durchmusst und bald alles wieder gut werden wird. Ich hab zwar keine Ahnung, was das ist, wo du da durchmusst, aber ich habe dir da absolut vertraut.« Es stiegen ihr erneut die Tränen in die Augen.

Schweigen.

»Ich weiß, was ich gesagt habe, und ich weiß ja auch im Prinzip, worum es hier geht. Irgendwie hat mich im Moment der Mut verlassen. Ich kann einfach nicht mehr.«

»Das glaub ich dir nicht. Warum sollte dich dein Mut verlassen haben? Zusammen haben wir doch bisher immer alles geschafft. Mach doch wieder einen Termin mit deiner Engeltante. Der Engel hat dir doch damals auch geholfen. Es war doch alles, wie es der Engel gesagt hatte. Und wir überlegen zusammen, was du mit deiner Firma machen wirst. Ich hatte da eh schon seit längerem ein komisches Gefühl. Im Notfall verkaufen wir halt das doofe Haus und ziehen in eine Sozialwohnung. Ist mir auch egal. Hauptsache, wir sind zusammen.«

Genau in diesen Momenten wusste ich, wie sehr ich meine Frau liebte. In den entscheidenden Momenten sagte sie immer ganz genau die richtigen Dinge.

13

Vielleicht war eine Depression auch nur ein Ausdruck der Seele, die um Hilfe schrie.

Die Gedanken kreisten in mir und ich drehte mich im Kreis. Am Ende stand immer wieder diese Angst. Angst, alles zu verlieren. Angst vor dieser Leere. Der Wunsch, den Erfolg des letzten Jahres zu wiederholen. Wut stieg in mir auf. Wieso wollte mir das einfach nicht gelingen. Wieso passte dieser blöde Kopf einfach nicht durch diese dicke Wand?

Das Wetter war heute auch keine Hilfe. Schon beim Frühstück zogen sich die dichten Wolken über der malerischen Bucht zu einer übermächtigen Wand zusammen und färbten sich tiefschwarz. Es ergoss sich seit elf Uhr ein Regen-Gewitter-Sturm, wie ich ihn so bisher noch nicht erlebt hatte. Teilweise konnte ich den Pool, der nur wenige Meter unterhalb des Panoramafensters lag, nicht mehr erkennen. Die dicken Regentropfen fielen schnell und eng vom Himmel, dass sich eine blickdichte Wand bildete.

Schutzsuchend hatten wir uns mit den wenigen anderen Gästen in den großen Lobbybereich rund um das Schachbrett zurückgezogen und belagerten die Sessel und großen Sofas.

»Das Barbecue am Strand wird heute Abend wohl ausfallen«, ging es mir durch den Kopf. Passte ja irgendwie.

Obwohl das Unwetter am Nachmittag bereits wieder vergessen war, fand das Barbecue in der Tat nicht statt. Schade. Es sollte unser letzter Urlaubsabend sein. Was mich wohl zu Hause erwartete?

Die Nachrichten, die mich unter der Woche per E-Mail erreichten, ließen nicht erkennen, dass sich unsere geschäftliche Lage irgendwie verbessert hätte. Mir wurde ganz schlecht, als ich an die Auflösung meines Büros dachte. Meine Frau hatte sicherlich recht. Ich musste die Lage realistisch einschätzen und handeln, solange genügend Kapital vorhanden war. Sehenden Auges mit Vollgas ins eigene Unglück zu rasen wäre sicherlich nicht die richtige Entscheidung. Vor allem musste ich jetzt als Erstes den Druck bei mir rausnehmen.

Im Zweifel würde ich den neuen Auftrag zum Jahresende kündigen. Sollten die doch jemand anderen terrorisieren. Dann müsste ich mit Sicherheit einem der beiden Verkäufer ebenfalls kündigen. Vielleicht sollte ich dann sogar beiden kündigen, und ich würde die verbleibenden Wohnungen wieder selbst verkaufen. Das ging früher ja auch. So oder so würde ich eine ungerechte Entscheidung treffen müssen, schließlich traf meine beiden Mitarbeiter ja keine direkte Schuld an dieser Situation.

Unsere Rücklagen würden meine Familie und mich gut ein Jahr über Wasser halten können. Das würde dann so bis November 2007 sein. Das war doch schon mal etwas, dachte ich.

Ich hatte den beruhigenden Gedanken noch nicht ganz zu Ende gedacht, da schoss mir im selben Moment ein weiterer Gedanke durch den Kopf. Was würde passieren, wenn das Geld aufgebraucht wäre?

Ich merkte, wie sich mir der Magen zusammenzog und sich meine Muskeln verkrampften. Da war er wieder, der quälende Hustenkrampf. Ich rannte ins Bad. Übergeben musste ich mich nicht. Es war halt nur dieser lieb gewonnene Hustenkrampf.

14

Da war es wieder. Das Lied vom steinigen Weg lief schon wieder im Radio. Irgendwie war das schon lustig. Der Song hatte recht behalten. Ich war mitten auf diesem Scheißweg zu mir selbst. Und nein, dieser Weg war noch steiniger und noch schwerer, als dieses Lied auch nur im Ansatz vermuten ließ. Und es war noch viel schlimmer, als ich es mir vor zwei Monaten hätte vorstellen können.

»Alles egal«, dachte ich mir in diesem Moment. Ich fühlte mich befreit. Ich kam von dem wohl letzten Termin mit dem Regionalleiter unseres großen Ex-Auftraggebers.

Ich hatte mich gut auf diesen Termin vorbereitet. Auch ich war in der Lage, einige plausible Verkaufscharts zu erstellen und diese mit einer knappen Kosten-Nutzen-Rechnung zu hinterlegen. Dazu brauchte es keine vertriebsstrategische Abteilung eines angelsächsischen Finanzkonzerns. Ich glaube, am Ende meiner kurzen Präsentation hatte mir der Regionalleiter beinahe in allen Punkten beschwichtigend zugestimmt. Nur dass diese nüchterne Analyse der Verkaufssituation meine unmittelbare Kündigung des Vertriebsauftrages mit sich brachte, überraschte den Kollegen offensichtlich und schien ihm etwas zum Nachdenken zu geben.

Den unzweckmäßigen Druck, den er und sein junger Mitarbeiter aufgebaut hatten, kommentierte ich nicht weiter. Im Grunde sprachen die nackten Fakten eine deutliche Sprache und zeigten, dass dieser ach so allwissende angelsächsische Konzern seine Hausaufgaben nur mangelhaft erledigt hatte.

Ich verbrachte den Rest des Tages in der Saunalandschaft, die ich schon in den letzten Jahren immer wieder besucht hatte, um ein wenig Kraft zu tanken. Auch jetzt brauchte ich für die anstehenden Tage eine gehörige Portion an Kraft. Schließlich musste ich nun die Umstrukturierung in meinem kleinen Unternehmen einleiten.

Die Wiese war an diesem Nachmittag besonders hell, warm und wohlig. Ich denke, das war ein kleines Zeichen der geistigen Welt, dass ich den richtigen Weg eingeschlagen hatte.

15

Mai 2007

Ich hatte mich entschieden. Ich wollte nicht mehr. Und ich konnte nicht mehr.

Zufrieden ließ ich meine Beine von der Hängematte baumeln. Gott, tat das gut! Die Vögel in unserem Garten veranstalteten ein mehrstimmiges Pfeifkonzert und balzten um die Wette. Die Sonne war deutlich kräftiger geworden und die Blätter der Bäume und Büsche explodierten förmlich.

Nach der Kündigung unseres Großauftrags ging im Grunde alles ganz schnell. Ich kündigte meine Büroräume Ende Februar dieses Jahres. Schweren Herzens musste ich mich ebenfalls von meiner Verkäuferin trennen, die glücklicherweise ohne Schwierigkeiten nahtlos eine Neuanstellung bei einem großen skandinavischen Baukonzern fand und nun mit dem gewohnten Erfolg attraktive Neubauprojekte verkaufte. Ihr Kollege war bei mir geblieben und kümmerte sich von nun an in einer Homeoffice-Lösung um den Vertrieb der restlichen Bestände der großen Hamburger Wohnungsgesellschaft.

Ich selbst hatte mich entschieden, erst einmal lockerzulassen. Ich wollte schauen, was sich wohl als Nächstes ergeben würde. Wobei das eigentlich nicht die richtige Beschreibung meines Plans war.

Es stimmte natürlich schon, dass ich nach meiner herben Niederlage des letzten Jahres erst einmal meine Wunden lecken wollte. Und ja, ich hatte die Nase voll von dem ganzen Vertriebskrempel. Ich hatte mir wirklich Mühe gegeben und meine ganze Kraft in den Aufbau meiner Firma investiert. Ich rannte dem Erfolg wie ein Besessener hinterher und wollte größer und erfolgreicher sein als alle anderen Immobilienvertriebe zusammen.

Mit einem gigantischen persönlichen Einsatz bin ich mit Vollgas auf die Nase gefallen.

Natürlich war es irgendwann an der Zeit gewesen, die Ergebnisse meines Handelns kritisch zu hinterfragen. Woran hatte es letzten Endes gelegen, dass ich so gnadenlos gescheitert war? Waren meine Konzepte vielleicht fehlerhaft? Hatte ich in meiner Strategieplanung etwas Entscheidendes übersehen? Lag der Fehler in meiner Marktrecherche? Stimmte vielleicht das Preis-Leistungs-Verhältnis der von uns angebotenen Immobilien mit den Marktbedingungen nicht überein?

Wenn ich es analytisch betrachtete, konnte ich in der rückwärtigen Betrachtung in der Tat den einen oder anderen Fehler identifizieren, der mir unterlaufen war.

Lag es also an der Summe der kleinen Fehler, die zwangsläufig mein Scheitern nach sich gezogen hatten?

Oder war es vielleicht so, dass es einfach nicht hatte sein sollen?

Jedenfalls stolperte ich in dieser Phase meines Lebens über einen hochinteressanten Film, der sich offensichtlich genau mit meinem Problem auseinandersetzte.

In diesem gut gemachten Dokumentarfilm wurde sehr anschaulich erläutert, welchen Einfluss unser Bewusstsein auf unser Leben hat.

Die Frage war letztlich: »Wer oder was erschafft unsere Realität?«

Lebten wir in einer Welt der unkontrollierbaren Zufälle, deren Willkür wir ausgesetzt waren?

Gab es so etwas wie ein Gottwesen, das nach seinem Gutdünken unsere Geschicke lenkte?

Was war es, das letztlich unsere Wirklichkeit erschuf?

Die zu Wort kommenden Wissenschaftler waren sich in dieser Frage im Ergebnis alle einig. Es war aus ihrer Sicht durch die Quantenphysik erwiesen, dass unser Bewusstsein unsere Realität erschafft.

Im Grunde reagierte das Leben nur auf die Energien unseres Bewusstseins. Letztendlich erschuf und manifestierte unser Bewusstsein all das, was wir erlebten. Unser Bewusstsein wiederum reagierte und speicherte letztlich alle unsere Gedanken.

Das Leben war also streng genommen eine Reflexion unserer Gedanken.

In dieser Theorie waren wir ganz eindeutig die Schöpfer von allem Glück und Unglück, das uns in unserem Leben widerfuhr.

Wahnsinn. Das war es doch, wonach ich gesucht hatte.

Dieser Film war absolut bahnbrechend.

Ich war derartig von diesem Film fasziniert, dass ich ihn mir am nächsten Tag gleich ein zweites Mal ansah.

Die Lösung meiner Probleme lag auf einmal wie ein offenes Buch vor mir.

Das war verrückt. Das war ja letzten Endes der Beweis, dass ich mir alles, was ich mir wünschte, in mein Leben ziehen oder besser denken konnte.

Ich war wieder im Spiel. Es gab im Buchhandel eine ganze Menge Bücher, die sich mit der Visualisierung und der Manifestation von Lebenswünschen beschäftigten.

In diesem Moment fühlte ich mich dem Ziel meiner Reise ganz nah. Im Prinzip war ich an dem Punkt angelangt, wo alles vor knapp fünf Jahren seinen Anfang genommen hatte. Ich war wieder bei den Wünschen an das Universum angekommen. Nur mit einem erweiterten Bewusstsein war mir nun klar, wie diese Wunscherfüllung funktionieren würde.

16

Meine Marschroute stand fest. Jedenfalls wusste ich auf einmal, was ich zu tun hatte und wie ich meinen künftigen Weg gehen wollte.

Ich wollte meiner eigenen Schöpferkraft gewahr werden und das Wissen umsetzen, das ich nun in mir trug. Ich wollte mich künftig ganz auf die Manifestation meiner Lebensumstände fokussieren.

Fehlte mir nur noch eins. Jetzt fehlte mir nur noch die Richtung, die ich in meinem Leben einschlagen wollte.

Im Prinzip galt es jetzt nur noch eine Frage zu beantworten.

Was sollte mir das Leben nun liefern?

Dies war bei näherer Betrachtung wirklich eine gute Frage. Was wollte ich eigentlich von meinem Leben? Wollte ich immer noch eine große Immobilienfirma mit vielen Mitarbeitern und, wie ich ja erfahren hatte, mit noch mehr möglichen Problemen und Unwägbarkeiten aufbauen?

Vor einem Jahr hätte ich mein linkes Ohr für das Gelingen meiner Firma gegeben. Aber heute?

Warum wollte ich überhaupt eine große erfolgreiche Firma aufbauen? Ging es nicht einfach nur um Erfolg? Was war überhaupt Erfolg in meinen Augen?

Das waren alles Fragen, die es mit Sicherheit wert waren, näher ergründet zu werden.

Bei genauerer Betrachtung wollte ich keinen Erfolg um des Erfolges wegen. Natürlich ging es mir auch um Anerkennung und Bestätigung. Dies tat mir genauso gut, wie es wahrscheinlich jedem Menschen guttut. Aber das war nicht die treibende Kraft, die mich auf mein linkes Ohr hätte verzichten lassen.

Meine treibende Kraft war die Sicherheit. Es war der Wunsch nach finanzieller Sicherheit. Ich hatte ganz offensichtlich Angst davor, meine Rechnungen nicht mehr bezahlen zu können und meiner Familie und mir nicht das Leben bieten zu können, das uns aus meiner Sicht zustand.

In diesem Moment war ich mir absolut sicher, dass ich keinen neuen Anlauf mit meiner Immobilienfirma manifestieren wollte. Warum sollte ich den Umweg über den Erfolg nehmen, wenn mein eigentliches Ziel Sicherheit hieß?

Schlagartig schnellte mir mein schon seit Ewigkeiten bestehender Wunsch durch den Kopf. Schon als kleiner Junge war ich von der Möglichkeit besessen, über ein Stück Papier und ein paar Kreuzchen zu einem Haufen Geld zu kommen.

Meine Manifestation stand in diesem Augenblick für mich fest und auch der Weg der Umsetzung war für mich klar.

Ich würde dieses Jahr nutzen und mich, gemeinsam mit meiner Schöpferkraft, auf den Gewinn des Lottojackpots fokussieren.

17

Oktober 2007

Jetzt hör doch endlich mal auf, in deinem Essen rumzustochern und iss endlich. Ja, auch die Möhren sind zum Essen da, die beißen ja schließlich nicht«, polterte ich unsere Zweitgeborene an. Betreten sah unsere Tochter auf ihren Teller und angelte mit ihrer Gabel nach einem Stückchen der besagten Möhren.

»Ich hab die Schnauze so voll. Du kaust auf dem Essen deiner Mutter, als ob wir dir Scheiße zu fressen geben würden. Reiß dich zusammen, Fräulein, und hör auf zu heulen, sonst gebe ich dir gleich einen Grund zum Heulen.« Die Tränen kullerten dem neunjährigen Mädchen über die Wangen.

Die Nerven waren grundlos mit mir durchgegangen. Schon wieder. Ich fühlte mich grauenhaft.

Meine Frau tröstete unsere Tochter und zischte mich an: »Lass es doch einfach. Sie isst ihre Möhren schon. Du kannst hier nicht immer wegen nichts so rumpoltern.«

Ich hasste es, wenn meine Frau recht hatte. Und am meisten hasste ich es, wenn meine Frau mich obendrein zu Recht maßregelte.

»Ich bin fertig. Ich geh raus«, grummelte ich und erhob mich ohne einen weiteren Kommentar von meinem Platz.

»Ja, ist wohl besser so«, blaffte mir meine Frau hinterher. Ich reagierte nicht darauf und warf die Esszimmertür lautstark hinter mir ins Schloss.

Es war mehr als offensichtlich, dass ich in letzter Zeit unerträglich dünnhäutig war. Bei jeder Kleinigkeit ging ich in die Luft. Insbesondere die Kinder hatten unter meinen Launen zu leiden.

Wahrscheinlich hasste ich mich selbst am meisten für diese

Wutausbrüche. So ein cholerischer Penner wollte ich im Grunde meines Herzens niemals sein. Dieser rumschreiende Schwachkopf entsprach in keiner Weise meiner Vorstellung meines eigenen Selbst.

Na klar, der Druck, der schon seit Anfang des Jahres auf mir lastete, hatte wieder zugenommen. Der Provisionsertrag, den der verbliebene Verkäufer mit dem Verkauf der Wohnungsbestände der Hamburger Wohnungsgesellschaft erwirtschaftete, war sicherlich gut, nur reichte er nicht für uns beide.

Meine Hoffnung auf einen neuen Auftrag hatte sich bisher leider auch nicht erfüllt. Lag das vielleicht an meinen Manifestationen? Schließlich wollte ich ja nicht mehr diesen Umweg gehen. Mit dem Ausbleiben eines neuen Auftrags hatten sich ja irgendwie bereits gut fünfzig Prozent meiner Ziele manifestiert. Fehlte im Grunde nur noch die Gewinnmitteilung über den Lottojackpot.

Ständig fuhr ich bewusst oder unbewusst an unserem Lottoladen in unserer kleinen Einkaufsstraße vorbei. Teilweise ertappte ich mich, dass ich sogar einen Umweg in Kauf nahm, nur um einen Blick auf das Display zu erhaschen. Wo stand der Lotto-Jackpot vor der nächsten Ziehung? Hatte er schon meine Wunschhöhe erreicht?

Wenn die Zahlen auf null gesetzt waren, hoffte ich für den Folgetag auf die so häufig visualisierte Gewinnmitteilung.

Ohne Jackpot und ohne neuen Auftrag blieb mir im Moment allerdings keine andere Wahl. Ich würde wohl oder übel den Verkauf der Wohnungen wieder selbst übernehmen und dementsprechend meinem letzten Mitarbeiter die Kündigung aussprechen müssen.

Eine tagesfüllende Aufgabe war der Vertrieb der restlichen Wohnungsbestände bei Weitem nicht. So würde mir im Prinzip eine Menge Zeit bleiben, um mich um mein eigentliches Ziel zu kümmern und um zusätzlich nebenbei gelegentlich zu Hause auszuflippen.

Um meinem erklärten Ziel, »Lottomillionär« zu werden, näher zu kommen und um meine Woche einigermaßen zu überstehen, fuhr ich für gewöhnlich jeden Dienstag in die Sauna. Diese Saunalandschaft im mediterranen Stil war für mich so etwas wie mein ganz persönlicher Rückzugsraum. Gelegentlich gönnte ich mir eine der angebotenen Massagen. Nach einer Massage hatte ich das Gefühl, mich noch besser auf die Meditationen einlassen zu können. Schließlich war nach meinem Verständnis die Meditation die am nächsten liegende Möglichkeit, durch die ich den Zugang zu meiner Schöpferkraft fand.

In der Meditation spürte ich die Kraft, die nötig war, um wahre Wunder geschehen zu lassen. Nachdem ich auf der bekannten Wiese angekommen war, ging ich über einen einfachen Sandweg zu einer Brücke, die über einen kleinen Bach führte. Auf der anderen Seite der Brücke stand eine einladende Bank unter einem großen, Schatten spendenden Laubbaum. Ich nahm auf der Bank Platz, schloss meine Augen und begann mit meinen Visualisierungen. Für gewöhnlich sah ich dann, wie ein Mitarbeiter der Lottogesellschaft mit der Gewinnbenachrichtigung durch die Gartenpforte unser Grundstück betrat. Festen Schrittes kam er den kleinen gepflasterten Weg hoch, der ihn direkt an unsere dunkelgrüne Hauseingangstür führte. Er trug einen dunklen Anzug mit weißem Kragen und schlichter Krawatte. Manchmal trug er wie ein Geheimagent Ihrer Majestät eine dunkle schwere Sonnenbrille, die seine Augen verbarg. In der rechten Hand hielt er, im Grunde eines Geheimagenten Ihrer Majestät unwürdig, einen großen, bunten Blumenstrauß. In der linken Hand hielt er stets einen dunklen Aktenkoffer. Ich konnte diesen Mann bereits vom Flur aus durch die zwei Glaselemente unserer Haustür sehen. Er stellte sich kurz mit Namen und Dienstausweis vor und bat anschließend darum, eintreten zu dürfen. Wir setzten uns an unseren aus antikem Teakholz gearbeiteten Esszimmertisch.

Er legte seinen Aktenkoffer demonstrativ auf den dunkel geölten Esstisch. Meine Frau brachte uns in diesem Moment einen frischen Kaffee. Ich fragte mich an dieser Stelle regelmäßig, wie sie den eigentlich so schnell zubereitet hatte. Im selben Moment begann der Lottomitarbeiter mit der Doppelnull, uns über die möglichen Folgen aufzuklären, die der Gewinn des Lottojackpots für unser Leben mitbringen würde. Sein Rat an uns war es, möglichst unauffällig so weiterzuleben wie bisher und absolut niemanden über unser plötzliches Vermögen zu informieren.

Für gewöhnlich wechselte in diesem Moment das Szenario und ich fand mich in einem Gespräch mit einem mir fremden Bankberater wieder. Wir hatten den Rat des Lottomitarbeiters befolgt und sogar das Geldinstitut gewechselt, um unseren neuen Reichtum so geheim wie möglich zu halten. Gemeinsam mit den Experten des Bankhauses waren wir nun damit beschäftigt, eine ausgeklügelte Investmentstrategie zu erarbeiten.

In den Büchern hatte ich gelesen, dass es für eine erfolgreiche Manifestation im Grunde entscheidend war, in das Gefühl zu gehen. Es war wichtig, nicht nur den Wunsch zu formulieren, ihn zu visualisieren und ihn loszulassen, sondern ebenso wichtig schien das Gefühl zu sein. Es war hier von dem Gefühl die Rede, das ich in dem Moment haben würde, in dem ich auf meine Manifestation treffen würde. Sprich, wenn sich die Energie meines Bewusstseins quasi aus heiterem Himmel vor mir in Materie widerspiegeln würde.

Natürlich erwartete ich nicht, dass sich der Scheck über meinen Lottogewinn quasi aus dem Nichts vor meinen Augen materialisieren würde, während ich gemütlich bei einer Tasse Kaffee dem Vorgang beiwohnte.

Diese Vorstellung gehörte mit Sicherheit doch eher in einen der »Star Trek«-Filme und wäre an dieser Stelle sicherlich eine unrealistische Erwartung an die Möglichkeit meiner Visualisierungstechnik gewesen.

Vielmehr würde mein Bewusstseinsfeld irgendwann genau die Situation erschaffen, die ich in meiner Visualisierung bereits durchlebt und gefühlt hatte. Das Bewusstseinsfeld würde den so häufig zitierten Zufall nutzen, um die Dinge in unserem Leben zu erschaffen. Genau genommen war es nun meine Aufgabe, neben meiner Visualisierung einen Dauerlottoschein bei der nächsten Lotto-Annahmestelle abzugeben. Damit waren die Weichen gestellt und das Schicksal konnte seinen Lauf nehmen. Jetzt war es im Grunde nur noch eine Frage der Zeit, bis meine Bestellung ausgeliefert werden würde.

Und mein Bewusstseinsfeld wusste im Prinzip durch meine übrigen Gedanken ja auch, dass meine Rücklagen nur noch bis zum Ende des Jahres ausreichen würden.

Ich spürte, wie mit der Zeit meine Visualisierungen und meine Gefühle in der Meditation, die das Eintreffen des Lottoboten betraf, zu meiner Wirklichkeit wurden.

Leider hatte sich bisher weder der Lottobote noch eine Gewinnbenachrichtigung nebst Millionenscheck bei uns blicken lassen.

Ein weiteres Buch sollte hier den Durchbruch bringen. Jedenfalls erschien mir der theoretische Ansatz mehr als einleuchtend.

Zum einen ging dieses Buch davon aus, dass ein zu häufiges Visualisieren desselben Wunsches eher kontraproduktiv war und möglicherweise eine Art Verstopfung im kosmischen Lieferservice verursachte. Bei der Bestellung bei einem Versandhandel würde man ja auch nicht jeden Tag aufs Neue die gleiche Bestellung aufgeben.

Es war wohl entscheidend, dem Universum ein wenig Raum zu lassen und die Situation zu visualisieren, die wir in der Zukunft vorfinden wollten. Im Grunde war es also die große Kunst, weniger den Lösungsweg zu visualisieren, sondern vielmehr sich mit dem Leben auseinanderzusetzen, das ich nach dem Eintreffen des Lottogewinns führen würde. In der Praxis ging ich also noch einen Schritt weiter.

Die Frage war jetzt: Wie wollte ich als Jackpot-Gewinner überhaupt leben?

Schnell war ich mir sicher, dass ich ein ganz anderes Leben führen wollte, als ich es bisher tat. Um es kurz zu machen, ich sah mich vor meinem inneren Auge und fühlte mich als sehr wohlhabender Mann in einem Traumanwesen am Strand von Bali. Das war es, was ich wollte.

Ich wollte aussteigen und am Strand in einem Land leben, in dem das Lächeln zu Hause war.

Bisher war ich zwar noch nicht auf Bali gewesen, aber spielte das eine wichtige Rolle? Ich hatte vor Kurzem einen ausführlichen Bericht über eine niederländische Frau und ihre drei Kinder im Fernsehen gesehen. Diese Frau war bereits vor Jahren Richtung Bali ausgewandert und führte nun ein florierendes Geschäft mit zwei großen Ausflugsbooten, die von Touristengruppen gechartert wurden und diese an die schönsten Strände der umliegenden Inseln brachten.

Ich reiste quasi in meiner Meditation nach Bali und spürte anstelle der Wiese den Sand an dem weißen Traumstrand unter meinen Füßen. Ich ging durch die Räume unseres Anwesens und sah die Kinder in den Wellen toben. Ich genoss das exotische Essen, das unser balinesischer Koch täglich frisch für uns zubereitete. Ich erfreute mich an den Blumen, die von den Gärtnern mit Hingabe gepflegt wurden. Ich drehte einige Runden in dem in Natursteinen eingefassten Pool und ich flog sogar mit, als wir uns per Flugzeug auf den Weg nach Indonesien machten. Hier unterlief mir bei unserer ersten Balireise allerdings ein kleiner Fehler. Als mehrfacher Millionär würde ich nicht in der Holzklasse reisen. Künftig flogen wir also als Erste-Klasse-Passagiere in unser neues Leben.

Es stand für mich felsenfest, was mich in den kommenden

Jahren erwarten würde. Ich wusste einfach, dass diese Meditation in absehbarer Zeit Wirklichkeit wäre.

18

Januar 2008

Ich konnte es kaum glauben. Ich war wieder da. Wie schön es hier war! Nach den dunklen und kalten Tagen der vergangenen Monate erschien mir die wohlige Wärme der kanarischen Vormittagssonne geradezu paradiesisch. Der für diese Insel so berühmte warme Wind wehte uns angenehm entgegen, während ich zusammen mit meinem Sohn den kleinen Pfad zum Strand hinabstieg. Eine ganze Woche Männerurlaub lag vor uns. Wir waren bereits mitten in der Nacht vom Flughafen Hannover aufgebrochen. Ich wollte noch ein letztes Mal die günstige Reisezeit außerhalb der Schulferien ausnutzen, bevor unser Sohn im Sommer eingeschult werden würde. Und auch mir kam diese Woche unter der südlichen Sonne mehr als gelegen.

Nicht nur das Leben unseres Sohnes würde sich in diesem Jahr durch seine Einschulung verändern. Auch ich stand vor dem Beginn eines neuen Lebensabschnittes oder jedenfalls vor der Übernahme eines neuen Vertriebsauftrages.

Ärgerlicherweise hatte sich der erhoffte und so sehr herbeimeditierte Lottogewinn bisher nicht eingestellt. Dafür sorgte wenigstens ein zufälliges Gespräch und eine anschließende Weiterempfehlung durch einen mir bekannten Notar, mit dem ich in den letzten Jahren sehr viel zusammengearbeitet hatte, für ein bisschen Bewegung in meinem Arbeitsalltag. Nach dem Ende unseres Urlaubs würde ich direkt mit dem Vertrieb des neuen Projektes beginnen. Kurioserweise kannte ich die Wohnungen dieser Wohnanlage bereits aus eigener Erfahrung. Immerhin hatten wir über zwei Jahre mit unseren Zwillingen dort gewohnt. Wir waren damals quasi als Zwischenlösung mit unseren Babys in eine der modernen Erdgeschosswohnungen gezogen und verschafften uns so ein wenig Raum, um uns in Ruhe nach einem passenden Eigenheim umzusehen.

Zwischenzeitlich hatten die fast einhundert Wohnungen den Eigentümer gewechselt und dieser wollte nun den Verkauf der einzelnen Wohnungen als Eigentumswohnungen in Angriff nehmen.

Der Kontakt zu der neuen Eigentümergesellschaft, einem in Frankfurt beheimateten Tochterunternehmen einer kleineren Bankgesellschaft, war schnell hergestellt und ich erhielt nach nur zwei Gesprächen und ein paar kurzen Telefonaten den Vertriebsauftrag. Der Vertrag war gut dotiert und dazu waren die Wohnlage sowie die Architektur der Wohnanlage durchaus attraktiv.

Im Grunde hätte ich mich freuen sollen. Schließlich hatte sich unsere finanzielle Situation in den letzten Monaten nicht großartig verbessert und unsere finanziellen Reserven waren so gut wie aufgebraucht. Ich brauchte somit dringend eine neue Einnahmequelle. Im Gegensatz zu meiner Frau wollte sich bei mir dennoch kein Gefühl der Freude einstellen.

Zu groß war meine Enttäuschung über die bisher nicht eingetroffene Manifestation. Hatte ich etwas falsch gemacht? Es war doch im Grunde ganz klar, wie die Dinge eigentlich hätten laufen sollen. Wo lag der Fehler? Stimmte womöglich mein ganzer Ich-bin-göttlich-Glaube doch nicht? Hatte ich mir etwa jahrelang etwas vorgemacht? Ich hasste es, wenn diese verdammten Selbstzweifel an mir nagten.

Sollte das jetzt schon alles gewesen sein und ich musste wieder zurück ins Glied? War ich gezwungen, bis an mein Lebensende irgendwelchen Leuten irgendwelche doofen Eigentumswohnungen zu verkaufen?

Ich konnte mir das einfach nicht vorstellen. Schon die Gespräche mit dem Vertriebsleiter meines neuen Auftraggebers waren für mich die reinste Tortur. Im Grunde liefen unsere

Gespräche nach dem immer gleichen Muster ab. Für gewöhnlich waren diese Gespräche gespickt mit den immer gleichen Sprüchen von dem ach so heroischen Immobilienverkäufer, der, trotz aller Widerstände des Kunden, diesem letzten Endes doch noch die Immobilien mit allen möglichen Tricks verkauft hatte. Dabei schien es völlig egal zu sein, mit welchen Methoden der Verkauf letztendlich zustande gekommen war. Unter dem Strich zählte nur der Verkaufserfolg. Seit mehr als vierzehn Jahren hörte ich mir nun schon die immer gleichen Geschichten an. Ich hatte mir so sehr gewünscht, dass diese Geschichten endlich aufhören würden.

Mir gingen die letzten Jahre durch den Kopf, in denen ich mir bei meiner spirituellen Selbstfindung schmerzhafte alte Leben angesehen hatte, mein schlechtes Karma aufgelöst hatte, tagelang in irgendwelchen Meditationen verharrt hatte, Gespräche mit Geistführern und Engelswesen geführt und Tonnen an Büchern über ein glücklicheres Leben gelesen hatte. Im Endergebnis stand ich nun wieder vor dem Beginn einer Aufgabe, die ich im Grunde meines Herzens so schon seit Langem nicht mehr ausüben wollte. Um meine Familie über Wasser zu halten, musste ich aber ganz offensichtlich wieder zurück ins Hamsterrad und für irgendwelche Unternehmen irgendwelche Eigentumswohnungen verkaufen.

Während ich den kleinen Trampelpfad hinter meinem Sohn hinabkletterte, bemerkte ich, wie in mir langsam eine trotzige Wut aufstieg. Das konnte doch nicht alles gewesen sein.

»Gut«, sagte ich ein weiteres Mal zu mir und zu der so liebenswerten geistigen Welt, »wenn das alles so sein soll, dann bitte. Ich bin bereit. Sollte es da irgendetwas geben, was ich jetzt noch zu tun habe oder durchleben soll, bin ich jetzt bereit dazu – meinetwegen kann es jetzt gerne weitergehen.«

19

Mein kleiner Sohn und ich verlebten wunderbare Tage in diesem einmalig gelegenen Ferienclub. Wir waren jeden Tag am Strand, wir spielten Fußball und segelten mit dem Katamaran kreuz und quer durch die weitgezogene Bucht. Unser Sohn besuchte die Schwimmschule und machte in dieser Woche seinen Freischwimmer, während ich ihm vom Beckenrand zusah oder ein paar Bahnen neben ihm her schwamm. Wir genossen das traumhafte Essen und hatten viel Spaß bei den Abendshows des Animationsteams. Es war für mich der erhoffte perfekte Männerurlaub.

Umso tiefer schien das Loch zu sein, in das ich unvermittelt am Tag nach unserer Rückkehr fiel. Vielleicht war ich auch nur etwas überhastet in meinen Arbeitsalltag zurückgekehrt.

Ich hatte bereits am Tag nach unserer Rückkehr wieder mit der sonntäglichen Öffnung meiner Musterwohnungen begonnen. Wie gewohnt hatte ich zur offenen Besichtigung meiner noch bestehenden Verkaufsprojekte mittels mehrerer kleiner Zeitungsinserate eingeladen. Wie bereits in den letzten Monaten schien sich auch an diesem Sonntag kein Mensch ernsthaft für meine Einladung zu interessieren und so saß ich mal wieder alleine meine Zeit in den Musterwohnungen ab. Zwei Stunden in der einen Wohnanlage, kurzer Standortwechsel und noch einmal zwei Stunden in der zweiten Wohnanlage. Für gewöhnlich verbrachte ich die Wartezeit mit Zeitunglesen oder ich spielte an meinem Laptop rum.

An diesem Sonntag stand mir weder der Sinn nach Zeitunglesen noch wollte ich schon wieder die immer gleichen Computerspiele spielen. Von meinen Sorgen getrieben tigerte ich rastlos durch die Zimmer meiner Musterwohnung. Ich fühlte mich grauenhaft. Mit jeder Minute schien es mir, als würde mir meine Lage ein kleines Stückchen bewusster. Es war mal wieder ganz offensichtlich, dass ich jetzt ganz dringend einige Geschäftsabschlüsse brauchte. Ich wusste nur zu gut, dass ich jeden Monat mindestens fünf Kaufverträge benötigte, um unsere laufenden Kosten so einigermaßen bestreiten zu können. Leider wusste ich auch, dass ich diese fünf Kaufverträge mit den Restanten meiner beiden Altprojekte einfach nicht zusammenbekommen würde. Dazu war ich bereits im Vormonat ohne einen einzigen Umsatz geblieben. Natürlich kannte ich meine finanzielle Situation nicht erst seit diesem Sonntag. Aber irgendwie hatte ich mich in den letzten Wochen und Monaten mit meinem Glauben an mein Wunder immer wieder aufs Neue beruhigt. Ich hatte ganz ernsthaft daran geglaubt, dass ich in der Lage sein würde, einen Lottogewinn herbeizumanifestieren. Im Grunde glaubte ich irgendwo ganz tief in mir immer noch an dieses Wunder.

Aber die bereits im letzten Jahr immer vorhandene Angst vor dem wirtschaftlichen Ruin war an diesem Sonntag sehr viel stärker geworden und hatte überhandgenommen. Es gelang mir schlicht und ergreifend nicht mehr, diese Angst mit meinem Glauben kurz mal eben beiseitezuwischen. Und auch mein neuer Auftrag konnte mir keine Hoffnung auf Besserung vortäuschen. Ich fühlte mich der Willkür des Lebens schutzlos ausgeliefert. Der Druck war wieder da. Ich fühlte mich, als ob ich nach dieser wunderbaren Woche auf der Insel zurückkehrte und in ein Paar Schuhe gezwängt würde, das mir schon seit Langem viel zu klein war.

Auch in den nächsten Tagen wollte sich keine Besserung meiner Gemütslage einstellen. Die Sorgen blieben und nahmen mal wieder in ihrer Intensität noch weiter zu.

Natürlich hatte sich bei der Besichtigung kein ernsthafter Kaufinteressent mehr blicken lassen und auch der eine Erfolg versprechende Anruf eines Kaufinteressenten blieb aus.

In meiner neuen Wohnanlage standen in diesen Tagen die Besuche aller rund fünfundachtzig Mietparteien auf dem Programm. Wie immer ging es in dieser frühen Vertriebsphase im Prinzip darum, möglichst vielen Mietern ihre Wohnung zu verkaufen.

Schon die ersten telefonischen Rückmeldungen auf meine schriftliche Besuchsankündigung waren niederschlagend.

Keiner der Mieter schien ein ernsthaftes Interesse am Erwerb seiner Wohnung zu haben. Trotzdem musste ich versuchen einen Besichtigungstermin mit den jeweiligen Mietern zu vereinbaren, damit ich für den späteren Verkauf an Kapitalanleger die Wohnung wenigstens einmal gesehen hatte.

Ich schleppte mich also in den folgenden zwei Wochen durch nahezu alle fünfundachtzig Wohnungen und hörte mir die Nöte und Sorgen der meist unzufriedenen Mieter an. Eine überwältigende Anzahl dieser Mieter nutzte meinen Besuch, mir unverblümt mitzuteilen, dass diese Wohnungen wegen der ganzen Baumängel eh nicht verkäuflich seien, dass der Preis überzogen sei und überhaupt alles Mögliche in dieser Wohnanlage im Argen liege.

Natürlich unterschieden sich diese Mieterbesichtigungen nicht wirklich von den unzähligen Besichtigungen der vergangenen Jahre. Es war wohl ein ungeschriebenes Gesetz, dass die Mehrzahl von Mietern ungebremst über den Vermieter und die vermeintlichen Missstände ihrer Wohnanlage herzog, sobald sich nur eine Gelegenheit hierzu bot. Leider war ich in diesem Moment ausgerechnet diese Gelegenheit.

Aus der Erfahrung wusste ich, dass es sich bei der Mehrzahl dieser Missstände in aller Regel um Gerüchte handelte, die von Nachbar zu Nachbar getragen wurden und dabei wie bei der stillen Post kräftig an Dramatik zunahmen. Schnell wurde aus einem tropfenden Wasserhahn ein dramatischer Wasserrohrbruch. Bei all diesen Geschichten von Schimmelbildung und undichten Dächern stellte sich mir immer wieder die Frage, warum die betroffenen Mieter eigentlich schon so lange in einer derart desolaten Immobilie wohnten.

Mit ein wenig Fingerspitzengefühl und Ruhe war es eigentlich gar nicht sonderlich schwierig, gemeinsam mit den Mietern zwischen Revolvergeschichten und wirklich reparaturbedürftigen Schäden zu unterscheiden. Und natürlich wurden ernsthafte Schäden schon allein im Interesse des Eigentümers von mir weitergemeldet und anschließend fachmännisch behoben.

Das Problem war nur, dass ich mich per se bereits in einer emotionellen Schieflage befand. Mich jetzt auch noch mit den Angriffen und Vorwürfen der tobenden Mieterschaft auseinanderzusetzen, glich einem wirklich schmerzhaften und zermürbenden Spießrutenlauf.

Zudem hatten die ersten Zeitungs- und Internetinserate auch in diesem Projekt nicht den gewünschten Erfolg gezeigt. Selbst bei den in meinen Augen sehr attraktiven und zum Eigenbezug angebotenen Penthouse-Wohnungen mit großer Dachterrasse war das Käuferinteresse äußerst verhalten.

Kurz gesagt, auch mit dem neuen Projekt war ich im Moment meilenweit von meiner Quote von fünf verkauften Eigentumswohnungen im Monat entfernt.

20

März 2008

Da war ich wieder. Schon wieder saß ich bei meinem Heilpraktiker. Ich glaube, ich war in den letzten Wochen in jeder seiner wöchentlichen Sprechstunden, welche er seit einiger Zeit immer mittwochs anbot. Teilweise kam ich sogar, obwohl ich keinen Termin mehr bekommen hatte. Dann hoffte ich, dass vielleicht einer seiner Patienten in letzter Minute einen dieser raren Termine abgesagt hatte. In der Regel fuhr ich an diesen Tagen langsam über die enge Auffahrt in Richtung Parkplatz und hoffte, durch die geschlossenen Vorhänge der Praxisräume irgendwie erspähen zu können, ob eventuell gerade mal kein Patient auf dem Ledersessel saß. Eigentlich konnte ich aber schon an der geschlossenen Praxistür erkennen, dass sich mein Heilpraktiker in einer Behandlung befand.

Mitunter wiederholte ich diese Prozedur mehrmals am Tag. Spätestens als ich bemerkte, dass ich mich langsam wie ein Stalker benahm, war es nicht mehr zu leugnen. Ich war ganz offensichtlich mal wieder am Boden zerstört.

Meine Sorgen und meine Ängste waren dabei, mich mit Haut und Haar aufzufressen. Schon wieder war sie da und sie nagte an mir, diese unbändige Angst vor einer wirtschaftlichen Katastrophe. Ich hatte eine panische Angst vor dem Tag X, an dem alles zu spät sein würde. Vor diesem einen Tag, an dem ich meine Rechnungen nicht mehr bezahlen konnte. Ich malte mir aus, dass ich die Raten von unserem neuen Haus nicht mehr aufbringen konnte. In meiner Wahnvorstellung hatte ich nicht einmal mehr genügend Kraft, einen Umzug auf die Beine zu stellen, und der Gerichtsvollzieher würde unsere verbleibenden Möbel einfach vor die Tür stellen. Ich wusste nicht einmal, wo wir hätten hinziehen sollen. Wer würde schon freiwillig eine mittellose und dann noch sechsköpfige Familie beherbergen?

Unsere Rücklagen waren bekanntlich schon seit Anfang des Jahres aufgebraucht. Weder bei den beiden alten Projekten noch bei der neuen Wohnanlage war es mir gelungen, in diesem Jahr auch nur eine Wohnung zu verkaufen. Ich war also seit gut zwei Monaten ohne jegliche Einnahme gewesen. Als letzten Notnagel hatte ich vor zwei Wochen unseren Mercedes Van zum Verkauf in ein Onlineportal ins Internet gestellt. Mit dem Verkaufserlös hätten wir uns vermutlich etwa zweieinhalb bis drei Monate über Wasser halten können. Aber hierfür hätte sich erst einmal ein Kaufinteressent melden müssen. Es meldete sich aber überhaupt niemand.

Ich musste mir eingestehen, dass ich seit nunmehr gut eineinhalb Jahren auf der Stelle trat. Das Leben wollte sich einfach nicht nach meinen Wünschen richten. Es war zum Verzweifeln.

In diesem Augenblick bewunderte ich die Ruhe meines Heilpraktikers. Ganz sicherlich war es auch ihm nicht verborgen geblieben, dass ich in den letzten Wochen zu einem verzweifelten Stalker verkommen war. Ich konnte mein Wehklagen schon selbst nicht mehr ertragen. Mein Heilpraktiker schien von meinem ganzen Gejammer jedoch völlig unbeeindruckt zu sein. In der für ihn so unverwechselbaren Art ging er die Fragen seiner kleinen Kärtchen durch. Wartete wie gewohnt die Antwort seines Pendels ab und leitete, wenn es angezeigt war, in aller Ruhe die nötigen Maßnahmen ein.

An diesem Vormittag unterbrach er jedoch ganz unvermittelt bereits nach den ersten Fragen sein übliches Vorgehen. Während er anfing nach irgendetwas in seinen Unterlagen zu kramen, sagte er: »Ich habe da etwas Neues. Das hat etwas mit den alten Belastungen aus Atlantis zu tun. Ich habe da ein energetisch geladenes Bild dazu.« Er zog eine etwa notizblockgroße

Zeichnung hervor, die er in seinem Terminbuch aufbewahrt hatte. Die Zeichnung war in blauen Tönen gehalten und zeigte die Silhouette einer kleinen Stadt, die idyllisch unter einem Sternenhimmel vor sich hin schlummerte.

»Wollen wir mal sehen. Besteht bei André noch eine Belastung durch die damaligen Geschehnisse, die zum Untergang von Atlantis geführt haben?« Mit den Jahren konnte auch ich erkennen, wenn der Ausschlag des Pendels eindeutig positiv war.

»Darf diese Belastung nun aufgehoben werden?« Erneut bejahte das Pendel die Frage meines Heilpraktikers. Mein Heilpraktiker begann daraufhin mit der Einleitung des Lösungsprozesses. Das Pendel schwang voller Energie wie wild hin und her. Mit jedem Schwung des Pendels merkte ich, wie meine innere Traurigkeit anwuchs. Als die Hälfte des Programms absolviert war, spürte ich, wie Tränen meine Wangen hinunterliefen. Was war denn jetzt schon wieder los mit mir? Großartig, jetzt heulte ich also auch schon bei einer Behandlung meines Heilpraktikers. Als mein Heilpraktiker meine Tränen bemerkte, schienen ihn diese nicht minder zu irritieren. Etwas hektisch suchte er nach einem Taschentuch, während ich vergeblich versuchte, nicht allzu laut zu schluchzen. Ich glaube, um mich ein wenig von meinem Elend abzulenken, fing mein Heilpraktiker an, mir von dem Untergang von Atlantis zu erzählen.

»Dies ist nicht der erste Versuch, eine von der göttlichen Quelle getrennte Zivilisation auf der Erde einzurichten. Vor unserem jetzigen Versuch hat es hier wohl schon mehrere Anläufe gegeben. Jedes Mal hatte die Quelle oder das große Feld oder das Alles-Was-Ist versucht, sich hier selbst zu erfahren, indem die Menschen schon mit der Geburt vergessen sollten, wer oder was sie im Grunde waren. Die Quelle war gespannt, ob sich die Menschen auf die Suche nach ihren wahren Wurzeln machen würden. Ich glaube, bei einem der ersten Versuche war der Schleier des Vergessens sehr dicht. Die Menschen hatten damals absolut keine Ahnung, dass sie eine göttliche Abstammung hatten, und verhielten sich wohl eher wie wilde Tiere. Auch nach mehreren Generationen war keine wirkliche Entwicklung messbar und schon gar nicht kamen die damaligen Menschen auf die Idee, nach irgendwelchen göttlichen Wurzeln zu forschen. Die Menschen waren so sehr mit ihrer Nahrungssuche und ihren Kämpfen untereinander beschäftigt, dass sie sich in keinem Augenblick ihres Daseins die Frage stellten, wer sie waren, woher sie kamen oder was der Sinn ihres Lebens war. Der Sage nach wurde irgendwann das Experiment schlicht wegen Erfolglosigkeit abgebrochen.

Für den nächsten Versuch wurde der Schleier des Vergessens deutlich gelüftet. Für viele der Bewohner von Atlantis war schnell klar, dass sie von göttlicher Abstammung waren. Die Evolution war äußerst rasant. Im Endeffekt gab es irgendwann Teile in der Gesellschaft von Atlantis, die ihren göttlichen Kern entdeckt hatten und es verstanden, diese göttliche Energie zu nutzen. Sie fingen an, ihre göttliche Macht zu missbrauchen und diese für ihre eigenen Interessen gegen weniger weit entwickelte Völker einzusetzen. Letzten Endes führte der Machtmissbrauch einer kleinen Gruppe zum Untergang dieser Hochkultur.

Ich bin davon überzeugt, dass wir uns gegenwärtig unmittelbar in dem großen Feldversuch befinden, der nach Atlantis eingerichtet wurde. Der Schleier des Vergessens wurde hierfür ein weiteres Mal neu kalibriert. Der Schleier wurde quasi in seiner Stärke irgendwo zwischen dem ersten und dem Atlantis-Versuch angelegt. Er wurde so konzipiert, dass sich die Menschen durchaus auf die Suche nach dem Göttlichen machen würden, allerdings war dieses Göttliche nun etwas besser versteckt als zu Atlantis-Zeiten.«

»Na toll«, dachte ich bei mir. Schon wieder eine dieser Esoterikgeschichten. Danke, aber mein Bedarf war mittlerweile mehr als gedeckt. Ich hatte mit meinem Ich-bin-göttlich-und-erschaffe-mir-die-Welt-Glauben in den letzten eineinhalb Jahren die wirtschaftliche Existenz meiner Familie vermutlich grob fahrlässig aufs Spiel gesetzt. Es war ja schön, dass ich anscheinend etwas mit Atlantis zu tun hatte und dass diese alten Dinge nun gelöst waren, aber ich war in diesem Moment so was von satt. Was sollte der ganze Firlefanz, wenn die in der Theorie so wunderbaren Ideen nicht in der Praxis umzusetzen waren? Ich musste aufhören zu träumen und mich, so schnell es nur irgendwie möglich war, wieder der realen Welt stellen. Immer wieder musste ich dabei an einen Grundsatz meines Großvaters denken: »Im Leben geht es um Fakten. Glauben kannst du in der Kirche.«

21

Mein Besuch bei meinem Heilpraktiker und die Auflösung der Atlantisdinge lagen nun gute zwei Wochen zurück. Es waren zwei grausame Wochen gewesen, durch die ich mich Gott weiß wie hindurchgequält hatte. Zwei Wochen, in denen ich mich irgendwie durch die Tage schleppte und die Nächte durchwachte. Meine Schlafstörungen waren die reinste Folter. Ich schlief zwei bis drei Stunden. Spätestens gegen vier Uhr morgens lag ich in meinem schweißnassen Bett. Wieder schien mein Körper regelmäßig weiterzuschlafen, während mein Geist hellwach war. Es quälten mich fortlaufend die gleichen Gedanken. Meine geschäftliche Situation war weiterhin unerträglich. Wieder bemühte ich mich redlich, das Blatt zu wenden. Wieder schien es, als ob mir dies immer weniger gelingen wollte, je mehr ich mich um einen Erfolg bemühte. Seit gut drei Tagen war ich kaum noch in der Lage, mich zu den einfachsten, alltäglichsten Dingen aufzuraffen. Mittlerweile bekam ich es schon mit der Angst zu tun, sobald mein Telefon klingelte.

Am schlimmsten waren, denke ich, die immer wiederkehrenden Bilder. Ständig und überall sah ich, wie ich mir selbst den Lauf einer Waffe in den Mund hielt. Im Grunde war es immer und immer wieder genau dieses Bild. Ich sah nicht, was ich vorher machte oder wie ich mir die Waffe besorgt hatte. Ich sah auch nie ein Bild, in dem ich den Auslöser betätigte. Es war immer diese Nahaufnahme, wie ich den Lauf eines Trommelrevolvers in meinen Mund einführte. Dieses Bild kam regelmäßig, manchmal mehrfach am Tag über mich. Meist passierte das völlig unvorbereitet etwa beim Fernsehen oder beim Aufräumen der Küche. Meist erlebte ich diese Bilder als eine Art Blackout. Jedes Mal, wenn die Bilder kamen, durchstieß mich das Gefühl der reinen Angst. Die Bilder waren so realistisch, dass ich mir irgendwann sicher war, dass dies ein Blick in meine persönliche Zukunft war. In den ersten Tagen dieser Bilder kämpfte ich noch dagegen an, aber mit jeder Wiederholung der immer gleichen Szene gab ich mich ein Stückchen mehr auf.

Ich wollte einfach nicht mehr. Und ich konnte nicht mehr.

Wie ferngesteuert fuhr ich an diesem Tag ziellos durch die Straßen. Ich war schon wieder der Gejagte. Ich hatte alles versucht. Ich wollte nur noch, dass diese Gefühle aufhörten. Die schrecklichen Stimmen und Bilder in meinem Kopf sollten verschwinden.

Ich parkte meinen Wagen in einer Haltebucht am Fahrbahnrand. Ich brauchte jetzt frische Luft. Es war ein trüber Märznachmittag. Der Wind blies kräftig über das graubräunliche Wasser der Außenalster. Trotz der diesigen Sicht konnte ich bis zur majestätischen Fassade des Hotels Atlantik sehen. Auf der Alster tanzten kleine Wellen, auf deren Spitzen sich weiße Schaumflocken bildeten.

Ich ließ mich auf die feuchte Parkbank am Ufer fallen. Mein Körper brannte. Die Muskeln waren schon seit ich weiß nicht wie vielen Tagen unnatürlich angespannt. Ich spürte, wie sich kleine Schweißperlen auf meiner Stirn bildeten. Ich versuchte nachzudenken.

»Reiß dich zusammen. Du kennst diese Situation. Du weißt, dass es gleich vorbei ist. Gleich kannst du wieder einen halbwegs klaren Gedanken fassen«, versuchte ich mich zu beruhigen.

»Gut, jetzt gehe in die Meditation. Schließe deine Augen und begib dich auf die Wiese«, befahl ich mir selbst.

Ich schloss meine Augen. Anstelle der gewohnten Wiese erschien wieder dieses Bild der Pistole vor meinen Augen. Das Bild war größer und bedrohlicher als jemals zuvor. Ich zuckte zusammen. Meine Augen füllten sich mit Tränen. Ich spürte, wie sich mein Magen zusammenzog. Ich bekam kaum noch Luft durch meine Lungen. Es würgte mich. Da war er wieder, dieser so verhasste Husten. Krampfartig hustete ich, während ich versuchte, mich mit beiden Händen auf meinen Knien abzustützen. Die Schleimhäute meiner Nase schwollen an. Ich schnappte nach Luft. Schweiß rann von meiner Stirn. Mit dem nächsten Hustenschub kippte ich auf meine linke Seite. Der gewohnte Schleim lief mir aus der Nase und aus dem Mund. Ich drehte mich mit letzter Kraft auf den Rücken und stellte meine Füße auf die Sitzfläche der Parkbank.

Ich wusste nicht mehr, wie lange ich in dieser Position gelegen hatte. Ich wusste in diesem Moment nur, dass ich dringend Hilfe brauchte. Mir war klar, dass ich auf dem besten Weg war, mir ernsthaft etwas anzutun.

Ich kramte mein Mobiltelefon aus meiner Hosentasche und wählte die Nummer meines Heilpraktikers. Unwirsch teilte mir seine Ehefrau mit, dass heute keine Sprechzeit sei und dass ich mich bitte zu den bekannten Telefonzeiten melden möge. Das war alles.

Als Nächstes versuchte ich die Rufnummer meines Mediums. Vielleicht könnte sie mir in einer Telefonsitzung weiterhelfen und mit mir gemeinsam klären, was mit mir los war.

»Ja, hallooo?«, meldete sich mein Medium bei meinem ersten Versuch. Ich begrüßte sie und sagte ihr, dass es mir gar nicht gut gehe und ich ganz dringend ihre Hilfe benötigte.

»Ja, nein, im Moment ist das schlecht«, war ihre ernüchternde Antwort. »Ich steh gerade in München auf dem Flughafen und steige gleich in die Maschine in Richtung Hamburg.«

»Prima«, dachte ich. »Dann können wir uns ja vielleicht morgen zu einem kurzen Termin treffen. Ich brauche wirklich dringend Hilfe.«

»Nein, das ist schlecht. Ich bin die nächsten Wochen komplett ausgebucht und für morgen habe ich sogar auch noch einen Notfall reinbekommen. Wir können vielleicht morgen früh gegen zehn Uhr kurz telefonieren. Vielleicht können wir dein Problem ja auch telefonisch lösen.«

Wie bitte? Da sei ihr schon ein Notfall dazwischengekommen? Und was bitte war ich? Ich hatte hier ständig irgendwelche Bilder von einer Kanone, die in meinem Mund steckte, und ich war gewillt, den Abzug zu betätigen. War das etwa kein Notfall?

»Gut.« Ich willigte schließlich ohne große Gegenwehr ein. Schließlich war ein fester Telefontermin deutlich besser als gar nichts.

Die Aussicht auf die zum Greifen nahe Telefonsitzung ließ mich ein wenig Mut schöpfen.

Mir war aber auch klar, dass ich mich nicht alleine auf ein kurzes Telefongespräch mit einem Medium verlassen konnte. Kurz bevor ich in unsere kleine Straße einbog, erinnerte ich mich an ein Gespräch mit einem guten Schulfreund, das wir vor gar nicht allzu langer Zeit geführt hatten. Seit Jahren wusste ich, dass mein Schulfreund immer noch unter dem frühen Tod seines Vaters litt. Sein Vater war an Lungenkrebs gestorben, als mein Freund gerade mal elf Jahre alt gewesen war.

Neu für mich war, dass er seit einigen Monaten regelmäßig zu einer Therapeutin ging, die diese Geschichte mit kleinen Erfolgen langsam mit ihm aufarbeitete. In unserem Gespräch lobte mein Schulfreund die Arbeit dieser Frau über alle Maßen. Es sei genial, auf welch einer freundschaftlichen Basis seine Therapeutin mit ihm an dieses für ihn so sensible Thema heranging. Er war sich sicher, dass er durch die Hilfe dieser Frau bereits ein großes Stück seiner späten Trauerarbeit verrichtet hatte und war frohen Mutes, auch den letzten Rest in nächster Zeit bewältigen zu können.

Kaum war ich zu Hause angekommen, schnappte ich mir unser kleines örtliches Telefonbuch. Ich kannte zwar nur den

Vornamen der Therapeutin, aber so viele Psychologen gab es in unserer Kleinstadt bestimmt nicht. Auch hier hatte ich wieder Glück und erreichte die Frau mit meinem ersten Anruf.

»Ja, guten Tag. Ich rufe auf die Empfehlung eines Freundes an. Er hat so viel Gutes von Ihnen berichtet und ich stecke wirklich in Schwierigkeiten. Ich habe das Gefühl, dass ich kurz davor bin, mir das Leben zu nehmen. Könnte ich mich bitte mit Ihnen treffen?«

Auf der anderen Seite der Leitung herrschte für einen Moment Stille.

»Ich befürchte, ich kann Ihnen da leider nicht weiterhelfen. Ich bin für die nächsten Wochen komplett ausgebucht. Versuchen Sie es doch mal bei einem meiner Kollegen. Vielleicht haben die ja noch die Möglichkeit, einen Patienten aufzunehmen. Ich bin wirklich komplett voll. Es tut mir sehr leid. Ich wünsche Ihnen viel Glück. Auf Wiederhören.«

Ich ließ mich in meinen Korbsessel zurücksacken und legte das schnurlose Telefon vor mich auf unseren Esstisch.

Meine Frau legte ihre Hand auf meine Schulter. Sie hatte mein Telefonat aus der Küche mit angehört und war zum Ende meines Gespräches zu mir gekommen.

Ich drehte mich zu ihr um, als sie leise anfing zu kichern. »Danke, dass du mich jetzt auch noch auslachst. Das habe ich jetzt noch zu meinem Glück gebraucht«, zischte ich sie an.

Sie ließ sich von meinem Gepolter nicht beirren und setzte sich lächelnd zu mir an den Tisch.

»Wenn es jemanden gibt, der absolut keinen Psychiater braucht, dann bist du das. Und das weißt du auch. Soll ich uns jetzt einen Tee machen?«

Ein Tee war jetzt vielleicht eine gute Idee. Auch wenn ich in diesem Moment die Meinung meiner Frau so gar nicht teilen konnte. Ich musste die ganze Aufregung erst einmal sacken lassen. Es war schon recht sonderbar, dass ich einen Arzt um

Hilfe gebeten hatte und dieser Arzt das Gespräch beendete, ohne eine weitere Notiz von meiner Lage nehmen zu wollen.

Irgendwie konnte ich plötzlich dieser Situation eine gewisse Komik nicht absprechen. Vielleicht sollte ich mal wieder auf meine Frau hören. Schließlich hatte ich ja morgen einen festen Telefontermin mit meinem Medium. Vielleicht würde mir ja der Engel weiterhelfen können und für mich einen kurzen Blick in meine Zukunft werfen.

22

Wie hätte es auch anders sein können? Mein Medium dachte in unserem Telefonat vermutlich nicht einmal im Traum daran, ihren Engel direkt zu Wort kommen zu lassen.

Meine Nacht war wieder einmal kurz. Hatte ich überhaupt geschlafen? Wie schon gewohnt lag ich seit vier Uhr wach. Der Körper schlief und der Geist kreiste emsig um meine Sorgen. Auch meine zweite Schlafphase, die für gewöhnlich gegen sechs Uhr morgens einsetzte, blieb an diesem Morgen aus. Wie gerädert wartete ich auf meinen Telefontermin, den mir das Medium für zehn Uhr morgens zugeteilt hatte. Die Zeit wollte einfach nicht vergehen. Ich brachte unseren Sohn wie immer gegen neun Uhr in den Kindergarten, aber selbst auf das kurze Gespräch mit den Erzieherinnen, das mich für gewöhnlich immer ein wenig aus meiner Lethargie befreite, konnte ich mich nicht so recht konzentrieren. Mein Körper brannte stärker als in den vergangenen Tagen und mir gelang es nicht, dem einfachen Geplänkel unseres Gespräches zu folgen.

Ich zog mich für die nächste Stunde in mein häusliches Büro zurück und starrte stumm auf meinen Computerbildschirm. Es war erstaunlich, wie in solchen Momenten die Zeit einfach stillstand.

Punkt zehn griff ich zum Telefonhörer und wählte die Nummer meines Mediums. Es klingelte.

Es klingelte fünfmal, sechsmal – es schien niemand da zu sein. Der Anrufbeantworter sprang an und in mir kam Panik auf.

»Hallo, ja, wir hatten uns ja für zehn Uhr verabredet. Ist vielleicht etwas dazwischengekommen?«

In diesem Moment hörte ich ein Knacken in der Telefonleitung.

»Guten Morgen«, sagte die Stimme meines Mediums. »Ist es wirklich schon zehn Uhr? Bei mir passt es im Augenblick leider nicht so gut. Können wir in einer Stunde noch einmal telefonieren?«

Es war unglaublich. Aber gut, dann wartete ich halt noch einmal eine Stunde. Wer wartet, spring wenigstens nicht vom Hochhaus.

Als wir kurz nach elf Uhr mit unserer Telefonsitzung anfingen, war ich erstaunlich gelassen. Endlich hatte ich jemanden, der sich meines Problems annehmen wollte. Wenn auch nur per Telefon.

Das Medium bat mich, mich in einen ruhigen Raum zurückzuziehen. Am besten sollte ich mich hinlegen, damit wir mit einer gemeinsamen Meditation beginnen konnten.

Gemeinsam gingen wir über die gewohnte Wiese. Ich merkte, dass mein Geist sehr schnell, sehr tief in die geistige Welt glitt. Wieso gelang es mir eigentlich nicht auch allein, so schnell und so tief in diese heilsame Welt einzutauchen?

Ich hatte keine Zeit, über diese Frage weiter nachzudenken. Ich saß wieder auf der Bank unter dem Laubbaum. Ich richtete meinen Blick geradeaus und quasi aus dem Nichts tauchten vor mir zwei grobe Gestalten auf. Es schienen zwei männliche Wesen zu sein, die mit ihren langen Haaren und ihren gebeugten Körpern sehr schnell auf mich zukamen. Sie sprachen fortwährend auf mich ein und deuteten immer wieder auf meine Brust.

»Sie bitten dich, etwas aus deinem Herzen entfernen zu dürfen«, half mir mein Medium die wild gestikulierenden Wesen zu verstehen. Ich nickte den Wesen kurz zu und sie begannen damit, große dunkelgraue Felsbrocken aus meinem Herzbereich zu entfernen. Zunächst waren es recht kleine Brocken, die aber nach und nach an Größe zunahmen. Ich spürte, wie sich mein Herz leichter anfühlte. Mit dem letzten Felsbrocken kam der bekannte Husten hervor und ich krümmte mich mit den üblichen Symptomen auf dem Sofa.

Diesmal empfand ich den Husten nicht als Bestrafung. Vielmehr schien er mir zu helfen und mir eine wirkliche Erleichterung zu verschaffen.

Die Wesen waren mit ihrer Arbeit höchst zufrieden. Sie beglückwünschten sich gegenseitig zu ihrem Werk und reichten mir zum Abschied ihre Pranken. Wir schüttelten ganz menschlich unsere Hände und die beiden zogen ihres Weges.

Als Nächstes kam eine blaue Lichtgestalt auf mich zu. Das strahlende Wesen trug wallende Gewänder und hielt ein großes blaues Lichtschwert in seiner linken Hand. Das maskuline Gesicht war rau und trug einige Narben von den vielen Schlachten, die dieses Wesen bereits ausgetragen hatte. Seine Augen leuchteten dennoch voller Güte und Wärme. Er begrüßte mich, wie es alte Freunde für gewöhnlich taten. Er reichte mir seine Hand und drückte mich mit seinem anderen Arm an sich. Anschließend trat er einen Schritt zurück und bat mich mit seiner Arbeit beginnen zu dürfen.

Geschickt arbeitete er sich mit seiner großen Klinge tief in meinen Herzbereich hinein. Dabei schien er restliche Strukturen der Versteinerungen zu entfernen und meine Wunden mit seinem Lichtschwert zu versorgen.

Ich konnte spüren, wie sein blaues Licht ganz behutsam meinen Brustraum langsam durchzog.

Nachdem er sein Schwert wieder in die reich verzierte Scheide gesteckt hatte, verabschiedete er mich genauso herzlich, wie er mich zuvor begrüßt hatte. Bevor er ging, bat er mich ihn zu rufen, falls ich mal wieder in irgendwelchen Schwierigkeiten steckte.

Das wollte ich gern tun. Nachdem das blaue Lichtwesen verschwunden war, war auch die Sitzung zu Ende.

»Da gab es ja einiges zu tun«, frohlockte mein Medium. Sie schien mit dem Ergebnis ihrer Arbeit durchaus zufrieden zu sein. »Du weißt ja, dass diese Arbeiten noch eine gewisse Zeit nachklingen können. Wie wäre es, wenn du dir mal eine Auszeit nehmen würdest? Buch dich doch für ein paar Tage in ein schönes Hotel ein und zieh dich ein bisschen zurück.«

23

In den vergangenen Jahren war ich, zwar in unregelmäßigen Abständen, aber letztlich doch immer wieder an diesen traumhaften Ort direkt an der Förde zurückgekehrt. Vielleicht war meine Buchung einfach nur eine unüberlegte Trotzreaktion. »Was soll es?«, ging es mir durch den Kopf, als ich die gewundene Treppe zur Rezeption hinunterging. Wenn ich schon vor dem sicheren Aus stand, dann kam es auf die paar Hundert Euro mehr oder weniger nun auch nicht mehr an. Zudem war mein Zimmer einfach wunderbar.

Der Ursprung dieses luxuriösen Hotelkomplexes war eine alte Meierei, die vor einigen Jahren mit außerordentlich viel Liebe zum Detail zu einer kleinen Wohlfühloase umgebaut worden war. Mein kleines Zimmer lag im Dachgeschoss und war durch die asymmetrischen Schrägen des alten Dachstuhls doppelt gemütlich.

Kurz entschlossen hatte ich mich nach meinem Telefonat mit dem Medium hier für zwei Nächte eingebucht. Vieles sträubte sich innerlich in mir, in meiner Lage einfach abzuhauen. Es fühlte sich nach einer Flucht an. Aber meine Frau fand den Vorschlag des Mediums mehr als vernünftig. Möglicherweise fand meine Frau in dieser Zeit alles gut, was nicht mit einem Revolver oder dergleichen in einem unmittelbaren Zusammenhang stand.

Vor meiner Abreise musste ich noch zusehen, dass ich irgendwie die Besichtigung einer leer stehenden Wohnung mit einer Mietinteressentin überstand. Immer noch war es mir nicht vergönnt, auch nur eine dieser leer stehenden Wohnungen zu verkaufen. Der Eigentümer hatte vor einigen Tagen die Notbremse gezogen und beschlossen, die Mehrzahl der Wohnungen wieder neu zu vermieten, um auf diesem Wege seinen wirtschaftlichen Schaden wenigstens ein wenig zu minimieren. Für mich war diese Entscheidung ein weiterer Tiefschlag. Schließlich waren frei beziehbare Wohnungen für gewöhnlich deutlich einfacher zu verkaufen als die vermieteten Einheiten. Wenn es mir also nicht einmal gelang, die leeren Wohnungen zu platzieren, brauchte ich an den Verkauf von vermieteten Wohnungen erst gar nicht zu denken.

Mein Medium hatte mir geraten, die Zeit meiner Flucht sinnvoll zu nutzen und in Ruhe meine Gedanken aufzuschreiben. Sie war der Meinung, dass mir die Informationen, die ich blind in den Computer tippen sollte, bei der Lösung meiner Probleme behilflich sein würden.

Ich saß also an dem alten kleinen Kieferntisch, der in meinem Zimmer als Schreibtisch diente. Auf dem Tisch stand neben einem Teller mit frischem Obst ein großes Windlicht aus Glas. Ich entzündete die Kerze mit den dafür bereitliegenden Streichhölzern. Draußen dämmerte es bereits und die Kerze tauchte den Raum in ein flackerndes Licht. Durch die schweren Vorhänge der großzügigen Gaube konnte ich sehen, dass es angefangen hatte zu schneien. »Schnee zu Ostern haben wir eigentlich selten«, dachte ich bei mir. Das lag sicherlich an dem äußerst frühen Ostertermin in diesem Jahr. Das Hotel war für die Ostertage bereits seit Monaten komplett ausgebucht. Somit war meine Flucht auf diese zwei Nächte begrenzt und ich würde am Gründonnerstag wieder abreisen. Ich wollte aufstehen und unbedingt einen Schneespaziergang unternehmen, aber irgendetwas schien mich an meinem Schreibtisch zu halten.

Wie von meinem Medium vorgeschlagen, fing ich also an zu schreiben. Ich tippte wahllos auf die Tastatur meines Laptops ein. Die Worte schienen in Form eines Gedankenstroms in meinem Kopf ganz unvermittelt aufzutauchen. Der Gedankenstrom stellte sich vor und ich tippte den Namen meines

Geistführers in die Tastatur. Mit seiner Vorstellung erkannte ich kurz sein mir so wohlvertrautes Gesicht vor meinem inneren Auge. Mein Geistführer schien sehr erfreut, dass ich auf diese Weise mit ihm in Kontakt trat.

»Es ist schön, dass du dich entschieden hast dich zurückzuziehen. Es ist wichtig für dich, in dieser Zeit allein zu sein. Wichtige Arbeiten stehen an. Wie du weißt, hast du dich entschieden deinen Weg deiner persönlichen Freiheit zu gehen. Mit Freude habe ich deine Entscheidung zur Kenntnis genommen, mein Freund. Es gehörte viel Mut zu dieser Entscheidung. Du weißt, dass dein Mut belohnt werden wird. Du bist auf dem Weg zu dir selbst. Dieser Prozess wird dir einiges abverlangen. Verzage nicht, ich bin immer an deiner Seite und werde dich nach Kräften unterstützen. Begib dich nun hinüber zu deinem Bett. Lass uns nun tun, wofür du hergekommen bist.«

Ohne zu zögern, folgte ich der Aufforderung meines geistigen Freundes, auch wenn ich keine Ahnung hatte, was er eigentlich meinte. Ich legte mich in die Mitte meines Bettes und streckte meine Arme und Beine so weit aus, dass meine Hände über den Rand des schmalen Doppelbettes reichten.

Ich war bereit. Nur, was sollte ich jetzt tun?

Ich schloss meine Augen und atmete tief durch. Ich wusste für einen Moment nicht genau, ob ich das Richtige tat. Sollte ich wieder auf die Wiese gehen? Sollte ich vielleicht nach meinem Geistführer Ausschau halten?

Ich spürte, wie sich langsam etwas in mir in Bewegung setzte. Ich fühlte, wie ich ganz langsam immer tiefer in mich abrutschte. Immer tiefer glitt ich in mich hinein. Tief in mir war Unbehagen. Ich fühlte mich irgendwie nicht erwünscht. Es war ganz offensichtlich, dass ich an diesem Ort nicht willkommen war. Ich spürte eine junge Frau, die mich anscheinend irgendwie umgab. Sie war überall. Sie umschloss meinen Körper förmlich. Ich spürte, wie unglücklich diese Frau war. Sie stand offenbar vor einem großen Spiegel. Sie drehte sich von einer zur anderen Seite, während sie ihren Bauch immer wieder aufs Neue in dem Spiegel betrachtete. Immer wieder strich sie sich über ihre Bauchdecke. Sie drehte sich so, dass sie ihre Silhouette im Spiegel sehen konnte. Sie versuchte ihren Bauch einzuziehen und ihn dabei immer wieder aufs Neue glatt zu streichen. Tränen liefen über ihre Wangen, als sie versuchte, den Knopf ihrer zu engen Jeans zu schließen.

Die Bilder entfernten sich. Es war, als ob diese aus meinem Kopf gezogen würden.

Ich spürte, wie mich große Hände berührten. Die Hände reichten von meiner Hüfte bis zu meiner Schulter. Mein Kopf schien schwer wie Blei zu sein. Obwohl ich mich bemühte, konnte ich ihn kaum bewegen. Die Bewegungen meiner Arme und Beine schienen unkontrolliert und ließen sich einfach nicht koordinieren. Die Perspektive wandelte sich und ich blickte auf einmal von der Decke des Zimmers auf ein Baby. Das nackte Kind lag auf dem Rücken auf einer Wickelkommode. Es ruderte wild mit seinen Armen und Beinen in der Luft hin und her. So wie es Babys in den ersten Monaten ihres Lebens alle tun, trat dieses Kind immer wieder mit seinen Beinen in die Luft und gluckste dabei. Die junge Frau war dabei, die Windel des Babys auszubreiten. Im nächsten Moment nahm ich ganz offenbar die Position der jungen Mutter ein und begann die Dinge aus ihrer Sicht wahrzunehmen.

Ich spürte, wie meine Hände die warme Haut des Kindes berührten. Ich spürte jede Bewegung und zuletzt fühlte ich den Herzschlag des Babys.

Mein Blick strich über den strampelnden Kerl. Ich verspürte eine große, schier unüberbrückbare Distanz zu diesem hilflosen Wesen. Verzweiflung und Überforderung machten sich in mir breit. Fühlte ich mich hilflos? Mein Blick fiel auf das Geschlechtsteil des Jungen. Mich überkam ein Gefühl tiefer

Abneigung. Hass und Ablehnung breiteten sich in meinem Körper aus. Es war ein Penis, der mir das angetan hatte. Er war für meine Figur und meine Hilflosigkeit verantwortlich. Immer wieder zog ich an dem Geschlechtsteil des Jungen. Ich schlug mit der flachen Hand von rechts und von links auf den kleinen, abstehenden Körperteil ein. Es war, als wollte ich diesem ungeliebten Körperteil immer und immer wieder eine Ohrfeige verabreichen. Ich hasste diesen kleinen Körperteil. Ich wollte nicht, dass dieser so winzige Körperteil jemals eine Frau in diese missliche Lage brachte.

Ich spürte einen unerträglichen Schmerz in meiner Brust. Mein Herz zog sich zusammen. Die Bilder in meinem Kopf waren verschwunden. Ich verschränkte die Arme vor meiner Brust, zog meine Beine an und drehte mich auf meine linke Körperseite. Tränen schossen aus meinen Augen und tropften auf die Tagesdecke meines Bettes. Der Schmerz der Ablehnung durchdrang jede Zelle meines Körpers.

Ich warf mich wieder auf den Rücken und krümmte mich bei jedem Hustenanfall erneut zusammen. Ich spürte, wie mein Geistführer an der Seite meines Bettes über mich wachte. Immer wieder nickte er mir voller Zuversicht zu.

Es kostete mich eine ungeheure Kraft, jeden der einzelnen Hustenstöße aufs Neue zuzulassen. Das Gefühl eines Mageninfektes kam diesem Moment vor jedem Hustenstoß vielleicht am nächsten. Auch beim Erbrechen des ungewünschten Mageninhaltes musste ich mich häufig dazu überwinden, mich zu übergeben. Diese Überwindung erforderte immer wieder die Bereitschaft, etwas von mir loszulassen.

24

Ich verlebte zwei bewegende Tage in diesem Hotel an der Flensburger Förde. Die erniedrigende Angst vor meinem eigenen Versagen war ein wenig zurückgetreten und ich konnte durchatmen. Es fühlte sich für mich an, als ob ich nach einer großen Kraftanstrengung für die nötige Regeneration wenigstens für einen Augenblick durchatmen durfte. So ließ ich den zweiten Tag einfach auf mich zukommen.

Nach einem überragenden Frühstück in aller Herrgottsfrühe machte ich einen langen Spaziergang entlang der Küste. Es war ein herrlicher Flecken Erde. Die Luft war kalt und klar. Nebelschwaden standen über dem Wasser der Förde und der Weg führte ein kurzes Stück über den Strand hinauf auf das waldige Steilufer. Bequem erreichte ich den verwaisten Jachthafen des nächsten Ostseebades. Die Sonne stand noch tief und hüllte die Bucht in ein unwirkliches Licht.

Meine Gemütslage an den folgenden Ostertagen habe ich im Großen und Ganzen als »zufriedenstellend« in Erinnerung. Selbst der Anruf des Vorstandes der Hamburger Wohnungsgesellschaft, der mich auf der Rückfahrt von meiner kurzen Flucht erreichte, konnte mich nicht aus meinem zarten Gleichgewicht bringen. Er teilte mir auf meiner Mailbox mit, dass er einen meiner Aufträge an einen neuen Vertriebspartner vergeben hatte. Auch wenn dieser kleine Auftrag in den letzten Monaten keinen nennenswerten Ertrag erwirtschaftet hatte, so hätte mich dieser Anruf noch drei Tage zuvor komplett aus der Bahn geworfen. Jetzt nahm ich diese Nachricht einfach zur Kenntnis. Warum auch immer diese Nachricht mich nicht aus der Bahn warf, vermochte ich nicht zu sagen und eigentlich war es mir auch egal.

Vielleicht war es ja wirklich eine heilsame Idee gewesen, mich, wenn auch nur für zwei Nächte, einfach mal zurückzuziehen.

Nach den Osterfeiertagen meldete ich den Vollzug dieses Auftrages bei meinem Medium. Ich wollte mich schlicht für ihre Unterstützung bedanken. Ich berichtete ihr von den Fortschritten, die ich gemacht hatte, und von meinen Erlebnissen in der Meditation.

»Schön, dass dir deine Auszeit ein wenig Linderung verschafft hat. Aber du weißt schon, dass da noch einige Dinge anstehen, die noch bearbeitet werden wollen, oder? Eigentlich fordere ich ja prinzipiell niemanden dazu auf, an meinen Veranstaltungen teilzunehmen. Aber letzte Woche hat mich dein Heilpraktiker angerufen. Er hat sich ernsthaft Sorgen um dich gemacht. Wir beide glauben, dass es dir vielleicht helfen könnte, wenn du mit nach Mallorca kommen würdest. Anfang Mai werde ich dort in einer kleinen Bucht ein Seminar abhalten. Wir wollen eine Woche ganz tief in die Energie der geistigen Welt abtauchen. Da wird sicherlich viel passieren. Du kannst ja mal reinfühlen, ob das was für dich ist. Ich würde mich natürlich sehr freuen, wenn du mitkommen würdest.«

Wow, ich stand vor dem finanziellen Ruin und sollte jetzt ernsthaft über eine Woche Urlaub auf Mallorca nachdenken? Das war jetzt irgendwie schräg und völlig verrückt.

Mein Gefühl sagte mir sofort, ich sollte diese Reise antreten. Das Bankkonto widersprach mit aller Vehemenz. Natürlich gab mir meine Frau wieder den entscheidenden Impuls, indem sie mir erneut ganz sachte in meinen Hintern trat und unser Bankkonto überstimmte. Auch meine Schwester fand es sofort wichtig, dass ich an dieser Seminarwoche teilnahm und beteiligte sich spontan an meinen Flugkosten.

Quasi mit meiner Buchung der Seminarreise setzte wie durch ein Wunder eine langsame Entspannung meiner finanziellen Lage ein. In der Woche, in der mir die Buchungsbestätigung vom Büro des Mediums zuging, erhielt ich zeitgleich von drei Kaufinteressenten meines neuen Projektes eine Kaufzusage.

Zusätzlich schickten mir in dieser Woche zwei Mieter ihren Mietvertrag unterschrieben zurück.

Hatte sich bereits mit meiner Anmeldung zu diesem Seminar etwas in meinem Leben verändert? Am folgenden Wochenende sollte sich dieser positive Trend ganz offensichtlich fortsetzen.

Nach unserem ausgiebigen samstäglichen Familienfrühstück fiel mir die Stellenanzeige einer großen internationalen Personalberatung im Stellenteil unserer Tageszeitung in die Hände.

War das die in den ganzen Büchern beschriebene Synchronizität der Ereignisse? Sollte diese Stellenanzeige die Lösung all meiner Probleme einleiten? Die Anzeige war im Prinzip genau der Ausweg, nach dem ich schon seit Wochen so verzweifelt gesucht hatte. So viel war sicher. Ich würde mich einfach wieder in den sicheren Hafen einer Festanstellung begeben. Vermutlich würde ich zwar einen Großteil meiner Freiheiten als Unternehmer einbüßen. Aber mal im Ernst. Was war diese vermeintliche Freiheit im Vergleich zur beruhigenden Sicherheit eines kalkulierbaren und vor allem eines regelmäßigen Einkommens eigentlich wert? Gott, ich konnte gar nicht sagen, wie sehr ich mich nach ein wenig Sicherheit in meinem Leben sehnte.

Auf eine ganz besondere Art spürte ich, dass diese Anzeige nur für mich geschaltet worden war. Die namhafte Personalberatung suchte im Auftrag eines regionalen Wohnungsbauunternehmens einen erfahrenen Vertriebsleiter für die Neuausrichtung ihrer Aktivitäten. Das passte doch wie die Faust aufs Auge. Ich verfügte mittlerweile über mehr als vierzehn Jahre Erfahrungen im Vertrieb von Wohnimmobilien. Ich hatte ein immerhin fünfköpfiges Verkaufsteam geführt und war zudem seit fünf Jahren als Dienstleister im Wohnimmobilienvertrieb unternehmerisch tätig und hatte wenigstens zeitweise sogar eigenes Verkaufspersonal beschäftigt.

Es dauerte keine Woche und ich erhielt einen Anruf von der

Personalvermittlung als Reaktion auf meine Onlinebewerbung. Der freundliche Mitarbeiter der Personalberatung vermittelte mir den Eindruck, dass sein Auftraggeber die vakante Position sehr kurzfristig besetzen wollte. Entsprechend schnell trafen wir uns bereits wenige Tage später zu einem ersten Interview, wie heutzutage anscheinend Bewerbungsgespräche genannt werden.

Ich möchte behaupten, dass ich in diesem Interview brillierte. Nach gut eineinhalb Stunden war klar, dass die Personalgesellschaft mein Profil bei ihrem Auftraggeber vorstellen wollte. Lediglich meine Bewerbungsunterlagen musste ich noch an die Vorstellung des Personalvermittlers anpassen. Wenn es mir geholfen hätte, diesen Job zu bekommen, wäre ich für diesen Mann auch barfuß rückwärts auf den Mount Everest gestiegen. Ich wollte so schnell wie irgend möglich ein persönliches Gespräch mit der mir namentlich bereits bestens bekannten Wohnungsbaugesellschaft führen. Am liebsten hätte ich schon zum nächsten Ersten meinen neuen Arbeitsvertrag angetreten und meine Selbstständigkeit zu den Akten gelegt.

Knappe zwei Tage brauchte ich für die Überarbeitung meines Lebenslaufes. Ich musste aussagefähige Informationen zu meinen bisherigen Arbeitgebern und Auftraggebern zusammenstellen. Mein jeweiliges Tätigkeitsfeld mit den Schwerpunkten meiner Kompetenz sowie meine hierbei erreichten Erfolge sollte ich in die Erweiterung meines Lebenslaufes aufnehmen. Zusätzlich forderte die Beratungsgesellschaft ausführliche Angaben zu meiner jeweiligen Motivation beim Wechsel eines Arbeits- beziehungsweise Auftraggebers. Darüber hinaus forderte das Unternehmen drei Referenzen aus meinen letzten fünf Beschäftigungsverhältnissen. Also musste ich versuchen, meine ehemaligen Vorgesetzten zu erreichen und diese um die Zustimmung zu einer telefonischen Kontaktaufnahme der Beratungsgesellschaft bitten.

Bei der abschließenden telefonischen Abstimmung meiner Unterlagen deutete der erfahrene Headhunter an, dass er mich ganz klar zu den Topkandidaten dieser Bewerberrunde zähle.

Die Präsentation meines Profils bei der Wohnungsbaugesellschaft sollte am 30. April erfolgen. Da ich an diesem Tag bereits auf Mallorca sein würde, vereinbarten wir, dass mich der Personalberater spätestens am Tag nach dem Maifeiertag über das Ergebnis seiner Präsentation informieren würde.

Im Grunde konnte ab jetzt nichts mehr schiefgehen. Die Weichen meines zukünftigen Lebens waren gestellt. Ich würde mich auf dem Seminar in Ruhe eine ganze Woche um mein Seelenheil kümmern und zur Belohnung würde ich noch im Sommer Vertriebsleiter dieser alteingesessenen Baugesellschaft werden. So sollte es sein.

25

Mai 2008

Die ganze Familie war mit mir zum Flughafen gekommen. Wir frühstückten gemütlich auf der Flughafenterrasse und die Kinder schauten den Flugzeugen bei ihren Manövern bei den Starts und Landungen zu. Meine Frau war ein wenig wehmütig und ich hatte den Eindruck, dass sie sich unsicher war, ob es wirklich eine gute Entscheidung war, mich auf diese Reise zu schicken. Ich hingegen war absolut optimistisch, was das Ergebnis meiner Reise betraf. Ich erwartete nichts Geringeres als einen wahren Quantensprung meines Bewusstseins. Eine Woche würde ich nichts anderes tun, als intensiv mit meinen inneren Welten zu arbeiten. Ich war bereit für die nächsten Schritte. Zudem war ich bestens vorbereitet und kannte diese Mittelmeerinsel aus unseren unzähligen Urlaubs- und Wochenendaufenthalten wie meine Westentasche. Ich wusste genau, wo ich meinen Mietwagen abholen würde, und für den Weg in die kleine Bucht hatte ich mein Navigationssystem bereits mit der richtigen Zieladresse programmiert. Die Sonnenbrille, meine Baseballmütze und meine U2-CD warteten griffbereit ganz oben in meinem Handgepäck.

Auf dem Flug hatte ich einen Sitzplatz in einer Dreier-Sitzreihe ohne störende Sitznachbarn erhalten und breitete mich, dem Platzangebot entsprechend, aus. »Ja«, dachte ich bei mir, »es läuft wieder. Ich bin wieder im Fluss der Dinge angelangt. Das Leben meint es wieder gut mit mir.«

Von meinem Sitzplatz konnte ich sehen, wie mein Medium etwas weiter vorne in der Maschine ihren Platz einnahm. Als sie mich sah, winkte sie mir freudig strahlend zu. Wer von den Passagieren würde wohl noch zu der Seminargruppe gehören? Ich sah, wie das Medium mit einer Dame mittleren Alters sprach. War das eine meiner Mitreisenden? Ich ließ meinen Blick wandern. Es gab in den Sitzreihen hinter meinem Medium eine ganze Handvoll Damen, die in einem ganz ähnlichen Alter waren. Auch diese Frauen passten irgendwie zu der Frau, mit der sich mein Medium unterhielt. Alle trugen sehr ähnliche Kleidung. Ihre weit geschnittenen Oberteile schienen allesamt aus naturbelassenen Leinen- oder Baumwollstoffen gefertigt zu sein. Die Farbtöne ihrer Kleider waren offensichtlich harmonisch aufeinander abgestimmt und schwankten zwischen einem zarten Flieder und einem eher kräftigen Violett. Allesamt trugen sie üppige Seidentücher und auch ihre Haare waren in einer einfachen, natürlichen Weise frisiert. Die insgesamt fünf Frauen waren kräftig mit ihrer persönlichen Startvorbereitung beschäftigt und wühlten hierfür auffällig nach irgendwelchen Gegenständen in ihren diversen Taschen und Beuteln.

Da waren sie also. Das waren die Menschen, die ihrem göttlichen Selbst näher gekommen waren. Ganz offensichtlich hatten sie mit den allgegenwärtigen Schönheitsidealen der Werbe- und Medienwelt gebrochen und hatten dem markenbewussten Modewahnsinn abgeschworen. Sie schienen einen natürlichen Umgang mit sich selbst und ihrem Körper gefunden zu haben. Mir selbst wurde schnell bewusst, dass ich noch nicht so weit war und ich in diesem Punkt noch ein gehöriges Entwicklungspotenzial besaß.

Am Kofferband im Flughafen von Palma de Mallorca fragte mich mein Medium, ob ich nicht Lust hätte, zwei unserer Mitreisenden mit dem Auto mitzunehmen. Die beiden hatten sich zwar für den Bustransfer zum Hotel eingetragen, dieser würde aber erst aufbrechen, wenn alle anderen Teilnehmer angekommen wären, und das würde voraussichtlich noch gute zwei Stunden dauern.

Klar würde ich sie mitnehmen. Die eine der beiden Frauen

schien eher in meinem Alter zu sein und sie vermittelte mir den Eindruck, als wenn sie genauso wie ich selbst noch ein gewisses Entwicklungspotenzial in Bezug auf ihre Garderobe hätte. Vielleicht hatte ich ja bereits per Zufall eine angenehme Mitstreiterin für diese Seminarwoche getroffen. Irgendwie war ich in diesem Moment froh, mich nicht alleine auf den Weg in die kleine Bucht im Südosten der Insel machen zu müssen.

Ich konnte mich nicht beherrschen auf der etwa einstündigen Fahrt in das Seminarhotel den beiden Mädels meine ganz persönliche Geschichte der vergangenen fünf Jahre zu erzählen. Natürlich war ich ein bisschen stolz, als ich bemerkte, dass ich von uns dreien das Medium mit Abstand am längsten kannte.

Ich hatte in den beiden Frauen zwei sehr interessierte Zuhörerinnen gefunden. Insbesondere die jüngere der beiden, die ich auf den Beifahrersitz neben mir platziert hatte, fragte immer wieder sehr interessiert nach den Einzelheiten meiner Erlebnisse mit der geistigen Welt. Ich spürte, dass ich ganz offen über all meine Probleme und Erfahrungen sprach. Es war wunderbar, endlich zwei Menschen getroffen zu haben, die sich vermutlich schon seit Jahren auf dem gleichen spirituellen Weg befanden. Sie quittierten jede meiner kleinen Geschichten mit viel Verständnis und zustimmendem Kopfnicken. Einzig von dem für mich so dramatisch erlebten Neunzig-Tage-Prozess hatten die beiden anscheinend noch nie etwas gehört.

Als ich in die kleine Straße einbog, die uns hinunter in die Bucht führen sollte, war ich am Ende meiner Geschichte angekommen. Durch die Erzählung meiner eigenen Geschichte wurde mir deutlich, wie weit mein bisheriger Weg schon war. Es musste jetzt langsam an der Zeit sein, dass ein wenig Frieden in mein Leben einzog. Da war es wieder, dieses Gefühl, dass mich dieses Seminar jetzt einen entscheidenden Schritt nach vorn bringen würde. Wenn diese Woche nicht sogar *der* entscheidende und alles abschließende Schritt werden würde.

Während ich mich mit diesem Gedanken wohlfühlte, drehte sich meine Beifahrerin zu ihrer Freundin auf der hinteren Sitzbank um.

»Weißt du, diese Geschichte von André erinnert mich irgendwie an die Frau, die wir auf dem letzten Seminar kennengelernt haben. Wie war noch gleich ihr Name? Die litt ja auch unter Depressionen und hoffte irgendwie, dass sich ihre Probleme durch die Seminarwoche lösen würden. Weißt du noch? Na ja, eigentlich wollte sie ja auch mit nach Mallorca kommen, aber wie ich das verstanden habe, war sie kurz vor der Abreise wieder zusammengebrochen. Das ist doch echt nicht schön, oder?«

Natürlich war das »echt nicht schön«. »Aber sag mal, spinnst du?«, dachte ich bei mir. »Ich erzähle euch hier aus tiefster Seele meine persönliche Geschichte, und alles, was du mir dazu zu sagen hast, ist, dass diese Geschichte mit all meinen Erkenntnissen genauso ist wie die Geschichte von irgendeiner, die du irgendwo kennengelernt hast? Und dann willst du mir auch noch durch die Blume sagen, dass ich mir keine Hoffnung auf Heilung durch diese wirklich teure Seminarwoche zu machen brauche?«

Gott sei Dank stand mein Wagen bereits auf dem kleinen Parkplatz direkt vor unserem Hotel. Ich musste jetzt ganz dringend raus aus diesem Auto. Noch ein Satz von meiner eigentlich ganz reizenden Beifahrerin, und ich würde sie vermutlich in Stücke reißen.

26

Der Blick von meinem Balkon machte meinen Ärger schnell vergessen. Ich hatte ein Zimmer in der obersten Etage bekommen und war mir sicher, dass ich von meinem Zimmer die beste Aussicht auf das Mittelmeer hatte, die dieses Hotel zu bieten hatte. Selbst von meiner Dusche konnte ich auf das majestätische Blau des Meeres sehen. Das Zimmer selbst versprühte den unverwechselbaren Charme der Ursprünge des Hotels, die irgendwo in den 60er-Jahren des vergangenen Jahrhunderts liegen mussten. Ein zu schmales Einzelbett stand ungemütlich mit der Längsseite mittig an der langen weißen Außenwand. Unmittelbar gegenüber meiner Schlafstätte befand sich eine Verbindungstür zum Nachbarzimmer. Ein altes Sofa und eine Kochnische aus grauer Vorzeit rundeten meine Unterkunft für diese Woche ab.

Ich war ja schließlich nicht hier, um im Luxus zu schwelgen. Ich war gekommen, um hier meinen Seelenfrieden wiederzufinden. Nun ging es mir ja bereits seit einigen Tagen auffallend gut. Irgendwie war das vielleicht so ähnlich wie mit einem Zahnarzttermin. Bereits im Wartezimmer waren meine Zahnschmerzen ja meist schon wie von Geisterhand verschwunden.

Das Hotel war, wie eigentlich fast alle Hotels aus den ersten Tagen des Massentourismus, traumhaft gelegen. Die Restaurantterrasse grenzte direkt an den Sandstrand und bot einen wunderbaren Blick auf die Bucht mit ihren einmaligen zerklüfteten Felsformationen. Eigentlich wollte ich auf der noch geschlossenen Terrasse ein wenig die Nachmittagssonne genießen und auf den nahenden Beginn der ersten Seminareinheit warten. Es war herrlich ruhig und die letzten Badegäste packten ihre Sachen zusammen. Am Nachbartisch hatte sich ein Pärchen niedergelassen, das ebenfalls die letzten wärmenden

Sonnenstrahlen genoss und nur hin und wieder kurz einige Worte wechselte.

»Ja, ist das schön hier! Das ist ja mal eine wunderbare Terrasse. Grüß euch, darf ich mich zu euch setzen?« Erschrocken über die laute Stimme mit ihrem Wiener Schmäh schaute ich mich um. Ein Mittsechziger, offensichtlich aus Österreich stammender Mann mit grauweißer Scheitelfrisur, rundem Bauch und einer einfachen Brille auf der Nase setzte sich an den Nachbartisch. Das Pärchen schien überrascht, widersprach der Bitte des Wieners aber nicht. Er hatte ja im Grunde auch bereits Platz genommen.

»Nehmt ihr auch an dem Seminar mit dem Engel teil? Ich komme ja direkt vom Chiemsee. Da habe ich letzte Woche an einem ganz ähnlichen Seminar teilgenommen. War aber eigentlich ganz anders. Aber die Energie war da so hoch. Ich kann euch sagen. Kennt ihr eigentlich die neue Therapieform, wo man durch Klangschalen einen ganz großartigen Eindruck von seinem Schöpfersein erhalten kann? Ich kann euch sagen, das war ein großartiges Wochenende. Ich war da – lass mich kurz überlegen –, das muss im April gewesen sein. Ach, ihr kennt das noch nicht? Kein Problem, ich kann euch kurz von der Methode berichten, aber eigentlich müsst ihr das selbst mal erlebt haben.«

Ich bedauerte in diesem Moment zutiefst, dass ich mich doch nicht dazu durchgerungen hatte, mir vor meiner Reise einen mp3-Player zu besorgen oder wenigstens meinen alten Walkman für diese Reise zu reaktivieren.

Dieser Mann redete ohne Punkt und Komma auf das bedauernswerte Ehepaar ein, das ganz offensichtlich auch Teilnehmer an dem Seminar war. Das konnte ja heiter werden. Anstatt von Ruhe und Besinnung auf sich selbst würde mein Wiener Freund den ganzen Laden hier unterhalten. Ich setzte die Sonnenbrille auf, zog mir meine Baseballmütze noch tiefer ins Gesicht und machte mich vom Acker. Ich beschloss, in den kommenden Tagen den Menschen dieser Gruppe aus dem Weg zu gehen. Nach den beiden Mädels, die über meine Probleme besser Bescheid wussten als ich selbst, und diesem geschwätzigen Wiener war mein Bedarf an Bekanntschaften fürs Erste mehr als befriedigt.

Das Seminar begann pünktlich um 17.00 Uhr und ich erwartete eine freundliche Begrüßung durch das Medium. Irgendwie hatte ich in der Ausschreibung wohl überlesen, dass mein Medium das Seminarprogramm nicht alleine gestalten würde. Ja, ich war überrascht, als da jemand ganz anderer die Begrüßung übernahm. Eine schmale Frau mit wilden roten Locken stellte sich als eine weitere Seminarleiterin vor. Sie würde an den verschiedenen Tagen mit uns singen und tanzen.

Singen und tanzen? Das war jetzt nicht ihr Ernst. Ich dachte, wir wollten uns hier ganz seriös um eine spirituelle Weiterentwicklung kümmern? Wer wollte hier singen und tanzen? Ich war sicherlich nicht über zweitausend Kilometer geflogen, um hier mit irgendwelchen Leuten gemeinsam zu singen und zu tanzen. Während ich mich bemühte diesen neuen Programmpunkt so gelassen wie möglich hinzunehmen, begann unsere tanzende Sängerin ihre Gitarre hervorzuzaubern und ihren ersten Beitrag anzukündigen. Sie hatte, wie sie schmunzelnd sagte, auf dem Hinflug eine Inspiration zu diesem Willkommenslied gehabt. Auch die fremde Sprache wurde ihr auf dem zweistündigen Flug von noch fremderen Wesen übermittelt. Sie war sich sicher, dass es sich um eine Sprache handeln musste, die aus einer ganz, ganz weit entfernten Galaxis stammte.

Das, was folgte, war etwas, was ich in dieser oder auch in einer ähnlichen Form bisher noch nie zuvor gehört oder gesehen hatte. Die Frau zupfte mit geschlossenen Augen an den Saiten ihres Instrumentes und entlockte diesem Töne, die so nicht zu beschreiben sind. Das Ganze wurde nur von den Grunz- und

Gurgellauten ihres Gesanges übertroffen. Als Jugendliche hatten wir irgendwann vor lauter Langeweile unsere Langspielplatten rückwärts laufen lassen und uns dabei königlich amüsiert. Ich denke, das Klangbild dieser Darbietung war mit diesen Geräuschen irgendwie kompatibel.

Ich musste mich beherrschen, nicht laut loszuprusten. Allerdings stand ich mit meinem Missfallen der Darbietung ganz offensichtlich alleine auf weiter Flur. Die Mehrheit der rund fünfzig Seminarteilnehmer wippte zustimmend mit den Köpfen. Ganz offensichtlich fehlte mir mangels Erfahrung als Teilnehmer solcher Seminare noch der Zugang zu dieser Art von Darbietungen.

Die anschließende Begrüßung durch das Medium war freundlich und eine Wohltat für meine unterentwickelten Ohren. Sie erzählte als kleine Einführung kurz, wie sie zu ihrer Arbeit als Medium gekommen war und wie stark sich diese Arbeit in den vergangenen Jahren durch die veränderte Energie auf der Erde gewandelt hatte. Es schien sie zu amüsieren, dass solche Dinge wie die Rückführung in alte Leben und das Durchlaufen von speziellen Prozessen heute gar nicht mehr notwendig seien. Ich glaube, dabei warf sie einen schmunzelnden Blick in meine Richtung.

Als der Engel zum Abschluss der Einführung durch das Medium zu Wort kam, wiederholte er diese Botschaft im Prinzip in seinen Worten noch einmal.

Jeder könne in dieser Zeit ganz einfach in seine eigene Kraft gelangen und sich mit seinen göttlichen Anteilen verbinden. Natürlich werde jeder einzelne Seminarteilnehmer in dieser Woche seinen ganz persönlichen Prozess durchlaufen, der nicht immer einfach sein werde. Aber die hohe Energie, die er und seine Engelsgruppe zur Verfügung stellten, werde jeden von uns sicher an sein Ziel geleiten. Schließlich war diese Gruppe ja nicht durch einen bloßen Zufall zusammengekommen. Vielmehr bestand diese Gruppe aus weit gereisten alten Seelen, die sich getroffen hatten, um nun gemeinsam ihren nächsten Schritt in der eigenen Entwicklung zu tun.

Das war es doch. Deshalb war ich hierhergekommen. Jetzt hatte ich Hunger von der langen Reise und freute mich auf ein hoffentlich ruhiges Abendessen auf der schönen Restaurantterrasse.

27

Sag mal, gehörst du auch zu der Seminargruppe?« Ich schrak von meiner Liege auf und schaute direkt in die Sonne. Ich konnte einen mir zugewandten Schatten im gleißenden Sonnenlicht ausmachen. Schützend streckte ich meine Hand vor die Sonne und versuchte zu erkennen, wer mich da angesprochen hatte. »Entschuldige bitte. Ich wollte dich wirklich nicht stören. Aber wenn mich nicht alles täuscht, scheinen wir die beiden einzigen männlichen Teilnehmer ohne Begleitung unterhalb des Rentenalters zu sein. Ich bin übrigens der Dirk.«

Damit hatte Dirk den Nagel auf den Kopf getroffen. Die Seminargruppe bestand in der Tat zum Großteil aus weiblichen Alleinreisenden, die allesamt irgendwie in ihrer ganz eigenen Welt lebten. Die wenigen anwesenden Männer wirkten auf mich, als würden sie nur ihrer spirituell aktiven Gattin zuliebe an der Veranstaltung teilnehmen. Insgesamt war dies ein sehr homogenes Teilnehmerfeld, in dem Dirk und ich wie zwei störende Fremdkörper wirkten. Ich denke, allein diese Tatsache machte uns zu Leidensgenossen.

Es stellte sich schnell heraus, dass es ein absoluter Glücksfall war, dass Dirk mich in dieser Mittagspause angesprochen hatte. Nicht nur, dass er genau wie ich sein Bier ohne Alkohol trank und kein Fleisch aß. Wir passten auch wie Pat und Patachon perfekt zusammen. Wir konnten sofort über alles quatschen und herzhaft lachen. Ich glaube, ich habe seit meiner Schulzeit nicht mehr so viel gelacht, wie ich es in diesen Tagen mit Dirk tat. Unsere Freizeit verbrachten wir von nun an gemeinsam. Ein Höhepunkt unserer Zweisamkeit war mit Sicherheit der Moment, als Dirk mich zu der Teilnahme an einer Sing-Sang-Einheit überredete. Kurz nach dem Abendessen des dritten Tages stand eine weitere dieser gruppendynamischen

Einheiten mit der rot gelockten Musikerin auf dem Programm. Der Abend sollte mit einem Gruppentanz eröffnet werden. Es wurde ein großer Kreis gebildet und die Teilnehmer fassten sich alle an die Hände. Dirk wusste, dass ich mich grundsätzlich gegen die Teilnahme an diesen Programmpunkten entschieden hatte. Er selbst mochte diese gruppendynamischen Sequenzen, wie er sagte, und nahm mit Herzblut daran teil.

Mein Timing war an diesem Abend perfekt. Schon vor Beginn des Programms hatte ich mir den Sonnenuntergang auf der Dachterrasse des Seminarraums angesehen. Exakt in dem Moment, als jeder Teilnehmer seinen Nachbarn an die Hand nehmen sollte, trat ich aus dem Hintergrund hervor und stellte mich direkt neben Dirk auf. Zielsicher griff ich nach seiner Hand und schaute ihm dabei tief in die Augen. Spätestens durch unseren Lachanfall waren wir nun auch dem letzten Teilnehmer unangenehm aufgefallen. Ich glaube, wir waren zu diesem Zeitpunkt bei der Mehrzahl der Gruppe eines der beliebtesten Gesprächsthemen. Nicht nur, dass wir ständig rumalberten, auch unser nächtlicher Ausflug an die Platja de Palma, im Volksmund besser bekannt als der »Ballermann«, machte die Runde. Es schien, als sei es für Menschen mit einer gewissen spirituellen Reife nicht schicklich, abends in irgendeiner Bar ein Bier zu trinken. Auch der gemeinsame Ausflug mit dem Medium und ihrer Crew am seminarfreien Nachmittag sorgte für eine gewisse Aufregung in unserem Camp. Plötzlich standen Dirk und ich im engeren Interesse einiger der mitreisenden Damen. Schon bei unserer Rückkehr wurden wir beäugt, als läge ein Rendezvous mit dem Wahrhaftigen hinter uns.

Das war echt schräg. Einige der Damen wollten von uns ganz genau wissen, was das Medium denn zum Mittagessen gehabt habe und ob sie denn auch schwimmen gewesen sei. Ich glaube, diese Art Personenkult entsprach nicht der Kernbotschaft des

Engels, der immer wieder betonte, dass jeder Interessierte auch direkt mit ihm und der geistigen Welt Kontakt aufnehmen konnte und dass der göttliche Zugang zu sich selbst nicht im Außen, sondern nur über den inneren Weg zu finden sei.

Dirk und mir war die Aufregung um unsere Personen eigentlich herzlich egal. Wir feixten uns einen und hatten viel Spaß dabei, die fragenden Damen ein wenig auf den Arm zu nehmen.

Alles in allem konnte ich durch Dirk den anstrengenden Seminarverlauf bis dahin recht gut kompensieren. Für gewöhnlich traf sich die Gruppe vormittags und nachmittags im Seminarraum. Meist folgte ein zwei- bis dreistündiges Channeling. Nach einer kurzen Pause versammelten wir uns dann zum Abschluss der jeweiligen Einheit für eine durch den Engel geführte Meditation. Im Schwerpunkt ging es bei den Channelings darum, den eigenen inneren Weg zu sich selbst und zum eigenen göttlichen Kern zu finden. Das Lösen alter Muster und das Öffnen des eigenen Herzens waren hierbei wohl ganz entscheidende Bestandteile, die sehr intensiv behandelt wurden. Jedenfalls waren das die Inhalte, an die ich mich noch erinnern konnte. Meist zog ich mich bereits zu Beginn der Channelings auf meine Gymnastikmatte im hinteren Teil des Seminarraums zurück. Ich fand es unerträglich, mit den anderen Teilnehmern in Reih und Glied über mehrere Stunden auf der unbequemen Bestuhlung auszuharren.

Ja, als Sonderling fiel ich der Gruppe so mit Sicherheit auch nicht besonders angenehm auf. Bedingt durch den leider immer noch stetigen Schlafmangel in der Nacht und meiner liegenden Position schlief ich regelmäßig nach kürzester Zeit ein. Ich kann mich aber noch gut erinnern, dass die mittlerweile verschiedenen Engel, die in diesen Tagen zu Wort kamen, immer wieder betonten, dass es bei dem Seminar in erster Linie nicht um den Inhalt der gesprochenen Worte ging, sondern vielmehr um die Energien, die hier übertragen wurden. Und die würden ihre Wirkung auf keinen Fall verfehlen können. Egal ob der Zuhörer nun wach war oder friedlich wegdämmerte.

Mit jeder dieser Sitzungen empfand ich die Energie der Engel intensiver. Es war, als ziehe und zerre eine unsichtbare Kraft an mir. Mein Körper fühlte sich von Tag zu Tag immer schwerer an. Nachts wollte es mir einfach nicht gelingen, mehr als zwei bis drei Stunden zu schlafen. Es passierte hier ganz eindeutig etwas mit mir. Und dieses Etwas empfand ich als tief greifend anstrengend.

Auch die anderen Gruppenmitglieder schienen schwer an den Veränderungen zu tragen, oder machte sich einfach nur der Einfluss der gemeinsamen Tanzübungen bemerkbar? Immer wieder stieß ich auf Teilnehmer, die sich überaus innig in den Armen lagen. Zum Teil kuschelten sie schon vor dem Beginn des Programms über mehrere Minuten eng umschlungen miteinander und standen dabei unvermittelt irgendwo in dem geräumigen Seminarraum. Mit jedem weiteren Tag schien dieses »Wir haben uns alle lieb«-Virus weiter um sich zu greifen. Immer mehr Teilnehmer schienen wahllos einen anderen x-beliebigen Teilnehmer für eine gefühlte Ewigkeit zu umschlingen. Trotz meiner aufmerksamen Beobachtung konnte ich kein wiederkehrendes Muster bei der Paarbildung erkennen. Jeder schien auf einmal jeden lieb zu haben. Ich für meine Person musste feststellen, dass ich mich zu keinem der Seminarteilnehmer körperlich hingezogen fühlte. So versuchte ich schon im Vorfeld des Programms mir mit viel Weitsicht meinen Weg zu meiner Gymnastikmatte zu bahnen. Sobald mir irgendwo auch nur ansatzweise ein kuschelwilliger Mensch in die Quere kam, galt es für mich stumpf meinen Kurs zu wechseln und deutlich beizudrehen. Mitunter schlich ich so von einer Ecke des Seminarraums zur nächsten. Mit der Zeit wurde ich immer besser und konnte schon auf die allergrößte

Entfernung eine Kuschelgefahr identifizieren und dieser ohne großes Aufsehen aus dem Wege gehen.

Zum Ende der letzten Pause vor der abschließenden Abendmeditation hatte meine Aufmerksamkeit ganz offensichtlich bereits nachgelassen. Ich hatte die rund zehnminütige Pause genutzt, um mal wieder in einer ruhigen Ecke der Dachterrasse den Sonnenuntergang zu beobachten. Das Medium rief uns zur letzten Runde zusammen und ich drehte mich um und wollte durch die mittlere der drei Terrassentüren zu meinem angestammten Platz zurückkehren. Ich war schon fast durch die enge Terrassentür hindurch gewesen, da stellte sich die Freundin meiner Beifahrerin vom ersten Tag mitten in den Türrahmen. Ich verstand zuerst nicht, was sie damit bezwecken wollte, und versuchte ihr freundlich lächelnd auszuweichen. Zu spät. Sie bewegte sich quasi synchron zu meiner Ausweichbewegung in die gleiche Ecke der Terrassentür und versperrte mir erneut den Durchgang. »Oh ja, ähm, Entschuldigung«, war das Einzige, was ich in meiner Überraschung hervorbrachte. Die Frau war mehr als einen ganzen Kopf kleiner als ich und schaute mir somit von schräg unten tief in die Augen. »Du brauchst dich nicht zu entschuldigen«, sagte sie mit einer säuselnden Stimme. »Ja nee – ist klar. Was hat die denn?«, dachte ich noch bei mir. Schon spürte ich ihre beiden Hände auf meiner Brust. »André, ich würde dir gern bei deiner Herzöffnung behilflich sein.« Wieder diese Stimmlage, wieder dieser tiefe Blick in die Augen. »Du möchtest was?«, platzte es aus mir heraus, und ich zog dabei ungläubig meine Augenbrauen tief über meiner Nasenwurzel zusammen.

»Ich spüre da eine große Traurigkeit in dir. Ich weiß, was zu tun ist, damit diese Traurigkeit für immer aus deinem Herzen ausziehen kann.«

Oh mein Gott, wer hatte die denn auf die Menschheit losgelassen? Und wer hatte sie darum gebeten, mich anzufassen? Waren die denn alle hier komplett durchgedreht?

»Du, mein Herz würde ich gern alleine öffnen. Du, ich hoffe, du verstehst das«, war meine Antwort.

»Ja klar, ich versteh dich. Solltest du da allein nicht weiterkommen, dann stehe ich dir gern zur Verfügung.« Nur widerwillig nahm sie langsam ihre Hände von meiner Brust. »Sag mal, darf ich dich kurz in den Arm nehmen?«

Und schon wieder waren ihre Hände auf meiner Brust. »Nein, spring einfach von der Dachterrasse«, schoss es mir durch den Kopf.

»Nein, im Moment möchte ich das lieber nicht. Ich denke, ich bin noch nicht so weit.«

»Das versteh ich.«

»Ich will nach Hause«, war das Einzige, was ich in der folgenden Meditation in mir hören konnte.

Am nächsten Tag schien die Engelsenergie noch weiter anzusteigen. Es wurde immer offensichtlicher, dass nicht nur ich mit meinem persönlichen Prozess zu kämpfen hatte. Auch viele der anderen Teilnehmer schienen sich auf irgendeine Art zu verändern. Nicht nur, dass mittlerweile jetzt schon kleinere Gruppen mit bis zu fünf Teilnehmern sich schunkelnd in den Armen lagen und sich wahrscheinlich so gegenseitig das Herz öffneten. Es kam vor, dass einige Teilnehmer mitten in der Meditation anfingen herzergreifend zu schluchzen. Andere schienen wie besessen von den durchgereichten Informationen zu sein und waren damit beschäftigt, die stundenlangen Ausführungen penibel mitzuschreiben. Besonders aktiv schien meine Beifahrerin zu sein. Sie war allerdings nicht mit sich selbst beschäftigt, sondern sie fiel mir mehrfach dadurch auf, dass sie intensiv auf die verschiedenen Teilnehmer einredete. Wenn ich lauschte, dann war sie stets dabei, ihre Gesprächspartner auf deren persönliche Schwächen und Fehler aufmerksam zu machen. Für gewöhnlich hörten diese Menschen den erteilten Ratschlägen und Ausführungen ganz artig zu, aber Begeisterung sah anders aus. Ihnen schienen diese ungebetenen Analysen genauso wenig zu gefallen, wie sie mir bei unserer Anreise gefallen hatten.

Unweigerlich dachte ich an den Rat einer meiner ehemaligen Vorgesetzten:

»Ein unerbetener Ratschlag ist gleichzeitig auch immer ein Schlag.«

Auch Dirk schien langsam, aber sicher in tiefere Prozesse eingetaucht zu sein. Vielleicht lag es aber auch an meiner einnehmenden Stimmungslage der vergangenen Tage, dass er mich ganz direkt darum bat, ein wenig auf Abstand zu gehen. Das war bitter. Schließlich war Dirk mein Lichtblick in diesem Irrenhaus gewesen. Mit wem sollte ich denn jetzt künftig mein alkoholfreies Gutenacht-Bier trinken?

Notgedrungen entschloss ich mich, den Abend alleine auf meinem Balkon zu verbringen und tippte meine Gedanken und Mitteilungen der geistigen Welt in meinen Laptop. Ich fand, dass mir der Empfang dieser Nachrichten schon recht gut gelang, wenngleich sich die Mitteilungen stets zu wiederholen schienen.

Meist war die immer wiederkehrende Kernbotschaft, dass ich auf dem richtigen Weg war, dass ich so weitermachen solle und dass alles gut werden würde.

An diesem Abend bat ich um eine Information zu meiner Bewerbung. Schließlich war der Personalberatungsmensch mit seiner versprochenen Rückmeldung zu seiner Präsentation meines Profils seit Tagen überfällig. Auch der von seiner Sekretärin versprochene Rückruf war bisher ausgeblieben.

»Arbeitest du etwa noch?«, vernahm ich eine vertraute Stimme vom Nachbarbalkon. »Das solltest du nicht, damit machst du doch die ganze Energie vom Seminar kaputt.« Da war sie wieder, meine Beifahrerin. Bisher war ich auch ihr erfolgreich aus dem Weg gegangen. Immer noch hatte ich den Abschluss unserer Autofahrt als sehr unangenehm in Erinnerung.

»Ja, nee, ich schreib hier nur ein bisschen was für mich auf«, antwortete ich und bereute schon, überhaupt etwas gesagt zu haben.

»So wirst du deine Dämonen sicherlich nicht loswerden. Und warum hast du dir von meiner Freundin nicht bei deiner Herzöffnung helfen lassen? Sag mal, blockierst du da im Moment vielleicht ein bisschen, ohne dass es dir bewusst ist? Ich glaube, du hast da noch ein recht großes Thema mit dir selbst.«

Da war er auch schon, der Schlag des unerbetenen Ratschlages.

»Du solltest dir wirklich von uns helfen lassen und dich nicht dagegen sperren. Ansonsten wirst du deine Depressionen wahrscheinlich nie überwinden können.«

»So, jetzt reicht es«, dachte ich mir und holte zum Gegenschlag aus. Diese Frau wollte Krieg – gut, dann sollte sie den Krieg bekommen.

»Und was ist mit dir? Wo sind deine Probleme?«

»Wie meinst du das? Ich habe meine Themen schon alle erkannt und die meisten habe ich bereits erfolgreich bearbeitet. Die Herzöffnung habe ich schon vor Jahren machen lassen. Du solltest da ganz dringend rangehen. Ich spüre, dass du noch ein ganz großes Thema mit deiner Herzöffnung verbindest. Du wirst sehen, deine Herzöffnung kann für dich wahre Wunder bewirken.«

»Jetzt sind wir ja schon wieder bei mir. Ich habe dich doch nach deinen noch nicht gelösten Problemen gefragt.«

»Im Grunde sind bei mir bereits alle Themen in der Bearbeitung«, entgegnete mir meine Beifahrerin recht kurz und ich spürte, wie sich mir mein Magen zusammenzog.

»Gut«, sagte ich. »Dann erkläre mir doch mal, warum du hier von einem zum anderen läufst und allen ungefragt erklärst, wo deiner Meinung nach deren Probleme liegen.«

Ich hatte meinen Satz noch nicht zu Ende gesprochen, da

spürte ich, wie sich das krampfende Gefühl über meinen restlichen Körper ausdehnte.

»So etwas tue ich nicht. Ich gebe nur Hilfestellungen, damit jeder Einzelne besser in seine Energie kommt. Ich verstehe nicht, warum du mich dafür jetzt angreifst.«

»Ich möchte dich nicht angreifen. Ich habe dir nur gesagt, was ich beobachtet habe.« Und ich würde dir zu gern sagen, was sich gerade in meinem Körper abspielt.

»Du urteilst über mich. Du weißt schon, dass all das, was du verurteilst, auf dich zurückfallen wird? Du solltest dich noch einmal ganz dringend dieses Themas annehmen. Als spiritueller Mensch solltest du nicht über andere Menschen urteilen.«

Ich spürte, wie sich mein Körper immer weiter verkrampfte. Ich war unbeabsichtigt in ein kräfteraubendes Streitgespräch mit meiner Zimmernachbarin geraten.

»Gut, dann spreche ich jetzt nicht über andere Menschen. Dann spreche ich jetzt über mich. Ich habe dir auf unserer gemeinsamen Anreise mein ganzes Leben quasi in Kurzform dargelegt und dir erklärt, dass ich hoffe, hier einige meiner Probleme zu lösen. Du hast daraufhin festgestellt, dass meine Situation oder mein spiritueller Entwicklungsstand der gleiche sei wie bei einer depressiven Frau, die ich nicht kenne. Dann hast du mich weiter mit dieser Frau verglichen und festgestellt, dass diese Frau auch keine Besserung ihrer Probleme durch die Teilnahme an einem vergleichbaren Seminar erfahren hat. Ergo stand plötzlich im Raum, dass ich auch lieber keine Verbesserung erwarten sollte.

Das finde ich überhaupt nicht nett von dir. So etwas tut doch einfach nur weh.«

»Manchmal muss man eben den Finger in die Wunde legen, damit dem Mitmenschen geholfen wird.«

»Das ist doch Blödsinn. Ich glaube, ich kann dir recht genau sagen, warum du das tust. Jetzt werde ich dir zur Abwechslung mal einen unerbetenen Ratschlag erteilen. Du behelligst hier die ganzen armen Leute, damit du dich besser fühlen kannst. Du fühlst dich als etwas Besseres, wenn du den Leuten erzählen kannst, wo ihre vermeintlichen Probleme sind und wie weit du schon entwickelt bist, dass du das alles erkennst. Du gibst vor den Menschen zu helfen, aber in Wahrheit holst du dir nur auf diese billige Weise eine ganze Menge Energie ab. Ich kann dir hierzu ein ganz hübsches Buch empfehlen, das ich bereits vor Jahren gelesen habe. Darin werden die verschiedenen Formen des Energiediebstahls sehr anschaulich beschrieben. Du bist einfach nur ein ganz gewöhnlicher Energiedieb.«

Das hatte gesessen. Ich spürte, wie die Wut in meiner Gesprächspartnerin anstieg. Sie begann mich förmlich mit dieser unbändigen Wut zu würgen.

»Du bist ja so ein Narr. Ich habe den heiligen Auftrag von ganz oben erhalten, hier auf der Erde Gutes zu tun. Niemand Geringerer als der Meister Jesus Christus selbst hat mich beauftragt, den Menschen zu helfen. Wenn du dich weigerst, dich deiner Themen anzunehmen, dann ist das dein Problem. Ich habe dich nur gewarnt, dass du wieder eine Depression erleiden wirst, wenn du dich weiter deinen Themen verweigerst. Die Wahrheit schmerzt vielleicht, aber mit deiner Einstellung wirst du es vermutlich nicht schaffen, den Weg der Erlösung zu gehen.«

Für mich war es in diesem Moment weniger die Wahrheit, sondern vielmehr diese durchaus mächtige und wütende Frau, die mir körperliche Schmerzen zufügte.

»Siehst du, jetzt tust du es schon wieder. Ich spüre, wie du mir meine Energie absaugst.« Ich saß mit geschlossenen Augen auf meinem weißen Plastikstuhl und wartete auf eine Reaktion von der anderen Seite der grauen Balkontrennwand.

»Ich sauge nichts ab. Ich will dir nur helfen. Das ist mein Auftrag. Ich muss dir deutlich machen, dass du es bist, der hier Probleme hat, weil du dich weigerst deine Themen zu bearbeiten.«

»Und schon wieder tust du es. Aua – das tut weh.«

In der Tat spürte ich immer wieder aufs Neue, wie mich ihre Wut traf. Ich zog mich immer mehr zurück und meine Antworten fielen dabei jedes Mal etwas kürzer aus. Mein versuchter Rückzug spornte sie förmlich an, mir immer weiter auf die Pelle zu rücken und mir wieder ein wenig von meiner Kraft zu nehmen. Irgendwann saßen wir einfach nur noch da. Jeder auf seiner Seite der Balkontrennwand. Ich wusste nicht, wie spät es mittlerweile war und wie lange wir unser Spiel schon trieben. »So muss es sich in einem Beichtstuhl anfühlen«, dachte ich. Wir hätten uns über das Balkongeländer beugen müssen, um uns sehen zu können. Jetzt saßen wir schon seit Langem nebeneinander. Jeder hinter der massiven Trennwand der beiden Balkone. Wir sprachen schon eine ganze Weile nicht mehr. Meine Augen waren unheimlich schwer geworden und ich starrte durch die kleinen Sehschlitze in die Nacht. War sie noch auf dem Balkon? Ich hatte keine Ahnung und wollte auch nicht nachfragen. Irgendwann ging ich einfach ohne ein weiteres Wort in mein Zimmer.

Das war eine wahnsinnig kräfteraubende und mächtige Auseinandersetzung gewesen. Und natürlich hatte meine Beifahrerin eine ganze Menge Energie von mir gestohlen. Aber wenn ich ehrlich war, bediente ich mich ebenfalls fast täglich der Menschen in meinem Umfeld als Energiespender. Ich glaube, dass jeder Mensch, der von seiner göttlichen Quelle getrennt ist, sich auf seine ganz individuelle Art und Weise Energie von anderen Menschen besorgt. Durch die Trennung von unserer göttlichen Quelle haben wir gar keine andere Wahl, als uns unsere Lebensenergie von anderen Menschen zu besorgen. Ohne diese Energie würden wir eingehen wie eine Pflanze, die keine Sonnenstrahlen bekommt.

Im Kern dreht sich unser ganzes Dasein darum, uns mit dieser Energie zu versorgen. Wir versuchen uns die Energie in Form von Aufmerksamkeit oder Anerkennung zu besorgen. Wenn wir uns verlieben, fließt eine so große Menge an Energie, dass wir derartig aufgeladen sogar die berühmten Schmetterlinge im Bauch fühlen können. Wenn wir über andere Menschen tratschen, fühlen wir uns besser und die Energie fließt uns wieder zu. Die Energie fließt, wenn wir uns in irgendeiner Weise besser fühlen als der andere. Wenn wir glauben, einfach besser zu sein als der andere. Selbst die wortgewaltige Auseinandersetzung an der Tankstelle um den nächsten Platz an der Tanksäule ist im Prinzip nichts anderes als die schnelle Energiemahlzeit für zwischendurch. Ich bin mir sicher, dass dieses Konzept, dass dieser Energiemangel die einzige Ursache unserer Konflikte ist. Dass alle unsere Kriege auf genau diesen individuellen Mangel an Energie zurückzuführen sind. Aber wie hätte ich diesen Zustand abstellen können? Ich weiß, wie es sich bei mir anfühlte, wenn ich mal wieder im Energienotstand war. Im Grunde war mir dann fast jedes Mittel recht, um meinen Speicher wieder aufzufüllen. Dann mussten selbst meine Kinder und meine Frau als Energiespender herhalten.

Ich glaube, viele der esoterisch interessierten Menschen haben dieses Problem schon lange erkannt und sie alle sind auch willens, etwas zu ändern. Sie wissen, dass wir uns insbesondere durch das Urteilen über andere Menschen einen ganzen Haufen fremder Energie besorgen.

Um zu zeigen, dass man diesen Vorgang erkannt hat und dass man als aktiver Esoteriker schon sehr weit entwickelt ist, betont man nun in jedem zweiten Satz, dass man ja nicht urteilen wolle. Leider ist dies allzu häufig die Einleitung, über den nächstbesten Kollegen herzufallen und ihn in seiner Abwesenheit mal ordentlich auszurauben.

»Ich möchte nicht urteilen«, scheint mir die besten Aussichten zu haben, die Floskel dieser spirituellen Bewegung zu werden.

Es scheint die Idee zu grassieren, dass man über das Nichturteilen oder wenigstens über den Vorsatz, nicht über andere Menschen zu urteilen, ein besserer Mensch wird.

Natürlich bin auch ich der Meinung, dass es erstrebenswert ist, nicht mehr die gebrauchte Energie seiner Mitmenschen anzuzapfen. Ich halte aber den Versuch, keine Energie mehr von anderen Menschen zu beziehen, ohne mit seiner eigenen göttlichen Quelle verbunden zu sein, für blanken Unsinn.

Wir brauchen diese Energie, um auf der Erde zu überleben. Also wäre es doch ein sinnloses Unterfangen, den Ast abzusägen, auf dem man sitzt. Solange ich nicht mit der inneren Quelle verbunden bin, so lange war und ist es für mich überlebenswichtig, die offensichtlich begrenzte und so hart umkämpfte Menge an Energie mit anderen Menschen immer wieder aufs Neue auszutauschen.

Ich bin mir mehr als sicher, dass es einem mit der inneren Quelle verbundenen Menschen nicht im Traum einfallen würde, überhaupt ein esoterisches Seminar zu besuchen und sich über das Urteilen über andere Menschen Gedanken zu machen. Warum auch? Er wäre ja bereits aus sich heraus mit allem versorgt, was er zum Leben benötigt.

Alle anderen, und da zähle ich mich sowie diese kuschelnde und nicht urteilende Reisegruppe hinzu, versuchen sich auf ganz individuelle Art und Weise ihre Energie von anderen Menschen zu besorgen.

So viel zur Theorie, die für mich durchaus plausibel und nachvollziehbar klingt. Aber im Moment befand ich mich ganz offensichtlich in einem ausgewachsenen energetischen Notstand.

Ich lag jetzt bereits seit zwei Stunden auf der schmalen Pritsche an dieser scheißungemütlichen Wand. Das Licht aus dem

Zimmer meiner Beifahrerin schien immer noch durch den Türschlitz der Verbindungstür.

Möglicherweise war sie ja immer noch voller Wut auf mich, oder war es der Prozess dieses Seminars, der immer noch an mir drückte und zog? Ich fühlte mich grauenhaft.

Bis zum Sonnenaufgang hatte ich nicht mehr als zwanzig zusammenhängende Minuten geschlafen.

Ich musste hier raus. Ich hatte genug.

Völlig übermüdet setzte ich mich in meinen Mietwagen. Der Urlaubsclub, in dem ich bereits ein verlängertes Wochenende mit meiner Frau verlebt hatte, war in einer guten halben Stunde von hier aus zu erreichen.

Ich wusste, dass es dort ein exzellentes Frühstücksbuffet gab.

28

Im Club herrschte noch Ruhe, als ich klammheimlich durch einen Nebeneingang das Gelände betrat. Es war herrlich, wieder hier zu sein. Vor allem war es herrlich, nicht am bescheidenen Frühstück im Seminarhotel teilnehmen zu müssen. Ich genoss mein nur für mich frisch zubereitetes Omelett mit Champignons, Tomaten, Käse und frischen Kräutern. Die Backwaren und der kräftige Kaffee waren ein Traum. Ganz alleine saß ich in der frühen Sonne auf der Dachterrasse und hatte einen wunderbaren Blick über das gepflegte Clubgelände und über die kleine Bucht der Cala Serena. Es war windig geworden und die Wellen brachen sich mit viel Kraft an den massiven Felsen.

Ich fühlte mich so gut wie schon seit Tagen nicht mehr. Der auffrischende Wind schien meine Gedanken kräftig durchzupusten.

Schnell war mir klar, dass ich absolut keine Kraft mehr hatte, weiter an diesem Seminar teilzunehmen. Es war mir alles über den Kopf gewachsen. Da war die bereits wieder beendete tiefe Freundschaft mit Dirk, die vielen Leute, die wie wild miteinander interagierten, das miese Hotelzimmer und die streitsüchtige Energiediebin im Nachbarzimmer. Da waren die schier endlosen Channelings und Meditationen. Und da war diese unsichtbare Energie der Engel oder was auch immer, die dabei war, mich komplett auseinanderzunehmen. Was es auch war, das die Schwere meines Kopfes und die Trägheit meines Körpers ausgelöst hatte, ich war mir sicher, dass dies auf irgendeine mystische Weise mit dem Seminar zu tun haben musste.

Vielleicht war ich einfach noch nicht so weit. Ich konnte mit dieser Gruppe nicht einmal annähernd mithalten. Ich musste da weg.

Kurz entschlossen buchte ich mich für die verbleibenden zwei Nächte hier im Club ein. Allein die freundliche Begrüßung an der Rezeption und dass meine Daten alle noch im System gespeichert waren, vermittelte mir schon ein geborgenes Gefühl von Zuhause.

Ich richtete meine Fahrt zum Seminarhotel so ein, dass ich erst nach dem Beginn des ersten Programmpunktes in der kleinen Bucht eintreffen würde. Ich wollte in diesem Moment einfach keinem dieser Menschen mehr über den Weg laufen.

Auf dem Balkon meines Zimmers hörte ich die schrägen Klänge der Gitarre der Rothaarigen. Worauf hatte ich mich hier nur eingelassen? Ich packte meine Sachen und stellte das letzte alkoholfreie Bier zum Abschied vor Dirks Zimmertür.

Ich wollte mich jetzt noch kurz von dem Medium verabschieden. Ich wusste, dass sie grundsätzlich nicht an der Tanzstunde teilnahm, und klopfte an ihre Zimmertür.

Sie war überrascht, als ich ihr meine Entscheidung mitteilte, und bat mich, sie anzurufen, falls es mir mit meiner Entscheidung nicht gut gehen würde.

Auf der Rückfahrt zum Club öffnete ich alle Fenster meines Kleinwagens. Immer wieder hörte ich U2s *Stuck In A Moment You Can't Get Out Of*, so laut es das einfache Autoradio zuließ.

Es war wunderbar. Ich hatte mich befreit.

In diesem Moment ahnte ich nicht, dass der begonnene Prozess auch ohne das Seminar weitergehen würde.

29

Nachdem ich mein Zimmer bezogen und meine Klamotten in die nächstbeste Ecke geworfen hatte, wollte ich nur noch eins – ich wollte schlafen. Ich freute mich auf mein einladendes, frisch duftendes und wirklich großes Doppelbett.

Um möglichst ohne Probleme einschlafen zu können, wollte ich kurz die Wiese nutzen. Für gewöhnlich wäre ich so spätestens nach zwei Minuten mindestens für eine kurze Weile in das Land der Träume entschwunden.

Aber was war in dieser Zeit schon gewöhnlich? Als ich meine Augen geschlossen hatte, tauchte sofort mein geistiger Freund vor mir auf. Er schien durchaus zufrieden mit meiner Entscheidung zu sein, dass ich das Seminar vorzeitig verlassen hatte. Es gebe jetzt viel für mich zu tun, was ich seiner Meinung nach besser erledigen konnte, wenn ich allein war. Zuerst einmal war es jetzt aber wichtig, die gelösten Muster der vergangenen Tage endgültig loszuwerden.

Mit diesem Satz begann sich auch schon der altbekannte Husten seinen Weg durch meinen Körper zu bahnen. Es war mir eigentlich egal und ich bemühte mich erst gar nicht, mich gegen die heftigen Krämpfe zur Wehr zu setzen.

Irgendwann folgte der letzte Hustenkrampf und ich schlief entkräftet ein. Ich wachte erst am späteren Nachmittag wieder auf.

Die nächsten eineinhalb Tage verbrachte ich zurückgezogen in diesem eigentlich auf Spaß und Geselligkeit ausgelegten Urlaubsclub. Stundenlang meditierte ich am Strand und der auffrischende Wind brauste mir dabei um die Nase. Hin und wieder unterbrach ich meine Sitzungen für ein kurzes Bad im aufgewühlten und noch empfindlich kühlen Mittelmeer. Wenn ich nicht meditierte oder badete, tippte ich auf die mittlerweile gewohnte Weise Nachrichten aus der geistigen Welt in meinen Laptop.

Immer noch hoffte ich auf eine positive Nachricht von dem Personalberater.

Meine Gedanken und die Nachrichten meiner geistigen Freunde kreisten immer wieder um dieses Thema. Immer wieder versuchten sie mir Mut zu machen. Immer wieder schrieb ich die gleichen Worte in meinen PC. Alles sei auf dem rechten Weg. Alles würde zur richtigen Zeit in mein Leben kommen. Eine konkrete Antwort auf meine Frage, wann genau dieser Zeitpunkt sein würde, schienen meine Freunde stillschweigend zu übergehen.

Regelmäßig überkamen mich Zweifel, ob das wirklich Nachrichten aus der geistigen Welt waren. Vielleicht war ich es ja auch, der versuchte, sich mit irgendwelchen skurrilen Nachrichten ein wenig zu beruhigen und sich selbst etwas Mut zuzusprechen.

Bei der Mehrzahl meiner Meditationen am Strand saß ich im Geiste auf der Bank unter dem Laubbaum und visualisierte immer wieder, wie ich meiner Arbeit als Vertriebsleiter dieser großen Wohnungsbaugesellschaft nachging. Immer wieder ging ich die nächsten Gespräche durch und spürte ganz tief hinein, wie es sich anfühlen würde, den Arbeitsvertrag zu unterschreiben und meinen komfortablen neuen Firmenwagen zu übernehmen. Immer wieder saß ich an diesem modernen Schreibtisch und besprach mit meiner Assistentin den Ablauf des bevorstehenden Arbeitstages.

Auch wenn es mir mithilfe der Visualisierung bisher nicht gelungen war, den großen Lottojackpot zu gewinnen. Ich war mir sicherer als jemals zuvor, dass ich in der Lage war, alles, was ich in meinem Leben haben wollte, durch die geistige Visualisierung zu manifestieren.

Jetzt würde ich mir mit dieser Technik erst einmal meinen

neuen Job in mein Leben ziehen. Und etwas später dann würde es auch mit dem Gewinn meines Millionenjackpots klappen. Es war im Grunde alles nur noch eine Frage der Zeit.

30

Drei Tage nach meiner Rückkehr von Mallorca erreichte mich der lang ersehnte Anruf meines Personalberaters. Endlich.

Die Geschäftsführung der Wohnungsbaugesellschaft hatte sich entschieden und wollte nun drei der Bewerber persönlich kennenlernen. Es war genau, wie es mir meine geistigen Freunde immer wieder prophezeit hatten. Alles war auf dem rechten Weg.

Mein Bewerbungsgespräch sollte ich Mitte der kommenden Woche gemeinsam mit dem Senior- und dem Juniorchef im Stammsitz der Gesellschaft führen.

Der Personalberater sagte mir ganz unverblümt, dass er mich weiterhin ganz klar als den Topkandidaten einstufe. Er bat mich um eine absolut gründliche Vorbereitung auf den Gesprächstermin. Es werde bei diesem Termin sehr darauf ankommen, dass ich den beiden Inhabern viele Fragen stelle. Insbesondere der Seniorchef lege auf diese Form der Gesprächsführung den allergrößten Wert.

Auch ohne diesen Hinweis war es für mich absolut selbstverständlich, nicht unvorbereitet in ein Bewerbungsgespräch zu gehen. Natürlich würde ich mich auf diesen für mich alles entscheidenden Termin doppelt gründlich vorbereiten. Ich brauchte alleine zwei Tage, um mir alle aktuellen Bauprojekte des Unternehmens vor Ort ganz genau anzusehen und um mir ein Bild von den Kaufpreisen und den gebotenen Leistungsmerkmalen zu machen. Auch war es selbstverständlich für mich, eine ausführliche Analyse der Mikro- und der Makrolagen anzufertigen. Dazu erstellte ich eine kurze Übersicht der jeweiligen Projekte sowie der einzelnen Mitbewerber im direkten Umfeld der Baustellen. Selbst den Weg von mir zu Hause bis zum Sitz des Bauunternehmens fuhr ich in meiner

Vorbereitung ab. Ich wollte kein noch so kleines Detail dem Zufall überlassen.

Somit fuhr ich am Tag meines Gespräches guten Mutes und pünktlich auf die Minute bei meinem neuen Arbeitgeber vor. Der Juniorchef war etwa in meinem Alter. Er empfing mich mit den üblichen Floskeln im großzügigen Empfangsbereich. Ich folgte ihm in das Büro seines Vaters, in dem unser Gespräch stattfinden würde. Auch dieser begrüßte mich hanseatisch freundlich.

Das Gespräch an sich verlief im Grunde genau so, wie es der Personalberater vorausgesagt hatte. Erwartungsgemäß führte der Senior das Zepter und damit den Großteil des Gespräches. Wir sprachen zunächst über meinen bisherigen Werdegang. Ich erzählte von meinen Erfolgen auf den einzelnen Stationen meines bisherigen Berufslebens. Ich hoffte darauf, dass durch meine aufgeschlossene Erzählweise irgendwie so etwas wie ein offenes Gespräch entstehen würde. Die beiden kannten den einen oder anderen meiner ehemaligen Arbeitgeber und auch einzelne meiner Projekte schienen ihnen unbekannt zu sein. Langsam kam ich in Fahrt und trumpfte mit meinen einzelnen Erfolgen ordentlich auf. Ich zeigte eindrucksvoll die verschiedenen Wege auf, mit denen ich diese Erfolge erzielt hatte. Kritische Nachfragen vonseiten des Juniors konnte ich geschickt neutralisieren und erntete mit meinen Antworten das eine oder andere zustimmende Lächeln des Seniors.

Meine anfängliche Nervosität hatte sich endgültig gelegt. Im Thema Vertrieb war ich ein Routinier und fühlte mich zu Hause.

Nach einer guten halben Stunde ergriff der Senior das Wort und bestätigte meinen Eindruck, dass ich ihn von meinen Fähigkeiten im Vertrieb überzeugt hatte.

»Ich glaube Ihnen, dass Sie ein ausgezeichneter Vertriebsmann sind und dass Sie mit Sicherheit unsere Verkaufsmannschaft erfolgreich führen könnten. Aber wenn ich ganz ehrlich sein darf, unser Hauptaugenmerk liegt eigentlich nicht auf dem Verkauf. Der letztendliche Verkauf läuft bei uns nur mit. Er läuft deshalb quasi wie von selbst, weil wir die richtigen Produkte zum richtigen Preis am richtigen Ort anbieten. Schwerpunkt der ausgeschriebenen Position wird deshalb eher die vertriebsorientierte Grundstücksentwicklung sein. Wenn ich es richtig sehe, können Sie in diesem Punkt keine Erfahrungen vorweisen.«

Bumm. Das hatte gesessen. Plötzlich taumelte ich wie ein angeschlagener Boxer. War ich hier wirklich am falschen Platz? Hätten die beiden dies nicht schon bei der Studie meiner Unterlagen erkennen müssen? War es bei meinem so ausführlichen Lebenslauf nicht für jedermann ersichtlich gewesen, dass ich bisher fast ausschließlich bei Unternehmen tätig war, die sich mit der Umwandlung und mit dem Vertrieb bereits bestehender Wohnimmobilien beschäftigten? Hier allerdings hatte ich einige Erfahrungen im Ankauf vorzuweisen. Schließlich hatte ich im Objektankauf zu diversen Wohnungsbeständen eine Markteinschätzung mit abschließender Kauf- oder auch Nicht-Kauf-Empfehlung abgegeben. Das konnte doch auch im Neubau nicht großartig anders funktionieren.

»Ich habe durchaus auch Erfahrungen mit dem Ankauf und der Projektierung von großen Wohnungsbeständen. Ich habe in den vergangenen Jahren eine Vielzahl von Projekten bereits in dieser Phase begleitet. Ich bin mir sicher, dass es auch in Ihrem Geschäft überlebenswichtig ist, bei jedem neuen Projekt eine fundierte Marktanalyse zu erstellen, auf die Sie Ihre Entscheidung stützen können. Ich habe mich bisher hierbei nicht nur auf die Erkenntnisse aus der gegenwärtigen Marktsituation verlassen. Vielmehr habe ich immer auch die Ergebnisse einer qualifizierten Bedarfsanalyse unter Berücksichtigung der zu erwartenden Standortentwicklung mit einfließen lassen. Ich habe meiner Geschäftsführung immer eine präzise Entscheidungsgrundlage präsentiert, in der ich immer genau sagen konnte, welche Wohnungen zu welchen Preisen mit welcher Ausstattung in welchem Vertriebszeitraum verkauft werden würden. Das analytische Vorgehen ist, denke ich, in beiden Marktsegmenten vergleichbar. Allerdings möchte ich einräumen, dass die Neubauentwicklung sicherlich einen größeren Gestaltungsspielraum bietet, auf die Ergebnisse der Analyse einzugehen.«

Bumm – zurückgeschossen und getroffen.

Der Senior nickte mir zustimmend zu. Ich hoffte, dass seine provokante Anspielung nur ein Test meiner Person war, den ich mit meiner Antwort mehr als ordentlich gemeistert haben sollte. Ich spürte, dass jetzt die Zeit für meine Fragen gekommen war. Ich stellte also wie gewünscht meine Fragen zum Unternehmen und zu den einzelnen Projekten, welche abwechselnd vom Senior und auch vom Junior mal recht einsilbig, mal recht ausführlich beantwortet wurden. Alles in allem war ich mit dem Verlauf dieses ersten Gesprächs nicht unzufrieden, wenngleich mir die beiden bei konkreten Fragen zu den Rahmenbedingungen der ausgeschriebenen Position recht elegant auswichen.

Nur zu gern hätte ich von den beiden erfahren, wie sie sich den zeitlichen Ablauf nun vorgestellt hatten. Anders gesagt: Ich wollte eigentlich am liebsten einen Vertrag unterschreiben und lieber heute als morgen meine neue Stelle antreten.

»Wir würden Sie gern noch ein zweites Mal wiedersehen. Ich denke, dann können wir auch etwas konkreter in die Einzelheiten der Position einsteigen. Mein Sohn wird sich bis zum Ende der kommenden Woche bei Ihnen melden, um einen neuen Termin abzustimmen.«

Der Personalberater rief bereits wenige Minuten, nachdem ich das Bürogebäude verlassen hatte, bei mir an. Er wollte wissen, wie mein Eindruck von dem Gespräch gewesen war.

Ich war mir unsicher.

Natürlich berichtete ich ihm davon, dass der Senior sich für ein zweites Gespräch in der kommenden Woche melden wollte. Aber irgendwie passte mein Gefühl nicht zu dieser vielversprechenden Ankündigung. »Egal«, dachte ich mir, »du brauchst diesen Job. Die Engel haben dir versprochen, dass alles auf dem rechten Weg ist.« Und solche Jobs wuchsen ja auch nicht auf den Bäumen. Ich sollte dankbar sein, dass ich ganz klar weiter im Rennen war.

In den nächsten Tagen hieß es also wieder warten auf einen Anruf. Wenn ich eins in den vergangenen Jahren gelernt hatte, dann war es, auf einen Anruf zu warten. Meine Tätigkeit im Vertrieb bestand zum überwiegenden Teil aus Warten. Warten, dass sich ein Interessent auf meine Anzeigen melden würde. Warten, dass der Kunde sich entscheiden würde. Warten, bis der Kunde sich wieder melden würde. Warten, bis der Mieter sich für einen Besichtigungstermin melden würde. Warten, dass der Kunde seine Finanzierungszusage bekommen würde. Warten, bis der Notar die Kaufverträge erstellen würde. Warten auf den Notartermin. Ständig wartete ich auf irgendetwas oder auf irgendjemanden. Solange genügend verschiedene Kunden da waren, war das ja alles im Grunde kein Problem. Dann war immer irgendwie Bewegung in meinem Geschäft und es schien alles wie von selbst zu laufen.

Schwer waren die Phasen, in denen ich tage- oder gar wochenlang auf den einen Kunden warten musste. Manchmal hing alles von diesem einen entscheidenden Anruf ab. Und wie oft schien ausgerechnet dieser eine Anruf einfach nicht kommen zu wollen.

Die ersten Tage des Wartens waren ja im Prinzip kein Problem. Zur reinsten Folter wurden die Tage, die den ersten Tagen folgten. Es war die Hölle, wenn die Leute sich nicht an die vereinbarten Zeitfenster hielten und anscheinend nicht einmal im Entferntesten daran dachten, sich am verabredeten Termin zu melden.

Spätestens an diesen Tagen setzten dann bei mir unweigerlich die Gedanken ein. Dann spielte mein Kopf ganz munter »Was wäre, wenn?« mit mir. Was wäre, wenn der Kunde die Finanzierungszusage nicht erhalten würde? Was wäre, wenn er durch Zufall eine andere Wohnung entdeckt hätte? Was wäre, wenn er sich wegen des Kaufes mit seiner Ehefrau überworfen hätte? Was wäre, wenn er womöglich tödlich erkrankt wäre? Was wäre, wenn er ganz plötzlich kein Interesse mehr am Kauf dieser Wohnungen hätte?

Das waren die Momente, um schier aus der Haut zu fahren oder um wenigstens für eine ganze Weile einfach durchzudrehen. Stundenlang konnte ich dann in meinem Büro auf und ab tigern oder einfach sinnlos im Kreis laufen.

Warten war Gift für mich und mein einfaches Gemüt. Ich war einfach abgrundtief schlecht darin.

Jetzt wartete ich also schon wieder. Ich wartete auf den alles entscheidenden Anruf dieser Gesellschaft. Es ging in diesem Moment um nichts weniger als um alles oder nichts. Rot oder Schwarz. Rien ne va plus. Nichts geht mehr.

Es ging mal wieder um die Frage meiner Existenz.

Bei genauer Betrachtung gab es ganz objektiv auch keine Alternative für mich. Das Angebot an Jobs als Vertriebsleiter im Immobilienbereich war ausgesprochen mager. Wenn eine entsprechende Position angeboten wurde, dann war diese meist irgendwo im Bundesgebiet ausgeschrieben. Ein Jobwechsel wäre dann also auch mit einem Wohnortwechsel verbunden gewesen, und dies hätte dann einen noch gravierenderen Neuanfang meines Lebens bedeutet. Ich wollte aber nicht irgendwo von Neuem anfangen. Ich fühlte mich hier im Norden sehr zu Hause. Meine Frau und ich waren hier aufgewachsen und wir wollten unsere Heimat nicht einfach aufgeben.

Auch war ich nicht bereit, zum Wochenendpendler zu werden und mein Leben unter der Woche in irgendeinem Appartement weit weg von meiner Familie zu fristen. Diese Variante hatte ich bereits vor Jahren zu Beginn meiner Tätigkeit als Teamleiter in Hannover praktiziert. Ich mochte meine Familie und mir war es ganz einfach wichtig, an ihrem Leben auch teilzuhaben. Wofür hatte ich vier Kinder in die Welt gesetzt, wenn ich nicht auch mit ihnen zusammen sein konnte?

Jeder meiner Gedanken verdeutlichte mir auf die eine oder andere Art, wie absolut wichtig dieser Job für mich war und dass ich überhaupt keine Alternative hatte.

Über eine Alternative zu diesem Job wollte ich im Prinzip gar nicht nachdenken. Meine Alternative würde so aussehen, dass ich weiter selbst jeden Monat die nach menschlichem Ermessen unerreichbaren fünf Wohnungen verkaufen müsste. Ich fühlte, dass meine Nerven nach knapp vierzehn Jahren Immobilienvertrieb aufgebraucht waren. Ich konnte diese ewig gleichen Gespräche nicht mehr ertragen. Es waren immer dieselben Fragen, die mir meine Kunden stellten. Immer war da diese Angst der Kunden, eine falsche Entscheidung zu treffen. Immer erzählte ich die gleichen Geschichten, um die Kunden zu beruhigen. Ich konnte mich teilweise schon selbst nicht mehr reden hören.

Dazu kam, dass ich mir jeden Monat aufs Neue Sorgen machte, ob auch ja genügend Geld in die Kasse kommen würde. Ständig war ich dabei, auszurechnen, wie meine Ertragslage in diesem Monat sein würde. Wie würde sich mein Einkommen in dem folgenden Monat entwickeln? Hatte ich genügend Kundenrücklauf auf meine Werbung? Wie war es um den Kundenvorlauf bestellt? Welcher Kunde würde wann zum Notar gehen, um einen Kaufvertrag zu unterschreiben? Wie lange würde mein Bestand an Wohnungen noch reichen? Wann würde ich ausverkauft sein? Würde ich rechtzeitig einen neuen Auftrag erhalten?

Natürlich führten wir ein tolles Leben und unser Lebensstandard war mit den Erfolgen der vergangenen Jahre mitgewachsen. Trotz aller Schwierigkeiten und Depressionen war mein Jahreseinkommen nahezu jedes Jahr kontinuierlich angestiegen.

Ich hatte ausgerechnet, dass ich mit dem avisierten Jahresgehalt als Vertriebsleiter von etwa 150.000 Euro meine angeschwollenen Festkosten gerade eben so bestreiten könnte. Für etwas Luxus und Komfort hätte ich nach meiner Rechnung gut und gerne 50.000 Euro mehr verdienen müssen.

Aber ich war bereit, mich auf ein geringeres Einkommen einzustellen, wenn ich dieses Gehalt dafür regelmäßig erhalten würde.

31

Natürlich rief bis zum Ende der kommenden Woche kein Mensch bei mir an, um einen Termin zu vereinbaren. Am Anfang der darauffolgenden Woche meldete ich mich bei meinem Personalberater. Ich wollte wissen, wie nun der Stand der Dinge war. Na ja, eigentlich wollte ich nur hören, dass er mit der avisierten Terminvereinbarung in Kürze rechne.

»Hallo, Herr Krause, schön, dass Sie sich melden. Ich wäre auch noch bei Ihnen durchgekommen. Sie wollen sicherlich wissen, wie sich die beiden entschieden haben. Ich habe letzten Freitag noch einmal mit dem Junior telefoniert und sie wollen gern noch ein zweites Gespräch mit Ihnen und mit einem zweiten Bewerber führen. Momentan gibt es wohl noch einige Schwierigkeiten, einen geeigneten Termin zu finden. Sie wollten sich aber noch in dieser Woche melden. Ich denke, spätestens Anfang der nächsten Woche hören Sie von mir. Ich wünsche Ihnen eine sonnige Woche.«

Schon wieder warten. Aber immerhin, ich war zunächst einmal beruhigt.

Am folgenden späten Sonntagabend setzte ich mich wieder an meinen PC. Wieder erhielt ich die immer gleichen Informationen von meinen geistigen Freunden. Alles sei im Werden. Alles würde großartig sein. Es würde nicht mehr lange dauern.

Vor dem Einschlafen besuchte ich wieder meine Bank unter dem Laubbaum und ging ganz tief in die Visualisierung meiner Zukunft. Ich sah mich, wie ich durch das Bürogebäude meines neuen Arbeitgebers ging und mich mit einigen der Mitarbeiter souverän unterhielt. Ich hatte auf der geistigen Ebene mein neues Büro umgestaltet und sah mich, wie ich mit dem Senior über den Plänen von neuen Projekten grübelte. Ja, alles war im Werden.

Nur der avisierte Anruf blieb weiterhin aus. Die Tage und Stunden zogen sich wie ein oller Kaugummi. Regelmäßig checkte ich meine E-Mails nach einer möglichen Nachricht. Selbst das Junkmail-Postfach überprüfte ich mindestens bei jeder zweiten Abfrage. Vielleicht war diese überaus wichtige Nachricht fälschlich hier hineingeraten.

Dazu fing ich jeden Mittag die Postbotin ab. Vielleicht würde ich ja im guten Stil der alten Zeit eine schriftliche Einladung zu meinem zweiten Termin erhalten.

Am Mittwochnachmittag wählte ich wieder die Nummer des Personalberaters. Seine Assistentin versprach mir, dass er sich später noch bei mir melden würde. Also wartete ich weiter.

Als sich der Personalmensch auch bis zum Donnerstagmittag noch nicht bei mir gemeldet hatte, entschloss ich mich, den Junior direkt anzurufen.

Schließlich war die von seinem Vater avisierte Kontaktaufnahme seit fast zwei Wochen überfällig.

»Hallo, Herr Krause. Schön, dass Sie sich melden. Ich hätte mich später auch noch bei Ihnen gemeldet.«

Den Spruch kannte ich.

»Das ist schön. Da hatten wir beide ja den gleichen Gedanken«, entgegnete ich freundlich lächelnd. »Ich wollte mich eigentlich nur kurz melden und mich nach dem neuen Gesprächstermin erkundigen, den Ihr Vater in unserem Gespräch ja angekündigt hatte. Haben Sie da eventuell schon eine Idee, wann das sein wird?«

»Ja, ich habe erst heute Morgen mit meinem Vater zusammengesessen und wir haben über unser weiteres Vorgehen beratschlagt. Leider sind wir terminlich im Moment so dicht, dass ich Ihnen erst Anfang der nächsten Woche einen Termin vorschlagen kann. Ich werde mich dann Montag oder Dienstag bei Ihnen melden.«

Das klang gut und beruhigte mich. Immerhin hatte ich ohne

den dösigen Personalvermittler eine nachhaltige Information aus allererster Hand erhalten. Am Wochenende hatten wir allerhand vor und die Zeit bis zur nächsten Woche würde somit wie im Fluge vergehen.

Die nächste Woche kam und der versprochene Anruf blieb aus. Spätestens ab Dienstagabend war ich ein nervliches Wrack. Irgendetwas konnte da ganz offensichtlich nicht stimmen. Hatten die beiden dem anderen Bewerber den Vorzug gegeben? Warum hielt sich einfach kein Mensch an seine Zusagen?

Am Mittwoch rief ich erneut bei meinem Personalberater an. Es tat ihm ganz offensichtlich leid, dass er sich in der letzten Woche nicht bei mir zurückgemeldet hatte, aber auch er schien keine neuen Erkenntnisse über den Stand der Dinge bei der Gesellschaft zu haben. Für den kommenden Freitag hatte er einen festen Telefontermin mit dem Junior und er versprach mir, sich anschließend gleich bei mir zu melden.

Also wieder warten. Leider konnte mich das Gespräch mit dem Personalmenschen nicht mehr beruhigen. Das dauerte mir insgesamt einfach schon viel zu lange. Jetzt musste ich also die Zeit bis zum Freitagnachmittag noch irgendwie überstehen.

An dieser Stelle ist es vermutlich unnötig zu erwähnen, dass der versprochene Anruf ausblieb und ich ein weiteres Wochenende in quälender Ungewissheit verbrachte.

Selbst die immer gleichen Nachrichten der geistigen Welt hingen mir mittlerweile kräftig zum Halse raus. Wer sollte diesen Stuss eigentlich noch glauben? Alles wird gut. Alles ist auf dem rechten Weg. Blablabla.

Nachdem ich auch am Montagvormittag noch keinen Anruf von dem Personalmenschen erhalten hatte, griff ich erneut zum Telefonhörer. Ich wollte jetzt eine Entscheidung. So oder so.

»Oh nein, Herr Krause, Ihr Berater ist doch seit heute für zwei Wochen im Urlaub. Hat er Ihnen das gar nicht gesagt?«

Nein, hatte er nicht. Wie sollte er auch, wenn er mich nie anrief?

»Sein Vertreter ist morgen wieder im Büro. Soll er sich bei Ihnen melden? Worum geht es denn genau?«

Ich bat höflich um einen Rückruf und ersparte der angenehmen Telefonstimme die Übermittlung meiner nicht so sehr angenehmen Gedanken. Was konnte diese freundliche Frau dafür, dass ich kurz vor einem Nervenzusammenbruch stand?

Meine anfängliche Wut wich am Nachmittag einer tiefen Mutlosigkeit. Gott, war das Leben scheiße!

Ich hatte ja noch die Rufnummer vom Junior auf meinem Schreibtisch liegen. Was sollte es. Dann raffte ich mich einfach noch einmal auf und rief den Junior erneut direkt an.

»Hallo, Herr Krause. Ich wollte Sie auch schon anrufen. Ich bin in den letzten Tagen einfach nicht dazu gekommen. Sie machen sich keine Vorstellung, was bei uns im Moment alles los ist. Mit meinem Vater konnte ich letzte Woche auch nicht über Ihre Angelegenheit sprechen. Er musste ein paar Tage dringend verreisen. Ich denke, wir werden am Donnerstag alles Weitere besprechen. Ich melde mich dann bei Ihnen, einverstanden?«

Was blieb mir anderes übrig? Immerhin schien es nicht so zu sein, dass sie den Job anderweitig vergeben hatten. Ansonsten hätte er mir ja direkt absagen können.

Am nächsten Tag meldete sich nun auch der Vertreter meines Personalberaters telefonisch bei mir. Eigentlich hatte sich der Grund meines Anrufes ja durch mein Gespräch mit dem Junior erledigt und ich wusste schon, dass immer noch keine Entscheidung gefallen war.

»Ja, hallo, Herr Krause. Ich bin der Urlaubsvertreter Ihres Personalberaters. Sie hatten sich ja auf eine Stelle als Vertriebsleiter bei uns beworben. Ich hab noch einmal in den Unterlagen nachgesehen und mein Kollege hat in der Bewerberliste leider eine Absage vonseiten des Auftraggebers für Sie notiert.«

»Was? Was haben Sie da eben gesagt?«

Augenblicklich sackten meine Beine weg und meine Hände begannen zu zittern.

»Das kann nicht sein. Da muss ein Fehler vorliegen. Können Sie da bitte noch einmal genau nachsehen?«

»Es tut mir leid, Herr Krause. Aber neben Ihrem Namen ist ganz eindeutig eine Absage seitens des Auftraggebers vermerkt. Ein Absagegrund ist leider nicht eingetragen.«

»Aber ich habe doch gestern noch mit einem der Geschäftsführer Ihres Auftraggebers telefoniert, und der sagte mir, dass eine Entscheidung frühestens am Ende der Woche getroffen werden würde.«

»Noch einmal, Herr Krause. Der Vermerk von meinem Kollegen ist vom vergangenen Freitag. Sie können sich aber gern noch einmal in der übernächsten Woche bei meinem Kollegen direkt melden. Er kann Ihnen dann möglicherweise etwas mehr dazu sagen.«

Meine Frau unterbrach ihre Arbeit im Garten, als ich mich auf unsere Terrasse setzte. An meinem Gesichtsausdruck konnte sie ablesen, was passiert sein musste. Tränen schossen ihr in die Augen und ich sah in ihrem Blick den so seltenen Ausdruck von Angst.

»Was soll denn jetzt werden?«, fragte sie mich.

32

Juli 2008

Ich habe keine Ahnung, wie ich die Tage nach dieser Absage überstand. Ich schleppte mich von Stunde zu Stunde. Ich war wie in Trance. Ich fühlte mich, als ob ich unter Wasser lebte.

Ich war mir so sicher gewesen, dass ich kurzfristig diesen neuen Job übernehmen würde. Allen möglichen Menschen in meinem Umfeld hatte ich verkündet, dass ich nun bald die Vertriebsleitung der regional durchaus bekannten Wohnungsbaugesellschaft übernehmen würde.

»Der Kontakt ist über einen Headhunter gelaufen und der Verlauf der Gespräche war bisher recht vielversprechend«, hatte ich getönt.

Einen Scheißdreck waren die Gespräche gelaufen.

Ich hatte sogar bereits einem Freund die Übernahme meiner noch bestehenden Vertriebsaufträge angeboten. Alles war auf den Tag X ausgerichtet. Auf genau den Tag, den es jetzt nicht mehr geben würde.

»Alles wird kommen. Alles ist auf dem richtigen Weg.« – »Ich lach mich tot.« Weder die vermeintlichen Botschaften der Engel noch meine Visualisierungen hatten irgendeinen Effekt gehabt.

Im Grunde war jetzt der Zeitpunkt erreicht, an dem ich eigentlich hätte zusammenbrechen müssen.

Bemerkenswerterweise blieb mein Zusammenbruch aus. Ich befand mich ganz offensichtlich in einer Art Schockstarre. Ich glaube, ich war seit dem Telefongespräch mit diesem Urlaubsvertreter nicht mehr wirklich anwesend. Ich waberte ohne eine ersichtliche Gefühlsregung einfach vor mich hin.

Auch dem Inhaber der Hausmeisterfirma hatte ich von meinen zukünftigen Plänen vollmundig berichtet. Wir kannten uns bereits seit mehr als fünf Jahren und hatten immer wieder mal im Rahmen meiner Tätigkeit für die große Hamburger Wohnungsgesellschaft miteinander zu tun.

Gemeinsam hatten wir damals ein Konzept entwickelt, wie wir Wohnungen, die gar nicht oder nur schlecht renoviert von den Mietern zurückgelassen wurden, mit einfachen Mitteln für die Vermarktung aufbereiten konnten. Meine Auftraggeber kannten bis zu unserem Konzept nur die vollständige Sanierung solcher Wohnungen. Die gängige Alternative zur Komplettsanierung war es, gar nichts in der Wohnung zu machen.

In unserem Konzept wurde die Wohnung im Prinzip aufgehübscht. Der Vorteil war, dass die Wohnungen bei der Besichtigung einen sauberen und gepflegten Eindruck hinterließen und der künftige Erwerber selbst entscheiden konnte, ob und in welchem Umfang er Arbeiten in der Wohnung ausführen würde.

Die Preise der Wohnungen blieben auf diese Weise moderat. Der überragende Verkaufserfolg bestätigte diesen Konzeptansatz auf ganzer Linie.

An diesem Nachmittag hatten wir uns einige leere Wohnungen gemeinsam angesehen und wollten anschließend bei unserem obligatorischen Kaffee beim Bäcker um die Ecke die einzelnen Punkte noch einmal durchgehen.

Unweigerlich fragte mein Gesprächspartner nach dem Stand meiner Bewerbungsgespräche und ich durfte noch einmal von meiner bitteren Niederlage berichten.

»Da kannst du ja im Grunde froh sein«, sagte mein Gegenüber mit einem charmanten Lächeln auf den Lippen. »Ich kenne diesen Laden schon seit Jahren. Ein Onkel von mir war als Raumausstatter für die tätig. Ganz groß wollten sie ihn machen. Als er immer mehr Leute eingestellt hatte und nur noch für diesen Laden arbeitete, hat diese Drecksbande ihm schön die Preise für seine Leistungen gekürzt. Klar, das war ein echtes Problem. Schließlich hatten die Brüder meinen Onkel ja zuerst schön angefüttert und ihn ordentlich von sich abhängig gemacht. Trotz der ganzen Mitarbeiter und des ganzen Stresses hat er selbst nicht einmal mehr den Lohn eines einfachen Gesellen in der Tasche gehabt. Irgendwann ging es dann gar nicht mehr und er musste Insolvenz anmelden. Mit diesen Leuten würde ich freiwillig nie zusammenarbeiten.«

Aus dieser Sicht hatte ich die für mich bis dato gottgleiche Baugesellschaft bisher nicht gesehen. Es tat mir in diesem Augenblick gut, diese Geschichte zu hören. Dreckschweine – ja, so hatten sie sich auch mir gegenüber verhalten. Mit Sicherheit war es besser, dass es nicht mit einer Anstellung geklappt hatte. Wer weiß, was ich in deren Namen alles hätte anstellen müssen?

»Sag mal, warum wollen wir eigentlich nicht mal etwas zusammen machen?«

Da war sie wieder, diese Frage. Seit gut und gerne drei Jahren stellte mir dieser Mann in unregelmäßigen Abständen diese Frage. Ehrlich gesagt hatte ich bisher nie wirklich verstanden, was er mit dieser Frage bezwecken wollte. Was sollten wir zusammen machen?

Kennengelernt hatte ich diesen Mann bei der Übernahme meines ersten Projektes von der großen Hamburger Wohnungsgesellschaft. Die Geschäftsführerin hatte mir die Telefonnummer des Hausmeisters gegeben, der mir die über zwanzig leer stehenden Wohnungen der Anlage zeigen würde.

Es war ein ungeschriebenes Gesetz in der Wohnungswirtschaft, dass man sich gut mit dem jeweiligen Hausmeister stellen sollte. Es gab immer wieder Situationen, wo ich als Verkäufer auf eine unbürokratische und schnelle Hilfe vonseiten der Hausmeister angewiesen war. Wie oft fehlten irgendwelche Wohnungsschlüssel oder der mitverkaufte Kellerraum war nicht auffindbar.

Also lud ich den Hausmeister nach unserem damaligen Wohnungsrundgang zum kurzen Kaffee inklusive eines freundlichen Smalltalks in meine Musterwohnung ein.

Unser Smalltalk verlief allerdings ganz anders, als es für ein Gespräch mit einem Hausmeister üblich war. Dieser Mann schien sich nicht für Fußball oder für den gewöhnlichen Mietertratsch in der Wohnanlage zu interessieren. Stattdessen erkundigte er sich nach den Verkaufspreisen der einzelnen Wohnungen.

»Was ist das denn für eine Frage? Seit wann interessiert sich ein Hausmeister für die Verkaufspreise?«, ging es mir etwas genervt durch den Kopf.

Er wollte nicht nur die Kaufpreise wissen, die nach seiner Einschätzung etwas oberhalb des ortsüblichen Marktpreises lagen. Er stellte zudem noch präzise Fragen zum aktuellen Verkaufsstand und wollte Dinge wie die Mietrenditen und Details zur Teilungserklärung wissen. »Wollen wir nicht doch lieber über Fußball reden?«, dachte ich damals zähneknirschend bei mir. Mir stand so gar nicht der Sinn nach einem vermeintlichen Fachgespräch mit irgendeinem Hausmeister. Wo sollte da für mich der tiefere Sinn liegen?

»Ich kaufe ja eigentlich keine Eigentumswohnungen mehr. Ich beschäftige mich jetzt mit Mehrfamilienhäusern«, stellte der Hausmeister in den Raum, als er im Begriff war, den selbigen zu verlassen.

Nee klar, ist richtig. Wir kauften jetzt keine Eigentumswohnungen mehr. Wir fingen gleich mit den richtigen Geschäften an. Klar, Hausmeister, so wird das wohl sein.

»Wie viele Eigentumswohnungen haben Sie denn bisher schon gekauft?«, quittierte ich mit leicht verdrehten Augen die skurrile Aussage meines Gegenübers. »Jetzt wird er erst einmal chic den Hof fegen, um dann später noch schnell ein paar Eigentumswohnungen zu kaufen, ach nee, er kauft jetzt ja nur noch Mehrfamilienhäuser. Das passt nun wirklich nicht zusammen«, feixte ich mir innerlich einen.

»So knapp hundert Wohnungen müsste ich jetzt wohl haben«, sagte er lässig und schien sich diebisch darüber zu freuen, dass mir mein Schluck Kaffee fast im Halse stecken blieb.

Ganz offensichtlich wurde ich augenblicklich sehr elegant von meinem allzu hohen Ross gestoßen.

Ich selbst hatte es bis zu diesem Gespräch im Sommer 2003 gerade mal auf vier vermietete Wohnungen und eine vermietete Doppelhaushälfte gebracht. Jede dieser Wohnungen forderte von mir zusätzlich zu den erzielten Mieten eine kleine Zuzahlung, damit alle Kosten gedeckt waren. Diese Zuzahlung war zwar bei der einzelnen Wohnung nicht dramatisch, doch trotz der Steuervorteile summierten sich die einzelnen Beträge zu einer handfesten monatlichen Belastung.

Das mochte mit vier oder fünf vermieteten Einheiten alles noch gehen. Aber bei einhundert? Und das mit einem Hausmeistergehalt? Wie sollte das denn funktionieren?

Grübelnd ließ mich der Hausmeister alleine in meiner Musterwohnung zurück. Ich hatte wieder etwas gelernt. Urteile nicht vorschnell über andere Menschen. Eigentlich wusste ich aus meiner Verkaufstätigkeit schon seit Langem, dass ich nicht aufgrund von Äußerlichkeiten auf den Menschen schließen sollte. Wie oft war der elegante Geschäftsmann mit seinem großen Luxusklassewagen in Wirklichkeit pleite wie eine arme Kirchenmaus, dem niemand auch nur einen Cent leihen wollte.

Aber vor allem musste ich ganz offensichtlich an meiner grandiosen Selbstüberschätzung etwas ändern.

Mit der Zeit erfuhr ich, dass der Hausmeister nicht nur Hausmeister gewesen war, sondern vielmehr Inhaber eines Unternehmens war, das als Dienstleister unter anderem einen Hausmeisterservice anbot. Nebenbei beschäftigte er sich mit dem Ankauf und der Verwertung von Wohnimmobilien. In den Wochen nach unserem ersten Gespräch kam er immer mal wieder auf einen Kaffee in der Musterwohnung vorbei und er erzählte mir von seinen Projekten. Er war dabei, in den abgelegensten Ecken von Schleswig-Holstein Mehrfamilienhäuser zu erwerben. Erwerben war im Grunde das falsche Wort. Die Häuser wurden ihm im Grunde fast geschenkt. Die Mehrzahl der Wohnungen war für gewöhnlich bereits seit vielen Jahren nicht mehr vermietet und ihr Zustand ließ in der Regel zu wünschen übrig. Immer wieder schlug er mir vor, dass ich doch auch das eine oder andere Haus kaufen könnte. Aber ich lehnte immer wieder dankend ab. Zum einen fehlte mir das notwendige Kapital für solch ein Projekt und zum anderen, und dies war der ausschlaggebende Punkt für mich, kannte ich mich in der Immobilienbranche bestens aus. Ich wusste, dass es im Immobiliengeschäft eigentlich nur auf eine Sache ankam. Es kam in erster Linie auf die Lage der Immobilie an. Aus meiner fachlichen Sicht lohnte sich nicht einmal der Gedanke daran, eine Immobilie in ländlicher Lage zu kaufen. Und ländlich war für mich alles, was mehr als zehn Kilometer außerhalb von Hamburg war.

Auch in dieser Einschätzung sollte ich von meinem Hausmeister noch einiges lernen. Mit den Jahren musste ich mit wachsender Verwunderung feststellen, dass solche allgemeinen Marktkenntnisse anscheinend für meinen Hausmeister nicht zählten. Er kaufte und vermietete seine Mehrfamilienhäuser mit zunehmendem Erfolg. Irgendwann berichtete er mir von seinen ersten Verkäufen. Seine Gewinnmargen waren bei diesen Geschäften mehr als beeindruckend. Auch mir leuchtete ein, dass ein renoviertes und voll vermietetes Haus einen anderen Ertrag und damit einen ganz anderen Wert hatte als ein heruntergekommenes und leer stehendes Haus.

Seit 2005 stellte mir dieser Mann also nun schon immer wieder die gleichlautende Frage:

»Warum wollen wir eigentlich nicht mal etwas zusammen machen?«

»Ja klar«, war an diesem Nachmittag bei einem Bäcker im Eingangsbereich eines Supermarktes meine Antwort. »Woran hast du denn gedacht?«

33

Wer hätte das gedacht? Seit drei Jahren lief mir also mein Schicksal in Form eines Hausmeisters in aller Seelenruhe hinterher. Wenn ich jetzt dabei berücksichtigte, dass ich mich gut zwei Drittel dieser Zeit, also annähernd zwei Jahre, Hilfe schreiend faktisch an absolut jeden Strohhalm geklammert hatte, der sich mir bot, konnte ich eine gewisse Komik meiner Situation nicht leugnen.

Mit aller Gewalt hatte ich zuerst versucht, meinen Erfolg im Immobilienvertrieb zu erzwingen, und war kolossal gescheitert.

Trotzig und beleidigt zog ich mich zurück und versuchte anschließend mein Schicksal nur noch aus der geistigen Ebene zu steuern. Ich wollte mir und der Welt beweisen, dass der Ursprung meines Wesens einen göttlichen Kern hatte. Ich wollte mein Leben schlicht so gestalten, wie ich es für richtig hielt. Ich wollte reich und unabhängig sein. Ich wollte mein irdisches Dasein in Freude und Harmonie verbringen. Ich wollte das umsetzen, was ich in den Jahren zuvor in den vielen Büchern gelesen hatte. Leider funktionierte das Leben dabei nicht so, wie ich es mir wünschte.

Als ich erkannt hatte, dass es auf diesem Weg nicht so vorwärtsging, wie ich es mir erhofft hatte, versuchte ich beide Methoden zu verbinden.

Ich versuchte mich mit aller Gewalt und geistigen Kraft in die Position des Vertriebsleiters bei dieser Wohnungsbaugesellschaft zu befördern. Ich hielt dabei alle weltlichen Regeln sorgsam ein. Ich führte die Bewerbungsgespräche, wie es sich gehörte. Ich schrieb einen seitenlangen Lebenslauf und tat alles, was in meiner irdischen Macht stand, um diesen Job zu bekommen. Gleichzeitig zählte ich auf meine geistigen Kräfte und baute auf meine ätherischen Freunde. Ich meditierte und manifestierte, so, wie ich es gelernt hatte. Ich hielt den Kontakt zur geistigen Welt. Ich bat meine geistigen Führer um Unterstützung und schrieb mir an den Nachrichten derselbigen die Finger wund.

Im Ergebnis musste ich erkennen, dass mein Schicksal die ganze Zeit vor meiner Tür stand und gelegentlich immer wieder vorsichtig anklopfte.

War das jetzt eine beruhigende Erkenntnis? Es schien ja ganz offensichtlich so zu sein, dass ich meinem Schicksal durchaus trauen konnte und ihm auch dann nicht entkommen konnte, wenn ich mich auch noch sehr mühte.

Bereits wenige Wochen nach diesem Gespräch hatten wir eine kleine Gesellschaft gegründet und das erste leer stehende Mehrfamilienhaus erworben. Nicht nur, dass mein neuer Geschäftspartner die praxiserprobte Geschäftsidee mitgebracht hatte, er stellte unserer Gesellschaft auch noch das nötige Kapital zur Verfügung. Mit diesem Kapital konnten wir nicht nur die ersten Projekte ankaufen und die Instandsetzungsarbeiten bezahlen. Ich erhielt obendrein vom ersten Tag an ein kleines Gehalt, das zusammen mit meinen Provisionseinkünften ausreichte, damit wir ohne jede Entbehrung weiterleben konnten.

Darüber hinaus bestand mein Partner bei der Gründung unserer Gesellschaft darauf, dass wir beide zu gleichen Anteilen Gesellschafter sein würden.

Der Plan meines Schicksals schien gar nicht so schlecht zu sein.

34

Dezember 2008

Mit Feuereifer hatte ich mich Hals über Kopf in meine neue Arbeit gestürzt. Ich fuhr kreuz und quer durch die Lande und sah mir ein kaputtes Haus nach dem anderen an. Ich glaube, ich lernte recht schnell und wusste nach den ersten Fehlgriffen mittlerweile ziemlich genau, welches Projekt wir anfassen sollten und von welchem wir besser die Finger ließen.

Ich denke, mein Geschäftspartner war ausgesprochen nachsichtig mit mir, als ich ihn voller Überzeugung, etwas besonders Gutes gefunden zu haben, in ein abrissreifes Jugendstilhaus bis nach Bremerhaven lotste.

Das Haus war seit Jahren nicht mehr bewohnt, und außer dass in einigen der Wohnungen Obdachlose gelegentlich übernachteten und vermutlich jugendliche Vandalen ihr Unwesen trieben, hatte sich schon seit Jahren niemand mehr hierhin verirrt. Das, was von dem Haus noch übrig war, hatten Kupferdiebe fein säuberlich auseinandergeschlagen. Nicht nur sämtliche Rohrleitungen und Armaturen hatten diese von den Wänden gerissen, selbst die Kupferdrähte aus den Elektroleitungen hatten sie mitgenommen. Zu guter Letzt bevölkerte eine Armee von Tauben die oberen beiden Stockwerke und erklärte diesen Bereich zu ihrem Hoheitsgebiet.

Insgesamt war es deutlich schwieriger, geeignete Projekte ausfindig zu machen, als ich es ursprünglich angenommen hatte. Entweder war das Gebäude, ähnlich wie das Gebäude in Bremerhaven, so weit zerstört, dass die Kosten einer Wiederherstellung unsere Kalkulation sprengten, oder die geeigneten Immobilien wurden viel zu teuer angeboten. Dazu kam es in den ersten Wochen immer wieder vor, dass wir Projekte fanden, die in Art und Kaufpreis zu uns gepasst hätten und die im Rahmen einer Zwangsversteigerung angeboten wurden. In den meisten dieser Fälle wollte die das Zwangsversteigerungsverfahren betreibende Bank die Immobilie entweder nicht zu dem von uns abgegebenen Gebot versteigern lassen oder es kamen uns schlicht irgendwelche Mitbieter dazwischen, die bereit waren, mehr für die Immobilie zu zahlen.

An manchen Tagen war es zum Aus-der-Haut-Fahren. Ich spürte, wie ganz langsam bei meinem Geschäftspartner und mir ein gewisser Druck aufkam. Schnell wurde mir bewusst, dass die finanziellen Mittel meines Geschäftspartners auch nicht unendlich waren. Ein einziges kleines Sechsfamilienhaus würde nicht ausreichen. Wir brauchten ganz dringend weitere Projekte.

Ich fing wieder an, bis spät in der Nacht die Zahlen zu wälzen und mir langsam, aber sicher erneut Sorgen zu machen. Hörte das denn nie auf?

Ich war mir auf einmal gar nicht mehr so sicher, dass ich mit dieser Geschäftsidee wirklich auf dem richtigen Weg war.

Sollte mich diese neue Idee schon wieder nur in ein weiteres tränenreiches Tal führen? Ich konnte ja bereits förmlich spüren, wie sich erneut ganz langsam dunkle Wolken über mir zusammenzogen.

Es wurde Zeit, dass ich mich zurückzog. Ich ließ meine Arbeit einfach liegen, packte meine Siebensachen und fuhr in die mediterrane Saunalandschaft, die ich schon unzählige Male zuvor besucht hatte, wenn diese Stimmung in mir aufzog.

Vielleicht war mein Rückzug ja auch nur eine Flucht, aber für gewöhnlich konnte ich nach den Saunagängen sehr gut in meine geistige Welt abtauchen. Häufig genug hatte ich auf diese Weise etwas Abstand gewonnen, meine Kraft ein wenig aufgefüllt. Manchmal lösten sich nach einem dieser Saunanachmittage meine Probleme, die vor meiner Auszeit für gewöhnlich unüberwindbar waren, beinahe ganz von allein.

Die Dame an der Rezeption begrüßte mich freundlich wie immer und bot mir an, einen der freien Massagetermine für mich zu buchen. Warum eigentlich nicht? Sie zauberte ein, wie sie sagte, ganz spezielles Weihnachtsangebot hinter ihrem Tresen hervor und schwärmte von der Einzigartigkeit dieser neuartigen Massagetechnik. Diese Hot-Stone-Massage war nur noch bis Weihnachten zu einem absoluten Vorzugspreis zu haben.

Ich hatte genügend Zeit, zur Einstimmung auf diese Behandlung noch einen ausgiebigen Saunagang zu absolvieren und freute mich, dass nur wenige Erholungssuchende in der hektischen Vorweihnachtszeit ihren Weg in die großzügige Außensauna gefunden hatten.

Frisch geduscht kam ich zu meinem Termin. Zur Begrüßung gab es wie immer ein wohltuendes Glas dieser orientalischen Gewürzteemischung. Ein freundlicher Therapeut begrüßte mich und führte mich in den wohlriechenden Behandlungsraum. Jetzt war ich mehr als gespannt, was mich erwarten würde.

Weisungsgemäß legte ich mich mit dem Bauch auf das weiche Massagebett und der Masseur deckte mich mit einem Tuch leicht zu. Er erkundigte sich nach meinem Wohlbefinden. Alles war perfekt. Ich war bereit. Es konnte losgehen.

Im Hintergrund spielte eine sanfte Meditationsmelodie, die ganz leicht mit dem beruhigenden Rauschen des Meeres hinterlegt war. Oder war es das rauschende Wasser eines kleinen Gebirgsbaches? Es war mir egal. Ich fühlte mich einfach entspannt.

Der Therapeut begann meinen Rücken mit einem wohltuenden warmen Öl und einem angenehmen Druck seiner Hände zu massieren. Das allein fühlte sich schon mal sehr gut an. Ich atmete tief durch und war bereit, meine Sorgen und Probleme fallen zu lassen.

Ich hörte, wie er sich ganz leise aufrichtete und nach einem der Steine griff. Ganz vorsichtig platzierte er nun den ersten Stein auf der Wirbelsäule im unteren Bereich meines Rückens.

Scheiße, war das heiß.

Ein stechender Schmerz zuckte mein Rückgrat hinauf und benachrichtigte mein Hirn über eine mögliche Verbrennung in der Gegend meines Steißbereiches.

»Au!«, entfuhr es mir.

»Die Steine fühlen sich im ersten Moment immer ein wenig warm an. Das wird gleich besser.«

Sein Wort in Gottes Gehörgang. Ich konnte für diesen guten Mann nur hoffen, dass er …

Ich hatte kaum Gelegenheit, den Gedanken meines Fluches zu einem Ende zu führen. Zack – da kam auch schon Stein Nummer zwei. Ganz behutsam platzierte mein Therapeut diesen zweiten Stein wenige Zentimeter oberhalb des ersten Steins. Ich krallte mich mit beiden Händen in dem Tuch fest, das zwischen mir und der Massagebank lag. Es folgte Stein Nummer drei.

»Bei Gott, gleich spring ich auf und schiebe dem guten Mann die Steine da hin, wo die Sonne nicht scheint.«

Als Strafe für meine Gedanken folgten die glühenden Steine vier und fünf in verkürzten Abständen.

Zu erkennen war, dass mit jedem neuen Stein der vorige Stein kaum noch schmerzte.

Irgendwann lag der letzte Stein in meinem Nacken und drückte auf meine Halswirbelsäule.

»So«, flüsterte mein Therapeut. »Genießen Sie es. Ich bin gleich wieder da.«

Was? Ich hatte keine Chance, noch einmal nachzufragen, was mein Therapeut damit gemeint hatte. Was sollte ich genießen?

Da lag ich nun bäuchlings halb nackt auf einer Liege, und mein Sonderangebot lag auf mir.

Die ersten Steine waren bereits merklich abgekühlt. Ich hätte meinen können, sie lägen mittlerweile eiskalt und etwas schwerer als zuvor auf meinen Wirbeln. Eine gefühlte Ewigkeit lag ich nun mit dem unangenehm drückenden Ballast auf meinem Rücken immer noch bäuchlings auf der Massagebank. Mir wurde kalt und der erste Stein war dabei, ganz leicht zu verrutschen. Sollte ich mich elegant zur Seite drehen und mich so meines ungeliebten Ballastes entledigen? Ich könnte mich anziehen und einfach gehen. Schließlich war ich ein freier Mann.

»Alles gut bei Ihnen?«, flüsterte mein Therapeut, nachdem er zuvor lautlos den Raum betreten hatte. Ich sparte mir eine ausführliche Antwort. Ich wollte einfach nur noch weg.

Er fing an die einzelnen Steine ebenso andächtig von meinem schmerzenden und fröstelnden Rücken zu entfernen, wie er sie zuvor daraufgelegt hatte.

Zur Ehrenrettung des Therapeuten muss ich eingestehen, dass die anschließende Massage durchaus angenehm war und für ein wenig Entspannung sorgte. Einzig diese Sache mit den Steinen hätte ich mir sparen können.

Mein abschließender Saunagang entschädigte mich für die komischen Steine und ich lag entspannt und gut zugedeckt auf meiner bequemen Liege auf der menschenleeren Dachterrasse. Ich war bereit für meine Meditation.

Wie immer ging ich auf meine Wiese. Ich spürte, wie die sommerliche Brise mir durch mein Gesicht strich. Wie immer hatte ich meine Schuhe ausgezogen und schritt den sandigen Weg hinunter. Ich wusste sehr genau, wer auf mich warten würde. Ich hatte schon lange einen Termin mit meinem goldenen Engel. Ich hatte dringend etwas mit ihm zu klären.

Teil III

1

Juli 2009

Der letzte Akkord stand noch in der Luft, als die Roadies mit dem Bühnenabbau starteten. Die einzelnen Gruppen mit ihren unterschiedlich farbigen Helmen und T-Shirts wirkten wie eine Heerschar von Ameisen auf dieser einzigartigen Bühne. Was für ein Koloss. Knapp die Hälfte des Innenraums des Berliner Olympiastadions nahm dieses Gebilde aus Technik und Stahl ein. Dieses Ding wirkte wie ein Raumschiff, das von irgendwoher gekommen war und nun in der kontrollierten Hektik der Arbeiter Stück für Stück demontiert wurde.

Ich musste mich erst einmal sammeln und setzte mich auf meinen Sitzplatz, von dem ich in den vergangenen Stunden keine Notiz genommen hatte. Schon bei den ersten Klängen der Eröffnungssequenz stand das ganze Stadion Kopf. Frenetisch feierten die knapp neunzigtausend Zuschauer den Einzug der vier Gladiatoren aus Dublin in das Stadion. Es war, als würde es kein Morgen geben. Keinen der Besucher hielt es mehr auf seinem Sitzplatz. Hatte ich bisher schon einmal eine derartige Begeisterung miterlebt?

Das ganze Spektakel war einfach großartig gewesen. Je dunkler der Abend wurde, umso größer wurde diese Show. Mitsamt der Bühnenkonstruktion wuchs sie in ihrer Form über dieses so martialische und geschichtsträchtige Stadion hinaus. Irgendwann war ich inmitten dieses gigantischen Schauspiels einfach verschwunden.

»Amazing!«, schrie der Leadsänger immer wieder voller Begeisterung in sein Mikrofon.

Nur durch einen Zufall hatte ich die Konzertkarten für diesen Abend vor über einem halben Jahr im Internet erstanden. Irgendwo war ich über die Ankündigung dieser Konzerttour der Superlative gestolpert und klickte mich eher beiläufig durch die Links zum Vorverkaufsstart. Auf der interaktiven Seite des Anbieters war mir gleich diese im Verhältnis sehr preiswerte Ticketkategorie ins Auge gefallen. Es sollte die weltweit erste Stadion-Tournee werden, auf der eine Rundbühne zum Einsatz kommen würde. Mir gefiel die Vorstellung von den angebotenen Plätzen hinter der Rundbühne, also quasi backstage, ganz dicht am Ort des Geschehens sitzen zu können.

Vor über sechzehn Jahren war ich schon einmal durch einen Zufall in einem Konzert dieser Band gelandet. Mein guter alter Schulfreund schlug vor, auf gut Glück am Konzertabend nach Bremen zu fahren, um direkt am Stadion irgendwie günstige Eintrittskarten zu bekommen. Im Ergebnis standen wir an diesem Abend im größten Konzertgedränge mitten im Nirgendwo der tobenden Massen. Das Gute war, dass man in diesem Gewühle nicht umkippen konnte. Das Schlechte war, dass an eine ausreichende Versorgung mit Getränken oder gar an einen Toilettenbesuch nicht zu denken war. Trotz allem war dies bis heute eine der großartigsten Shows, die ich jemals gesehen hatte. Bis zu dem damaligen Konzert kannte ich die Songs dieser Band mehr oder minder nur aus dem Radio. Als Jugendlicher gab es kein Vorbeikommen an ihren vielen Hits. Schließlich gehörten diese vier irischen Jungs zu den absoluten Ikonen der 1980er-Jahre.

Nach diesem spontanen Konzertabend hörte ich nun also auch mit großer Leidenschaft ihre Alben über die Jahre rauf und runter. Ich weiß gar nicht mehr, warum ich ihre Musik dann irgendwann aus den Augen verloren hatte.

Ich entschied mich recht spontan, unsere älteste Tochter mit zu dem Konzert nach Berlin zu nehmen. In den vergangenen Jahren hatte ich es mir angewöhnt, immer mal wieder abwechselnd mit einem der Kinder etwas alleine zu unternehmen. Ich hatte recht früh gemerkt, dass es unserer Beziehung guttat, wenn ausnahmsweise mal keine Mama und keine störenden Geschwister mit von der Partie waren.

Wir hatten uns in einem schönen Wellnesshotel mit großem Schwimmbad- und Saunabereich eingebucht, von dem der Weg zum Olympiastadion nicht sonderlich weit war. Vor der Show shoppte ich mit meiner damals elfjährigen Tochter den Ku'damm rauf und runter. Es war ein toller und unbeschwerter Sommertag gewesen.

Jetzt saß ich völlig erschlagen auf diesem unbequemen Stuhl und sah den Arbeitern bei ihrer Arbeit zu. Das riesige Stadion leerte sich nur langsam. Bei dieser Menschenmenge war es eigentlich auch nicht sonderlich verwunderlich, dass es einige Zeit dauern würde.

Ich war immer noch wie hypnotisiert. Was hatte die Band da eben noch als letzten Song gespielt? Diese eher ruhige Schlussnummer mit ihren eindringlichen Beats hatte mir sämtliche Haare zu Berge stehen lassen. Ich hatte keine Ahnung, wovon der Song handelte, den die Band noch vor wenigen Minuten mehrstimmig gesungen hatte. Aber da war ein ganz bestimmtes Gefühl. Ich kannte dieses Gefühl. Ich wusste, dass ich mir diesen Song unbedingt besorgen musste, sobald ich wieder zu Hause war.

Am nächsten Tag stoppten wir auf unserem Heimweg noch kurz für einen abschließenden Besuch des über die Grenzen der Stadt bekannten Straßenflohmarktes. Wir wollten schauen, ob wir nicht für die Geschwister ein kleines Mitbringsel finden konnten, und hatten vor, so unser gemeinsames Wochenende gemütlich ausklingen zu lassen. Meine Tochter wühlte gerade an einem Stand mit kitschig schönen Porzellantassen, von denen wir eine meiner kleinsten Tochter mitbringen wollten, als ich das Stück wieder hörte.

Es schien ganz offensichtlich eine Live-Version dieses Songs zu sein, der mir seit dem gestrigen Abend nicht mehr aus dem Ohr ging. Woher kam das?

Ich musste diesen Song haben und ließ meine Tochter irritiert allein am Tassenstand zurück.

Einer der fliegenden Händler hatte sich die Mühe gemacht und bot am Nachbarstand seinen hübsch verpackten privaten Konzertmitschnitt des gestrigen Abends zum Kauf an.

Mein Gefühl vom Vorabend hatte recht behalten. Dieser Song war nicht nur im Stadion großartig gewesen. Er war einfach galaktisch. Dieser Song sprach mit meiner Seele.

Die Band hatte ihn denjenigen unter uns gewidmet, die irgendwo auf diesem wunderbaren kleinen blauen Planeten lebten und verzweifelt versuchten, nicht die Kontrolle über ihr Leben zu verlieren.

Der Titel dieses Songs war »Moment of Surrender«.

2

Es war jetzt bereits über ein halbes Jahr her, dass ich nach der unglücklichen Steinmassage mein Höheres Selbst besucht hatte. Im Grunde war der Besuch bei meinem Höheren Selbst ja eigentlich nichts Besonderes mehr. Immer wieder hatte ich auf die eine oder andere Weise Kontakt zu meinem göttlichen Kern aufgenommen.

Und doch war diese Meditation auf der leicht verschneiten Dachterrasse ganz anders.

Hinter mir lagen mehr als zwei Jahre, in denen ich wie ein Wahnsinniger versucht hatte, die Kontrolle über mein Leben zu behalten. Ich war getrieben von der unsäglichen Angst, dass mir diese Kontrolle ohne Vorwarnung aus den Händen gleiten würde.

Immer wieder hatte ich so schmerzhaft miterleben müssen, dass ich, egal auf welchem Weg ich es auch versucht hatte, einfach nicht in der Lage war, mein Leben zu kontrollieren.

»Ich gebe auf«, stellte ich an diesem Dezembernachmittag ganz nüchtern in den Raum der menschenleeren Dachterrasse.

Ich war ganz still und ohne Gram.

»Ich kann nicht mehr und ich mag auch nicht mehr. Ich werde ab sofort nichts mehr tun. Ich lege mein Leben in deine Hände. Ich werde nur noch das tun, was du mir vorgibst. Ich werde alles, was in mein Leben tritt, dankbar als unseren höchsten Plan annehmen.

Ich werde nicht mehr darüber nachgrübeln, was ich wann, wo, wie tun werde und welche langfristigen Konsequenzen mein Handeln für die Zukunft haben wird. Nur du hast von deiner höheren Warte den absoluten Überblick. Du kennst den Plan, den wir vor so langer Zeit gemeinsam für dieses Leben entworfen haben.«

Mein göttliches Selbst zeigte sich von meiner Entscheidung nicht sonderlich beeindruckt. Es schien mir, als ob es schon ein wenig ungeduldig auf diese längst überfällige Erklärung gewartet hätte.

In diesem Moment hatte ich losgelassen.

Wie oft hatte ich mir in den letzten Jahren diese Floskel bereits anhören dürfen. Zahllose Bücher widmeten sich nahezu ausschließlich diesem Thema und zelebrierten die unterschiedlichsten Rituale des Loslassens.

»Wenn du ein glückliches Leben führen möchtest, musst du einfach nur lernen loszulassen.« Das war doch ganz einfach.

Wenn ich unglücklich über meine Kindheit war, sollte ich diese einfach loslassen.

Wenn ich unglücklich mit meiner Partnerschaft war, sollte ich einfach loslassen.

Wenn ich unglücklich in meinem Beruf war, sollte ich einfach loslassen.

Wenn ich auf der Suche nach der Liebe meines Lebens war und ich diese einfach nicht finden konnte, sollte ich einfach loslassen.

Wenn sich der Kinderwunsch trotz aller Bemühungen nicht erfüllte, sollte ich einfach loslassen.

Wenn mein Geschäft nicht lief und die Rechnungen sich stapelten, sollte ich einfach loslassen.

Wenn ich krank war und trotz aller Medikamente einfach nicht gesund werden wollte, sollte ich einfach loslassen.

Wenn ich mit meinem Nachbarn einen erbitterten Kampf führte und er einfach nicht einsehen wollte, dass er ganz offensichtlich im Unrecht war, sollte ich einfach loslassen.

Wenn ich sah, dass meine Kinder den falschen Weg einschlugen und dabei waren, ihr Leben zu verpfuschen, sollte ich einfach loslassen.

Aber jetzt mal ganz im Ernst:

So einfach funktioniert das Ganze nicht!

Sobald ich diese schlauen Bücher aus der Hand legte, holte mich doch das wirkliche Leben sofort wieder ein.

Mein Leben und unsere Gesellschaft verlangten jeden Tag aufs Neue von mir, dass ich mich aufraffte und aktiv mein Leben in die Hand nahm.

Mit allem, was ich tat, war ich der Gefahr ausgesetzt, dass etwas schiefgehen konnte. An jeder Ecke drohte das nächste Unglück über mich hereinzubrechen. Ständig schien mein Leben aus den Fugen zu geraten.

Ich musste sparsam sein und gut auf mein Geld aufpassen. Ständig lauerte irgendwo die Gefahr, dass ich einem Betrüger auf den Leim gehen konnte. An jeder Ecke drohte mich jemand zu übervorteilen.

Wenn ich nicht rechtzeitig die richtigen Medikamente einnahm, drohte ich möglicherweise irreparabel oder sogar lebensgefährlich zu erkranken. Am sichersten war es doch, mich prophylaktisch mit den umfangreichsten Impfungen gegen die noch so exotischste Krankheit zu schützen.

Exotische Reisen sollte ich mir den Empfehlungen des Auswärtigen Amtes zufolge gut überlegen und vielleicht am besten ganz unterlassen. Das Reisen als solches war für mich ja eh schon ein Problem, weil ein Urlaub in aller Regel ja ein teures Vergnügen war und der sauer ersparte Notgroschen ja lieber auf der Bank bleiben sollte. Man konnte ja nie wissen, was einem als Nächstes Schlimmes widerfahren würde.

Und da waren ja auch noch die Risikofaktoren, denen ich mich trotz aller Vorsichtsmaßnahmen nicht einhundertprozentig entziehen konnte. Es gab so etwas wie Bankenkrisen und Finanzkrisen und Wirtschaftskrisen.

Bei den falschen politischen Entscheidungen drohte also auch noch meine letzte Sicherheit in Form meines sauer verdienten Ersparten pulverisiert zu werden.

Schließlich war bekanntlich nichts im Leben wirklich sicher. Was war, wenn ich von jetzt auf gleich arbeitslos werden würde oder mein Ehepartner kurzerhand durchdrehte und ganz plötzlich eine ruinöse Scheidung ins Haus stünde? Glücklicherweise konnte man sich ja bereits gegen eine ganze Menge unvorhersehbarer Dinge versichern, aber hatte ich bei der Auswahl meiner Versicherungen auch wirklich die richtigen Versicherungspolicen unterschrieben und würden diese auch wirklich zahlen, wenn ich in einer Notlage wäre?

Was war, wenn man für das Unvorhersehbare schlicht selbst die Verantwortung zu tragen hatte und die Versicherung nicht einsprang? Was war, wenn ich in meiner Lebensplanung etwas übersehen hatte?

Was war, wenn ich im Nachhinein feststellen musste, an einem ganz bestimmten Punkt in meinem Leben nicht fleißig genug gewesen zu sein? Oder wenn rauskam, dass ich eine Zeit lang einfach zu bequem gewesen war?

Ja, es war ganz offensichtlich wichtig, sich um sein Leben zu kümmern, und noch wichtiger war es, die Kontrolle über sein Leben zu behalten. Bei der kleinsten Schwäche und dem kleinsten Anzeichen eines Kontrollverlustes drohte mich das Leben in Stücke zu reißen. Und das wussten ich und die Menschheit nicht erst, seitdem es das Privatfernsehen und die Bild-Zeitung gab.

Trotz meines vorhandenen Wissens sollte ich mich also ganz gemütlich zurücklehnen und meine Probleme in aller Seelenruhe loslassen?

Mal ganz im Ernst – ich war doch nicht bekloppt.

3

Das Problem war nur, dass ich ganz aufrichtig keine andere Alternative mehr für mich sah, als einfach loszulassen.

Ich hatte über Jahrzehnte wie ein Löwe gekämpft und immer wieder versucht, die Kontrolle über mein Leben zu behalten. Ständig war ich dabei, irgendetwas zu planen.

Strebsam plante ich, wie meine berufliche Karriere verlaufen sollte. Ich plante, wann ich wieviel Geld verdienen musste. Ständig rechnete und grübelte ich. Das Problem war, dass sich mein Leben meist nicht so richtig an meine Pläne halten wollte. Oft war es wie verhext!

Je emsiger ich mich um die Erfüllung meiner Planung bemühte, desto weniger schien mein Leben darauf zu reagieren.

Sicherlich gab es auch immer wieder Abschnitte, in denen ich ohne große Mühen mein Leben scheinbar im Griff hatte. Das waren die Zeiten, in denen mir vermeintlich alles, was ich plante, auch gelang.

Aber leider gab es in meinem Leben halt auch immer wieder diese anderen Zeiten. Die Zeiten, in denen ich mich selbst grauenhaft quälte und verzweifelt versuchte, den Lauf der Welt zu beeinflussen.

Mit Grauen erinnere ich mich, dass ich bereits im zarten Alter von acht Jahren zum ersten Mal bewusst die Kontrolle über mein Leben verlor.

Damals ging es eigentlich nur um meine schulischen Leistungen. Sosehr ich mich auch anstrengte und so viel ich mit meiner Mutter auch übte. Es war mir einfach nicht vergönnt, in einem Diktat ein besseres Ergebnis als ein Ausreichend zu erzielen. Das war für mich und mein Leben die blanke Katastrophe. Schließlich stand hier nichts Geringeres als meine gesamte Zukunft auf dem Spiel. Ich machte mir mit meinen acht

Jahren ernsthaft Sorgen, mit diesen schwachen Leistungen in meinem späteren Leben nichts auf die Beine stellen zu können.

Schon die schlichte Ankündigung eines Diktates reichte aus, dass ich zu einem nervlichen Wrack mutierte. Ich kann mich noch sehr gut an eine Zeit erinnern, als mir meine Eltern aus blanker Verzweiflung Baldriantropfen verabreichten. Wohlgemerkt, ich war erst acht Jahre.

Trotz des Beruhigungsmittels kam ich auch in dieser Klassenarbeit nicht über die Note Vier hinaus.

Die guten Ratschläge aus meinem damaligen Umfeld wirken noch heute wie der blanke Hohn auf mich.

»Der Junge liest zu wenige Bücher. Würde er mehr lesen, würde er auch seine Schwierigkeiten mit der Rechtschreibung überwinden.«

»Der Junge ist zu unkonzentriert und macht gerade zum Ende der Diktate zu viele Flüchtigkeitsfehler. Er muss sich einfach mehr anstrengen.«

»Der Junge muss mehr üben, üben und noch mal üben, sonst wird das nichts.«

Dabei tat ich bereits mehr, als ich als Zweitklässler hätte tun sollen. Ständig diktierte mir meine Mutter irgendwelche Texte oder einzelne Lernwörter. Zusätzlich zwang ich mich, regelmäßig wenigstens ein, zwei Seiten der Bücher zu lesen, die mir die Lehrerin vorgeschlagen hatte.

Die Aufregung und die Ergebnisse meiner Diktate blieben trotz allem unverändert.

War es wirklich so entscheidend für meinen künftigen Werdegang, welche Noten ich in welchen Diktaten in der zweiten Klasse geschrieben hatte? Wäre es nicht vielleicht auch möglich gewesen, einfach auf die Diktate zu pfeifen und mal vom Gas zu gehen? Wäre schon damals das Loslassen die richtige Entscheidung gewesen?

Heute weiß ich, dass irgendwann der Zeitpunkt kam, an dem

die Rechtschreibung kein Problem mehr für mich darstellte. Das heißt nicht, dass das Thema Rechtschreibung für mich nicht bis heute mit Problemen behaftet wäre. Aber irgendwann hat es ganz einfach aufgehört, mich zu belasten. Ich habe halt eine Rechtschreibschwäche, na und? Wofür gibt es in jedem durchschnittlichen Schreibprogramm die automatische Rechtschreibkorrektur?

Die eigentliche Frage ist doch vielmehr, ob es wirklich notwendig war, mir selbst über Jahre hinweg das Leben so unnötig schwer zu machen?

Wäre es nicht eine Alternative gewesen, mich selbst so zu akzeptieren, wie ich nun mal war? Wäre es nicht auch damals schon möglich gewesen, einfach loszulassen?

Was bedeutete es eigentlich, einfach »loszulassen«?

Was würde passieren, wenn ich jetzt sofort »losließe«?

Meine Kaffeetasse würde unvermittelt auf den Küchenboden fallen und in tausend Stücke zersplittern.

Würde mir mein Leben genauso aus den Händen gleiten, sobald ich es losließe?

Würde ich mich und meine Familie durch die Aufgabe meiner Kontroll- und Planungsversuche in ein Chaos biblischen Ausmaßes stürzen?

Realistisch betrachtet war ich mit all meinen Kontroll- und Planungsversuchen immer wieder aufs Neue genau in diesem Chaos gelandet.

Immer wieder war ich gegen diese Wand gelaufen.

Ich habe es mit Fleiß und harter Arbeit versucht.

Ich habe taktiert und versuchte es mit List und Tücke.

Ich habe es aufrichtig und strebsam versucht.

Ich habe es auf dem spirituellen Weg versucht.

Ich habe sogar versucht, meine einzelnen Versuche miteinander zu kombinieren.

Immer wieder bin ich dabei irgendwann gegen diese verdammte Wand gelaufen.

Wenn ich bemerkte, dass ich äußerst schmerzlich mit meiner Nase in diese Wand eingeschlagen war, was tat ich dann?

Stoppte ich und ließ ich dann locker?

Nein – unbeirrt hielt ich für gewöhnlich starrsinnig an meinen Plänen fest.

Je mehr ich also in dieser Situation versuchte, mein Leben unter Kontrolle zu halten, und je verzweifelter ich an meiner Planung festhielt, umso heftiger donnerte ich immer wieder aufs Neue gegen dieselbe schier unüberwindbare Wand.

Es musste doch einen Weg geben, ohne mit dieser dusseligen Wand ständig aneinanderzugeraten.

Wo war die Tür oder die Brücke, um dieser dämlichen Wand einfach aus dem Weg zu gehen?

4

Die Frage war für mich irgendwann schlicht und ergreifend, ob es überhaupt möglich war, diese Wand zu überwinden.

War diese Wand, die ich immer wieder aufs Neue so schmerzlich kennenlernte, vielleicht ein ganz natürliches Hindernis? Stand das Hindernis nur deshalb in meinem Weg, weil ich nicht mehr auf dem richtigen Weg war?

Gab es überhaupt so etwas wie den richtigen Weg?

Immer wieder hatte ich in den Jahren davon gelesen, dass sich jeder Mensch vor seiner Geburt einen individuellen Lebensplan erstelle. In diesem Plan waren demnach alle maßgeblichen Dinge verzeichnet, die der jeweilige Mensch in seinem Leben erreichen oder erleben wollte. Manche Bücher sprachen auch davon, dass in unserem Lebensplan alle Erfahrungen verzeichnet waren, die wir in dem jeweiligen Menschenleben durchleben wollten.

Im Prinzip klangen diese Theorien sehr logisch für mich.

Immer wieder hatte ich das Bild von einem großen, mächtigen Fluss vor meinem inneren Auge. In der Mitte dieses mächtigen Stroms herrschte ein unsichtbarer, aber sehr kraftvoller Sog. Ohne sonderliche Mühe nahm diese Strömung alles mit, was sich in ihr befand.

Wenn ich mich in der Mitte dieses Flusses des Lebens befand, lief eigentlich alles wie von selbst. Ich wurde von dem Sog der Strömung ohne einen nennenswerten Krafteinsatz ganz bequem durch mein Leben getragen.

Tragischerweise schien ich immer wieder auf mystische Weise die Mitte meines Flusses zu verlieren. Je weiter ich mich dabei aus der Mitte des Stromes entfernte, desto weniger wurde ich von der Strömung getragen.

Der tragende Sog war plötzlich verschwunden und ich begann den Versuch, mich mit recht hektischen und kraftraubenden Schwimmbewegungen über Wasser zu halten.

Ich glaube sogar, dass ich manchmal die Mitte meines Stromes ganz freiwillig verlassen habe. Manchmal wollte ich an einem bestimmten Ort bleiben. Da waren Orte und Begebenheiten, die ich nicht einfach ziehen lassen wollte. Dann wollte ich ans Ufer, um mich festzuhalten. Und plötzlich kämpfte ich mit der gewaltigen Strömung. Sie trug mich nicht mehr, sondern ihre Wellen drohten mich auf einmal zu ertränken.

Ich war aus dem schöpferischen Sog herausgetreten und lag wie eine unbewegliche Robbe am Ufer. Unbeeindruckt überspülte mich das dunkle Wasser des Flusses und riss an mir. Mein Lebensfluss strömte dann förmlich an mir vorbei und es kostete mich eine ungeheure Kraft, mich gegen diese Urgewalten zu stemmen. Noch zerfahrener wurde meine Situation, wenn ich versuchte, an einen längst passierten Ort zurückzukommen und mich also entgegengesetzt der Strömung zu bewegen.

Wenn ich also verzweifelt versuchte, an genau die Stellen meines Lebens zurückzukehren, die mir irgendwann einmal so gutgetan hatten.

Es gab Momente in meinem Leben, in denen ich die größten Anstrengungen in Kauf nahm, um nicht weiter mit dem Strom schwimmen zu müssen. Dann wollte ich nur noch anhalten und entweder zu dem zurückkehren, was ich mal erlebt hatte, oder ich hatte einfach nur vor dem Angst, was mich hinter der nächsten Biegung erwartete.

Der Fluss meines Lebens blieb unbeeindruckt und das Ergebnis meiner Fluchtversuche war eigentlich immer das gleiche. Irgendwann gab ich entkräftet auf und glitt fast ganz von allein in die Mitte meines Flusses des Lebens zurück.

Es gab aber noch ein zweites Problem mit meinem Fluss des Lebens. Andauernd schien ich mich aus irgendwelchen Gründen in meinem Fluss zu verzetteln. Ständig versuchte ich mich auf eigene Faust durch dieses Gewässer zu navigieren und die Kontrolle zu übernehmen. Dumm war nur, dass ich aus meiner Position nur wenige Meter über das Wasser schauen konnte. Ich wusste nie, ob die vermeintlichen Stromschnellen, die ich vor mir ausmachte, wirklich so gefährlich waren oder einfach meiner Beschleunigung dienten.

Wenn sich mein Fluss zu gabeln drohte, wusste ich nie, welcher der Wege gut für mich sein würde. Was würde passieren, wenn ich mich für den einen oder den anderen Weg entschied? Wo waren die Hinweisschilder, wenn man sie am nötigsten brauchte?

Auch die anderen Menschen, die ich in den vielen Jahren in meinem Fluss getroffen hatte, schienen mir nicht wirklich bei der Suche nach dem richtigen Weg weiterhelfen zu können.

Die meisten dieser Menschen hatten für gewöhnlich einen oder auch gleich mehrere Ratschläge für mich und meinten stets genau zu wissen, welcher aus ihrer Sicht der richtige Weg war. In der Theorie klangen die meisten dieser Ratschläge auch sehr vernünftig. Allerdings beschlich mich im Verlaufe unserer Gespräche immer wieder das dumpfe Gefühl, dass meine Gesprächspartner zwar mit viel Weitsicht meine Probleme analysierten; wenn unser Gespräch aber auf die Suche nach ihrem eigenen Lebensweg kam, wurden viele meiner Gesprächspartner auffällig einsilbig.

Es schien mir, dass wir zwar alle gemeinsam den Fluss des Lebens irgendwie nutzten, aber im Grunde jeder für sich mit seinen ganz individuellen Problemen kämpfte.

Alle hatten anscheinend irgendwelche Dinge im Gepäck, unter denen sie litten, und schienen genauso wenig wie ich zu wissen, welchen Weg sie nehmen sollten. Im Grunde war es also zwecklos, einen anderen Menschen nach meinem Weg zu fragen.

Die Frage aller Fragen war eigentlich ganz simpel:

Wie erkenne ich meinen persönlichen Weg durch das Leben?

Mein mit dieser Frage verbundener Wunsch war ja im Grunde ganz einfach.

Ich wollte zukünftig die ständigen Umwege und Enttäuschungen, soweit es irgendwie ging, ausschließen. Ich wollte einfach nur ein glückliches und harmonisches Leben führen. Ich wollte in Freiheit, Frieden und Fülle mein Leben auf der Erde genießen. Ich wollte es mir in der Mitte meines Flusses bequem machen.

Das konnte doch nicht so schwer sein.

5

Diesen Moment kenne ich«, stellte meine Frau in der für sie so eigenen absoluten Art und Weise fest.

»Das ist der Moment, in dem die Kinder geboren werden.«

Seit Wochen beschäftigte ich mich nun schon mit diesem Song. Immer und immer wieder tauchte ich mit Haut und Haar in das Lied ein. Immer wieder spürte ich die Tiefe dieser klaren Textzeilen.

The Moment of Surrender.

Der Moment der Aufgabe.

Der Moment, in dem die Stille einzieht.

Der Moment, in dem Schöpfung geschieht.

Meine Frau brachte das Unbeschreibliche treffsicher auf den Punkt.

»In dem Moment, als ich aufgab, kam das Kind zur Welt.«

Und ja – auch ich kannte diesen magischen Moment.

Es hatte auch in meinem Leben diese Momente gegeben. Die Momente, in denen ich unter der Last meines Lebens zusammengebrochen war.

Die Momente, in denen es mir plötzlich egal war, was in Zukunft sein würde.

Mitunter kämpfte ich vor diesem Moment bereits seit mehreren Wochen darum, das vermeintliche Unglück abzuwenden. Je mehr ich mich gegen meine Ängste stemmte, umso tiefer rutschte ich in meinen ganz persönlichen Abgrund.

Solange ich kämpfte, legte mir immer wieder diese unsichtbare Macht ein weiteres Gewicht auf meine Schultern.

Irgendwann kam für mich ganz automatisch der Zeitpunkt, an dem ich von der Last auf meinem Rücken keinen Fuß mehr vor den anderen setzen konnte. Ich brach unter dem unerträglichen Gewicht zusammen und sackte auf meine Knie. Ich war geschlagen. Ich war gezwungen aufzugeben.

Genau in diesem Augenblick überkam mich diese unglaubliche Stille. Es war mir auf einmal egal, was mit mir geschehen würde.

Ich dachte nicht mehr an die Konsequenzen von unbezahlten Rechnungen.

Meine Gedanken liefen nicht mehr im Kreis.

Mir wurde es schlagartig unwichtig, was die Welt von mir denken würde.

Plötzlich wollte ich niemandem mehr gefallen.

Es spielte ganz offensichtlich keine Rolle mehr, was morgen oder in drei Jahren sein würde.

Es war still und ich war allein bei mir.

Ich konnte mich auch Jahre später genau an jeden einzelnen dieser einzigartigen Momente erinnern.

Jeder dieser Augenblicke stand für sich und markierte einen entscheidenden Wendepunkt in meinem Leben.

Stets war dies der Zeitpunkt, an dem sich meine Probleme auflösten.

Mein Leben machte an diesem Punkt jedes Mal einen entscheidenden Entwicklungssprung.

Alles wurde besser und begann einfacher als jemals zuvor zu laufen.

Wie hat die Band das in ihrem Song beschrieben?

Mein bettelnder Körper zwang mich
zum Rhythmus meines Herzens,
zum Rhythmus meines Lebens,
zum Rhythmus meiner Seele
zurückzukehren.

Ich weiß gar nicht mehr, wie häufig ich es versucht habe, eine meiner Krisen mit einem selbst erzeugten Wendepunkt zu beenden.

Gelungen ist es mir letztendlich nie, diesen Wendepunkt künstlich herbeizuführen.

Wie oft habe ich in meinen Krisen versucht, durch das Loslassen diesen Wendepunkt zu setzen?

Wie oft habe ich zu mir selbst gesagt, ich lasse jetzt los und ich weiß, dass dann alles gut werden wird?

Für gewöhnlich schloss ich dafür in einem stillen Moment die Augen.

»Du lässt jetzt ganz einfach alles los und die Schmerzen gehen vorbei. Du weißt, dass du alles loslassen musst, damit dein Leben wieder voller Energie weitergehen kann. Du weißt, dass dann alles wie von Geisterhand in Ordnung kommt. Es wird besser und schöner als jemals zuvor.«

Natürlich wusste ich, dass es diesen magischen Moment gab. Aber es gelang mir einfach nicht, mit einer mantraartigen Wiederholung meiner Absicht das System zu überlisten.

Das Loslassen funktionierte bei mir einfach nicht, wenn ich das Loslassen nicht auch in meinem Inneren spürte und wenn ich nicht auch bereit war, mein Aufgeben ganz tief in mir zuzulassen.

Für gewöhnlich hielt ich bereits bei dem Gedanken an mein Vorhaben, alles loszulassen, noch krampfartiger an all den Dingen fest, die ich nicht gehen lassen konnte.

Meist hielt ich ironischerweise genau an den Dingen fest, die mein Leben in den vorangegangenen Tagen und Wochen zur Hölle gemacht hatten.

Es war wie verhext. Schon bei dem Gedanken daran, alles loslassen zu müssen, ergriff mich ein Gefühl der tiefen Panik. Plötzlich musste ich auch noch gegen diese aufziehende Panik ankämpfen. Ich spürte, wie in mir die Angst vor dem Verlust meiner Errungenschaften die Kontrolle übernahm.

Ich war einfach nicht bereit, vor dem Nichts zu stehen. Ich wollte doch jemand sein. Ich wollte von allen gemocht und bewundert werden. Warum sollte ich das aufgeben, was ich im Grunde meines Herzens eigentlich sein wollte? Wie konnte ich das aufgeben, worüber ich mich selbst definierte?

Es tat mir schlicht und ergreifend gut, erfolgreich durch das Leben zu gehen. Ich gehörte doch nun mal zu den Gewinnern und es war in der Welt da draußen doch auch wichtig, zu den Gewinnern zu gehören.

Was würden meine Kinder von mir halten, wenn ich auf einmal nur noch ein Nichts sein würde? Sollte ich sagen: »Schaut her, ich habe aufgegeben, darum verkaufen wir jetzt eure Pferde«?

Letzten Endes wurde für mich immer klarer, dass ich nicht erst dann mit dem Loslassen anfangen konnte, wenn mein Dachstuhl schon lichterloh in Flammen stand und ich emotionell am Baum hing.

Wenn ich eh schon voller Angst und Panik vor der Zukunft war, wie sollte ich dann noch voller Vertrauen ganz in Ruhe loslassen?

Ich war schlicht und ergreifend in dieser Situation nicht mehr in der Lage, noch tiefer in meinen Schmerz zu gehen.

Ich beschloss für mich, dass ich künftig also schon viel früher damit anfangen musste, einfach loszulassen.

Ich musste damit bereits anfangen, solange es mir noch gut ging und solange mein Leben noch gut lief.

Wenn es mir gut ging, war es für mich im Grunde kein allzu großes Problem, mich zurückzulehnen und loszulassen.

Ich würde künftig schon deutlich vor dem Zeitpunkt aufgeben, an dem ich vom Leben dazu gezwungen werden würde.

Das sollte nicht bedeuten, dass ich mich von nun an lethargisch in meine Hängematte legte und nichts mehr tun wollte, als den lieben langen Tag loszulassen.

Ich fühlte, das war nicht der Plan, den ich vor meiner Geburt mit meinem Höheren Selbst vereinbart hatte.

Vielmehr entschloss ich mich, alle Planung und Koordination meines Lebens an meine höhere Instanz abzugeben. Ich entschied mich, mich künftig darauf zu verlassen, dass mein göttliches Selbst mir die Dinge schicken würde, die ich in meinem Leben brauchte.

Ich verließ mich darauf, dass mich mein persönlicher Engel sicher durch mein Leben leiten würde.

In der Praxis hieß das für mich, dass ich mich aus meiner Zukunftsplanung herauszog und ich lernen musste, von nun an vermehrt auf meine Gefühle zu hören.

Ich wusste, dass mein Höheres Selbst mir über mein Gefühl mitteilen würde, was ich wann und wie zu tun hatte. Oder sagen wir, ich hatte es im Gefühl, dass mein Höheres Selbst über das Gefühl mit mir kommunizierte.

Ich nahm mir vor, künftig alle Arbeiten, die auf welchem Wege auch immer auf meinem Schreibtisch landeten, mit Ruhe und Geduld auszuführen.

Ich machte mir fortan keine Gedanken mehr, welche langfristigen Konsequenzen mein Handeln haben könnte. Ich traf meine Entscheidungen im Moment des Augenblickes aus meinem Gefühl heraus.

Natürlich suchte ich auch weiterhin nach neuen Objekten, die mein Partner und ich für unsere kleine Gesellschaft kaufen konnten. Nur versuchte ich nicht mehr verzweifelt, diese mit aller Gewalt zu finden, und ich war nicht mehr in der ständigen Sorge, ein wichtiges neues Projekt übersehen zu haben. Mein Höheres Selbst würde dafür sorgen, dass ich zur rechten Zeit über das richtige Projekt stolpern würde.

Wenn wir dann eine Finanzierung für das neue Projekt brauchten, beantragte ich halt eine Finanzierung bei der Bank. Ich sorgte mich nicht mehr, ob wir auch eine Zusage erhalten würden und ob ich den richtigen Bankpartner mit den besten Konditionen ausfindig gemacht hatte. Ich wusste, dass mein

Höheres Selbst dafür sorgen würde, dass wir in die richtigen Hände kamen.

Wenn wir eine Immobilie kaufen wollten, unterbreitete ich dem Eigentümer einfach unser Kaufpreisangebot. Ich versuchte nicht mehr, den Verkäufer zu überreden, uns seine Immobilie zu unseren Konditionen zu verkaufen, und ich sorgte mich auch nicht mehr, dass er das Grundstück an einen Mitbewerber veräußern könnte. Ich wusste, dass mein Höheres Selbst dafür sorgen würde, dass wir nur die Grundstücke erwerben würden, die auch zu uns passten.

Wenn wir ein Projekt fertiggestellt hatten, bot ich unsere Immobilie auf dem Immobilienmarkt an. Ich vertraute darauf, dass der richtige Käufer zur richtigen Zeit kommen würde. Ich wusste einfach, dass ich niemandem mehr vorgaukeln musste, wie toll unser Angebot doch wäre. Schließlich würde mein Höheres Selbst den richtigen Käufer zu uns führen.

Ich arbeitete die Dinge, die mir gegeben wurden, nur noch ab. Dabei achtete ich unterschwellig ganz bewusst darauf, wie ich mich bei meiner Arbeit fühlte.

Fühlte ich mich irgendwie unwohl oder schlecht, legte ich die Dinge zur Seite. Es gab Tage, an denen ich meine Arbeit von jetzt auf gleich abbrach und den Tag lieber mit meiner Frau und den Kindern verbrachte.

Ich gewöhnte es mir an, meine Arbeit erst dann wieder aufzunehmen, wenn ein angenehmes Gefühl zurückgekehrt war. Anschließend gingen mir die einzelnen Arbeitsschritte wie von selbst von der Hand.

6

Januar 2010

Es war nun mittlerweile über ein Jahr her, dass ich diese Entscheidung getroffen hatte und meine Geschicke in die Hände meines göttlichen Teils gelegt hatte.

Es ging mir gut.

Es war nicht so, dass es keine Probleme und Sorgen mehr gab. Aber mein Umgang mit den einzelnen Herausforderungen hatte sich verändert. Ich hatte plötzlich einen Abstand zu den einzelnen Problemen und konnte die Dinge mit einer größeren Ruhe und Gelassenheit regeln. Immer wieder nahm ich mich in dieser Zeit ein ganzes Stück zurück und ließ meinem Höheren Selbst dadurch einen immer größeren Freiraum.

Das Schönste für mich war jedoch, dass ich mich nicht nur besser fühlte, sondern auch meine Geschäfte äußerst positiv auf mein neues Konzept reagierten. In allen Bereichen konnte ich eine positive Entwicklung verzeichnen. Diese Entwicklung war kein verklärtes Wunschdenken, sondern ließ sich an den monatlichen betriebswirtschaftlichen Auswertungen ablesen.

Endlich schien ich den Stein der Weisen für mich und mein Leben gefunden zu haben und dabei war diese Lösung so denkbar simpel.

Mein Konzept war zudem ja nicht nur auf meinen geschäftlichen Bereich beschränkt. Meine neue, bewusste Partnerschaft mit meinem Höheren Selbst machte sich in allen meinen Lebensbereichen sehr positiv bemerkbar. Immer wieder erhielt ich in den verschiedensten Lebenslagen kleine Informationen und Inspirationen.

Diese kleinen Eingaben unterschieden sich dabei deutlich von meinen alltäglichen Gedanken. Sie waren für gewöhnlich recht kurz und in ihrer Art deutlich zurückhaltender und leiser als meine Gedanken. Die Eingaben hatten eher den Charakter eines kleinen dezenten Hinweises und waren wie eine kurze Erinnerungsnachricht. Die Eingaben führten mich, anders als bei meinen menschlichen Gedanken, niemals in irgendwelche Argumentationsketten, die vom Hundertsten ins Tausendste gingen.

Ich merkte schnell, dass mich diese Eingaben immer aufs Neue durchströmten und so lange wiederkehrten, bis ich die Idee, die hinter der Eingabe steckte, in die Tat umgesetzt hatte.

Auch die Idee, mich wieder sportlich zu betätigen, ist auf genau diese Weise entstanden. Gut, es war eigentlich für jedermann ersichtlich, dass ich dringend ein wenig Bewegung nötig hatte.

Fast fünf Jahre war es mittlerweile her, dass ich meine letzte ernsthafte Laufrunde absolviert hatte. Ich hatte mich seinerzeit entschieden, meine regelmäßigen Laufrunden einzustellen, um mich noch intensiver um meine damals stark expandierenden Geschäfte kümmern zu können. Im Nachhinein war dies in figürlicher Hinsicht sicherlich die falsche Entscheidung gewesen.

Nun war ich seit einem Vierteljahr stolzer Halter eines Golden Retrievers und hatte ernsthafte Schwierigkeiten, mehr als eine Stunde mit diesem spazieren zu gehen. Ich denke, es waren gut und gerne vierzig Kilogramm, die ich zu viel auf den Rippen hatte.

Natürlich war dies nicht mein erster Versuch, wieder in Bewegung zu kommen. Ich hatte mich in den zurückliegenden Jahren immer mal wieder in meine Laufschuhe gezwängt und war auch Mitglied in einem wirklich tollen Fitnessclub gewesen. Irgendwie fehlte mir aber immer wieder nach nur wenigen Wochen der Antrieb und letztendlich der Spaß, um ernsthaft bei der Sache zu bleiben.

Ich erinnere mich noch sehr gut, wie ich völlig fertig auf meiner Hunderunde nach einem lächerlich kleinen Anstieg auf einer Bank saß und die Augenbrauen hochzog, als mein Höheres Selbst mich mit der Idee anstupste, doch etwas Sport zu treiben.

Ich ignorierte diese Botschaft für die nächsten Wochen einfach, was mein Höheres Selbst aber nicht im Geringsten zu stören schien. Es blieb einfach stur bei seiner Idee, Sport zu treiben, und kam dabei in den unmöglichsten Situationen mit den immer selben Worten um die Ecke. »Probiere es doch einfach mal aus. Es wird dir Freude bereiten«, sagte es, nicht ohne ein süffisantes Lächeln in der Stimme zu haben.

Sicherheitshalber konsultierte ich noch einmal meinen Heilpraktiker, bevor ich mich nun endgültig auf den Weg in ein Fitnessstudio machen wollte. Bisher hatte sein Pendel mir immer von derartigen Aktivitäten abgeraten. Nicht so an diesem denkwürdigen Tag. Ich weiß nicht, ob ich wirklich überrascht war, als sein Pendel die Idee meines Höheren Selbst zu einhundert Prozent bestätigte.

Und ja, ich hatte Spaß in diesem Fitnesscenter. Ich hatte so viel Spaß, dass ich nach nur wenigen Tagen bereits fünfmal in der Woche die Gewichte stemmte und den Crosstrainer quälte. Zeitweise besuchte ich jeden Morgen diese heiligen Hallen des Körperkultes und ich fühlte mich großartig dabei. Ich hatte hier Zeit für mich und genoss diese stumpfe Tätigkeit an den Maschinen. Ich hing meinen Gedanken nach und hörte intensiv die Songs, die ich am liebsten hörte. Es gab in dieser Zeit Wochen, in denen ich meinen Lieblingssong über die Aufgabe in allen Varianten hoch und runter hörte und dabei immer tiefer in die Emotionen der längst vergangenen Depressionen eintauchte. Immer wieder ging ich in diese Momente des tiefen Schmerzes zurück und es fühlte sich großartig an, diese tiefen Emotionen erlebt zu haben. In der rückwärtigen Betrachtung erlebte ich jeden einzelnen dieser katastrophalen Tiefpunkte meines Lebens als ein absolutes Geschenk. Es klingt widersprüchlich, aber genau das war es, was ich in diesen Wochen erlebt habe.

Quasi ganz nebenbei purzelten auch noch meine Pfunde und ich hatte nun wirklich das Gefühl, dass ein neuer Lebensabschnitt vor mir lag.

6

10. April 2010

Es kann gar nicht sein, dass ich jetzt eine Waise sein soll. Überleg doch mal. Wenn schon, bin ich jetzt eine Halbwaise. Schließlich hatte ja nur mein Vater einen Herzinfarkt und meine Mutter erfreut sich vermutlich bester Gesundheit.«

Ich war wütend und ließ den Motor unseres Familienwagens an. Der ganze Tag war total verkorkst gewesen. Schon beim Frühstück war ich mir mit unserer ältesten Tochter wegen einer Kleinigkeit derart in die Haare geraten, dass unser zwölfjähriges Mädchen weinend und türenknallend den liebevoll gedeckten Tisch verlassen hatte.

Auch ich bekam keinen Bissen mehr hinunter und stapfte mit meinem restlichen Kaffee in mein Büro in das erste Obergeschoss unseres Hauses. Ich war wie elektrisiert und hämmerte wütend auf die Tastatur meines Notebooks ein. Es dauerte nicht lange und meine sichtlich irritierte Frau kam zu mir.

»Was ist nur los mit dir?«, fragte sie mich. »So kenne ich dich ja gar nicht mehr.«

»Kunststück«, dachte ich bei mir. »Ich erkenne mich selbst nicht mehr.« Alles war auf einmal anders. Meine Gefühle spielten verrückt. Da waren Gefühle, die ich nicht einordnen konnte. Es schien, als ob sich alles veränderte, und ich fühlte mich außerstande, irgendetwas dagegen zu tun. Es war, als ob ich innerlich brannte. Es war eine derartige Unruhe in mir, die ich in dieser Weise noch nie zuvor erlebt hatte.

»Ich weiß es nicht. Die ganze Welt gerät wahrscheinlich aus den Fugen. Ich habe keine Ahnung, was da gerade passiert. Ich glaube, ich gehe erst einmal zum Sport. Vielleicht hilft das.«

Aber auch meine zweistündige Sporteinheit konnte meine

Gefühle nicht verändern. Irgendetwas hatte sich verändert, nur was? Es war zum Verrücktwerden.

Um ein wenig auf andere Gedanken zu kommen, verbrachte ich den restlichen Tag gemeinsam mit meiner Frau, den Kindern und natürlich dem Hund am Ostseestrand. Es war ein bezaubernder Frühlingstag. Am Strand war es nahezu windstill und wir genossen die ersten wärmenden Sonnenstrahlen des Jahres. Es war einfach schön, zusammen zu sein. Wir tranken Kaffee in einem kleinen Café am Strand und freuten uns über den selbst gemachten und noch warmen Blechkuchen. Als wir am frühen Abend wieder zu Hause ankamen, schien die Aufregung des Vormittags vergessen.

Ich hatte meine Jacke noch gar nicht ausgezogen, da klingelte auch schon unser Telefon. Meine Schwester schien ebenfalls einen schlechten Tag gehabt zu haben. Ihre Stimme klang aufgekratzt und hektisch.

»Hallo, ich bin es. Ich kann den Heilpraktiker nicht erreichen. Ich muss ihn ganz dringend sprechen. Hast du eventuell noch eine andere Nummer?«

Sie sagte, sie wisse noch nichts Genaueres, aber vermutlich hatte unser Vater vor wenigen Stunden einen Herzinfarkt gehabt. Sie war aufgeregt und sprach von einer Reanimation und von Krankenhaus und dass sie aber auch nichts Genaueres wisse, da unsere Eltern irgendwo auf Reisen waren. Ich verstand nur irgendetwas von Karibikkreuzfahrt und Saint Martin.

Mitten in unserem Gespräch klingelte ihr Mobiltelefon und meine Schwester beendete das Gespräch mit den Worten: »Oh, ich glaube, das ist unsere Mutter«, und legte einfach auf.

Während ich nun meinerseits versuchte unseren Heilpraktiker zu erreichen, schossen mir Tausende Gedanken durch den Kopf.

Ich hatte meine Eltern jetzt schon seit gut einem Jahr nicht mehr gesprochen oder gesehen. Irgendwie war ich in den letzten Jahren immer wieder mit meiner Mutter aneinandergeraten und nach einem weiteren katastrophalen Telefonat zu Ostern musste ich einfach eine Pause einlegen. Ich hatte gehofft, dass sich unsere Beziehung nach einer Pause von selbst beruhigen würde.

So wie meine Beziehung zu meinen Eltern immer schon war, bedeutete eine Pause mit meiner Mutter auch immer zwangsläufig eine Pause mit meinem Vater. Es gab sie entweder im Doppelpack oder gar nicht.

Auch unser Heilpraktiker konnte an diesem Tag nicht zur Aufklärung der Lage beitragen. Nach seinen widersprüchlichen Pendelergebnissen hätte mein Vater alles Mögliche haben können.

Ich setzte mich vor meinen PC und hoffte auf irgendeine Eingabe meines Höheren Selbst. Wo steckten die beiden nur? Ich wusste von meiner Schwester, dass unsere Eltern eine Kreuzfahrt machen wollten. Waren sie schon aufgebrochen? Hatte sie nicht etwas von einer Florida-Rundreise und von St. Martin gesagt? Ich fand eine Insel der Niederländischen Antillen, die genauso hieß. Waren sie vielleicht dort gestrandet? Ich sah auf Google Earth, dass es auf der kleinen Insel einen Kreuzfahrthafen gab. Ganz in der Nähe des Hafens befand sich ein einigermaßen großes Krankenhaus. Hatten sie es bis dahin noch geschafft? War dies das Krankenhaus, in dem mein Vater augenblicklich behandelt wurde? Ich schaute nach Flügen, mit denen ich die Insel erreichen konnte. War es wirklich notwendig, dass ich dort hinflog?

Immer wieder kam es mir dabei in den Sinn, meine Schwester zu besuchen. Sollte ich kurz rüberfahren? Es waren ja nur wenige Autominuten bis zu dem Haus, in dem sie mit ihrem Mann und ihren drei Kindern wohnte.

Ich war mir unsicher. Würde ich mit meinem Besuch für noch mehr Dramatik sorgen?

Aber auch nach unserem Familienabendessen kam mir wieder der gleiche Gedanke in den Sinn.

»Ich fahr kurz mal rüber«, sagte ich zu meiner Frau und verabschiedete mich mit einem flüchtigen Kuss.

»Jetzt bist du eine Waise«, sagte die leise Stimme in dem Moment zu mir, als ich mich in den Wagen setzte.

7

Der Tod meines Vaters war eine Erfahrung, für die ich immer noch ganz besonders dankbar bin.

Vor meinem Vater kannte ich den Tod nur durch den Verlust meines Großvaters. Mein Opa starb im Dezember 1996 und somit in dem Jahr, in dem ich im Sommer meine Frau geheiratet hatte.

Damals war es für mich, als wäre ich mit ihm gestorben. Ich kann mich noch sehr gut an den Schmerz der Trauerfeier erinnern, in der ich weinte wie noch nie zuvor in meinem Leben. Der Verlust meines Opas hatte mich zutiefst getroffen. Tagelang fuhr ich nach seinem Tod ziellos durch Hamburg, hörte Musik und heulte mir die Augen aus. Die Leute sagten, dass es mit über achtzig Jahren ja normal und gar nicht so schlimm sei zu sterben. Aber wieso interessierte das meinen Schmerz nicht?

Ja, auch beim Tod meines Vaters spürte ich die Traurigkeit. Aber ich erlebte die Gefühle der Trauer diesmal anders. Diesmal verstörten mich die Gefühle nicht. Es war Stille in mir. Ich spürte Verbundenheit.

Ich spürte Dankbarkeit, dass dieser Mensch mein Vater war.

Mein Vater war kein Mann der lauten Töne. Er gehörte eher zu den ruhigen Zeitgenossen. Nach seinem Tod fühlte ich, dass er ein herzlicher Mensch gewesen war, der es nicht mochte, über seine Mitmenschen zu bestimmen. Ich denke, er war zufrieden mit dem, was er hatte, und er schätzte es, wenn ihm die Leute seinen Frieden ließen. Das soll nicht heißen, dass er nicht unterhalten konnte und dabei nicht auch eine ganz gehörige Portion seines ihm ganz eigenen Humors mit sich brachte. Ich hatte nie das Gefühl, dass er versuchte, mich und mein Leben in irgendeine besondere Richtung zu steuern. Manchmal schloss ich aus seiner Zurückhaltung, dass er kein sonderliches Interesse an mir habe. Aber er hatte all die Jahre immer Interesse an einem Gespräch mit mir gehabt. Stundenlang konnte ich mit ihm über Gott und die Welt quatschen. Ich schätzte seine soziale Einstellung und seinen ausgeprägten Sinn für Gerechtigkeit.

Ich habe seinen Tod anders wahrgenommen als den Tod meines Großvaters. Es war ein bewusster Abschied und es hat mir sehr viel bedeutet, dass ich eine an ihn gerichtete, ganz persönliche Abschiedsrede auf seiner Trauerfeier halten konnte.

Die kleine Kapelle unserer Heimatstadt war bis auf den letzten Platz besetzt.

Für jedes unserer Kinder hatte ich eine kleine lachende Sonnenblume besorgt. Ich fand die Idee meiner Frau ganz großartig, gemeinsam mit meiner Familie nach vorn zu gehen, um dieses letzte Gespräch mit meinem Vater zu führen.

Ja, es war für mich ein ganz bewusster Abschied von einem besonderen Menschen in meinem Leben.

Ich glaube, der tiefe Unterschied in meiner Trauer um meinen Vater war, dass ich mich verändert hatte. Vielleicht hatte sich mein Bewusstsein in den letzten Jahren gewandelt. Vielleicht hatten sich aber auch nur meine Gefühle geändert. Es waren einfach andere Gefühle. Ich spürte noch eine ganze Zeit seine angenehme Nähe. Ich spürte, dass mein Leben weiterging. Es würde auch dann weitergehen, wenn ich ihn nicht auf einen Kaffee treffen konnte. Es war Frühling, als mein Vater starb. Die Natur entwickelte sich trotz seines Todes wie in all den Jahren zuvor.

Wie oft hatte er mir gesagt, dass er glaubte, nur ein Gast auf diesem Planeten zu sein. Jetzt wusste ich, dass er recht hatte. Er war abgereist. Er hatte seinen Urlaubsort verlassen und ich blieb noch für eine Weile.

Ich spürte, dass unser Abschied nicht für immer war, und ich fühlte, dass er nur schon einmal nach Hause vorgefahren war.

Ich spürte einfach nicht diese trostlose Endgültigkeit der Trauer um meinen Großvater.

Und doch hatte mir der Tod meines Vaters sehr deutlich gemacht, dass unsere Zeit auf diesem einmalig schönen Planeten begrenzt war. Wir waren nur Gäste. Es wurde mir immer deutlicher, wie wichtig es war, diese Zeit zu genießen.

8

August 2012

Das Salzwasser brannte in meiner Nase und ich hatte Schwierigkeiten, in der Bewegung ausreichend Luft zu holen. Immer wieder zog sich mein Kehlkopf zusammen und ich bemühte mich dabei, den Hustenreiz zu unterdrücken.

Die Wettkampfbedingungen waren eigentlich ideal. Es war ein schöner Spätsommermorgen. Nur eine leichte Brise strich über die Bucht, was mir auf der Radstrecke entgegenkommen würde. Die Wasseroberfläche der Förde war nahezu spiegelglatt, nur die schon von der Seebrücke erkennbaren Quallen trübten meine Vorfreude auf ein frühes Bad ein wenig ein.

Jetzt waren es nicht die Quallen, die mir zu schaffen machten. Die Quallen waren mir im Grunde scheißegal. Die erste der beiden rund siebenhundert Meter langen Runden war gut gelaufen. Ich erwischte einen passablen Start und konnte mich nach wenigen Metern vom Gros des Feldes etwas lösen. Ich fand schnell in meinen eigenen Rhythmus und hatte genügend Platz, um mein eigenes Tempo zu schwimmen. Gegen Ende der ersten Runde hatte ich noch das Gefühl, etwas an Geschwindigkeit zulegen zu können und erhöhte sachte den Rhythmus meiner Schläge.

Schon wenige Meter nach der Wendeboje spürte ich diesen Hustenreiz in der Brust. Ich dachte noch: »Komisch, was ist das denn?«, und räusperte mich, so gut wie es mit einem im Wasser liegenden Gesicht eben ging.

Nach weiteren vier oder fünf Schwimmzügen war der unwillkommene Reiz wieder da und ich hustete, während ich ausatmete, kräftig ins Wasser. Ich drehte meinen Kopf nach links und versuchte im Takt der Schwimmbewegung nach Luft zu schnappen. Kaum öffnete ich den Mund, verhinderte ein erneuter Hustenreiz eine ausreichende Sauerstoffaufnahme. Ich schluckte Wasser und versuchte den nächsten Armzug ohne die benötigte Atemluft zu überstehen. Wieder tauchte ich auf und wieder war der Husten da. Ich wechselte meinen Schwimmstil. Jetzt versuchte ich in der Brustlage weiterzukommen. Die Hustenattacken nahmen zu. Ich hustete fünfmal, ich hustete zehnmal, ich hustete ohne erkennbare Pause. Ich musste aus dem Wasser. Nur wie sollte ich hier schnellstmöglich rauskommen? Das rettende Ufer schien unerreichbar. Zum nächsten Steg waren es noch gute einhundert Meter. Ich atmete schnell und versuchte mich zu beruhigen.

Meine Rettung war letztlich das in meiner Nähe befindliche Kajak eines der Streckenposten. Mit kraftvollen Zügen zog dieser mich zum DLRG-Boot. Das Rennen war für mich gelaufen.

Enttäuscht und immer noch hustend fand ich mich kurze Zeit danach auf der Seebrücke wieder. Da war er wieder, dieser mir so bekannte Husten. Ich hustete und spuckte Schleim, während meine Mitstreiter an mir vorbei aus dem Wasser eilten und in ihren halb heruntergezogenen Neoprenanzügen in Richtung Wechselzone verschwanden.

Mit einem enormen Zeit- und Kraftaufwand hatte ich mich akribisch auf meine erste Wettkampfsaison als Triathlet vorbereitet. Teilweise trainierte ich deutlich mehr als zwanzig Stunden in der Woche. An Spitzentagen schwamm ich morgens eine Stunde, fuhr anschließend vier Stunden auf meinem Rennrad, lief dann eine lockere Zwei-Stunden-Runde, um abschließend noch einmal eine Stunde zu schwimmen.

Für mich als ehemaliger Couch-Potato war das ein enormes Pensum. Aber ich hatte Spaß an dem, was ich tat, und einen erfahrenen Trainer, der mich mit durchdachten Trainingsplänen versorgte.

Angefangen hatte alles mit meinem Entschluss, zusätzlich zu

meinen Einheiten im Fitnessstudio wieder mit dem Laufen zu beginnen. Wofür hatte ich denn einen Hund, wenn ich nicht auch gelegentlich mit ihm eine kleine Joggingrunde drehte?

Mein Entschluss, die Laufschuhe wieder rauszuholen, fiel in die Zeit der Vorbereitung der Trauerfeier für meinen Vater. Von da an lief ich regelmäßig die alte Runde, auf der wir in meiner Kindheit so häufig mit unserer Hündin spazieren gegangen waren.

Die Pfunde purzelten und ich lief weiter und stemmte meine Gewichte.

Im Januar 2011 stolperte ich dann im Tagesprogramm unseres Ferienclubs auf Fuerteventura über das Spinning-Angebot. Na ja, eigentlich war es meine Frau, die beim Frühstück die kleine Clubzeitung studierte.

»Sag mal, die bieten um zehn Uhr einen Spinning-Kurs an. Wollen wir da mitmachen?«

Bis vor einem Jahr hätte ich meiner Frau wahrscheinlich noch einen Vogel gezeigt und eine Teilnahme an einem derartigen Folterkurs kategorisch abgelehnt. Ich kann mich noch gut erinnern, wie ich mich vor Jahren schon einmal für einen Spinningkurs angemeldet hatte. Die Meldelisten lagen im Eingangsbereich zum Kursraum aus und man sollte sich bis zum Abend für die Kurse des Folgetages eingetragen haben. Vielleicht war es keine allzu gute Idee, dass ich noch eine ganze Weile dem Nachmittagskurs durch die Glastür zugesehen hatte. Es war schon erschreckend, wie sich die armen Teufel da auf ihren ungemütlichen Indoor-Fahrrädern abmühten. Die ganze Nacht träumte ich von schwitzenden Menschen, die in einer unvorstellbaren Schnelligkeit die Pedale kreisen ließen und mit ihren Hintern auf den schmerzhaften und in Wahrheit viel zu kleinen Sätteln hockten. Schon vor dem Frühstücksbuffet hatte ich die Hosen voll und erschien lieber erst gar nicht zum Kursbeginn.

Diesmal war alles anders. Diesmal ging ich hin und ich hatte wahnsinnigen Spaß dabei. In dieser Woche nahm ich an jeder Trainingseinheit teil, die angeboten wurde. Wieder zu Hause kaufte ich mir sofort meine ersten richtigen Fahrradschuhe und konnte es kaum erwarten, sofort wieder auf ein Fahrrad zu klettern.

Keine drei Wochen später bestellte ich mir mein erstes Rennrad und meldete mich kurz entschlossen zu meinem ersten Jedermann-Straßenradrennen über fünfundfünfzig Kilometer quer durch Hamburg an.

Euphorisch und voller Begeisterung lief ich nun durch die Gegend und erzählte jedem, egal ob es ihn nun interessierte oder nicht, von meiner neuen sportlichen Passion.

Ich kann mich sehr gut daran erinnern, dass es meine Fitnesstrainerin war, die vermutlich ganz unbewusst meinen Ehrgeiz weiter anspornte.

»Die Cyclassics mitzufahren ist ja ganz nett. Aber ich finde Triathlon ja viel spannender. Da muss man ja auch noch schwimmen und laufen. Wäre ich nicht schwanger geworden, hätte ich das dieses Jahr auch gemacht«, warf sie mir mit ihrem leichten russischen Akzent vor die Füße.

Meinen Einwand, dass das für mich ja wohl etwas zu viel sei, ließ sie nicht gelten.

»Da gibt es ja ganz unterschiedliche Strecken. Ich wollte in Hamburg die kurze Distanz machen. Das kannst du bestimmt auch schaffen.«

Natürlich fand auch ich, dass sie im Prinzip ja recht hatte. Nach einer ausreichenden Vorbereitung würde ich es sicherlich schaffen, fünfhundert Meter zu schwimmen, zwanzig Kilometer Rad zu fahren und anschließend fünf Kilometer zu laufen. Die letzten beiden Disziplinen konnte ich mir schon so sehr gut vorstellen und auch vor dem Schwimmen hatte ich keinen sonderlichen Respekt. Als Schüler war ich schließlich jahrelang aktiv in unserem Sportverein geschwommen.

Beim Zieleinlauf vor dem Hamburger Rathaus sah das alles schon wieder ganz anders aus. Auf meinen letzten Metern vor dem Ziel schwor ich mir, so einen Wahnsinn nie wieder zu machen. Meine Beine waren absolut leer und ich kann mich nicht mehr erinnern, wie ich es fertiggebracht habe, mich über die letzten Meter auf dem blauen Teppich bis ins Ziel zu retten.

Mit einer Medaille um den Hals und einer Zielzeit vor den Augen, die deutlich besser war, als ich es mir ausgerechnet hatte, waren meine Qualen sofort wieder vergessen. Ich hatte Blut geleckt.

Ich wollte bei meinem nächsten Wettkampf in einer deutlich besseren Verfassung im Ziel ankommen und beschäftigte mich von nun an mit Leistungsdiagnostiken, Ernährungs- und Trainingsplänen. Es kam mir mehr als gelegen, dass mein Leistungsdiagnostiker ein ehemaliger Triathlon-Profi war und er mir anbot, die optimalen Trainingspläne für meine Wettkämpfe zu erstellen.

Unter dem Strich war mein Plan nicht aufgegangen. Ich war nicht einmal in die Nähe des Zielbereiches gekommen. Niedergeschlagen saß ich auf der Seebrücke und ließ meine Beine über dem Wasser baumeln. Ich wusste es. Es war wieder dieser ganz spezielle Husten.

Im Grunde hatte ich es schon irgendwann im April oder Mai gespürt. Irgendetwas hatte sich verändert. Bis zu diesem Zeitpunkt lief mein Leben wie am Schnürchen. Einfach alles war in den zurückliegenden Jahren immer besser geworden. Ich war frei und zufrieden wie noch nie zuvor in meinem Leben. Alles war leicht. Selbst wenn Probleme meinen Weg kreuzten, gerieten meine Gefühle nicht aus dem Gleichgewicht. Seit mehr als drei Jahren lebte ich nun schon in einer Partnerschaft mit meinem Höheren Selbst. Meine Gefühle waren mit der Zeit immer klarer geworden. Es fiel mir nicht mehr sonderlich schwer, meine Gefühle zu verstehen und zu wissen, was mir mein Höheres Selbst sagen wollte. Ich konnte mittlerweile treffsicher zwischen einer Zustimmung und einer Ablehnung meines Höheren-Selbst-Gefühls unterscheiden.

Ich hatte das Gefühl, mich wunderbar auf meinen langen Trainingsausfahrten und meinen Dauerläufen mit meinem Höheren Selbst auszutauschen. Immer wieder lief auf meinen Einheiten dieser Gedankenstrom durch mich hindurch, ohne dass sich mein Verstand ernsthaft einmischte. Es waren wunderbare Stunden in der Natur, die ich in diesem meditativen Zustand verbrachte.

Nach dem diesjährigen Osterfest stockten unsere Geschäfte plötzlich. Wir hatten das letzte Jahr 2011 noch mit einem absoluten Rekordgewinn beendet und die ersten Wochen des Jahres 2012 versprachen ein noch erfolgreicheres Jahr. Mit dem Beginn des zweiten Quartals war auf einmal alles anders. Alles wurde von Tag zu Tag etwas schwerer.

Unsere gewohnte Dynamik und die berauschende Geschwindigkeit der letzten Jahre waren verloren gegangen und dieser deutlichen Schwere gewichen. Alle möglichen Entscheidungen schienen auf einmal irgendwo festzuhängen. Ich weiß nicht, wie häufig ich in diesen Tagen unserem Bankberater und den einzelnen Käufern und Verkäufern hinterhertelefoniert habe. Einfach alle unsere Prozesse verzögerten sich.

Mit jeder weiteren Zeitverzögerung geriet unsere finanzielle Planung zunehmend unter Druck.

Zuerst versuchte ich, einfach so weiterzumachen wie bisher, und bemühte mich, mich noch mehr in die Lösung der einzelnen Probleme einzubringen. Plötzlich hatte ich es dann mit Entscheidungen unserer Geschäftspartner zu tun, die nicht nur ungewöhnlich lange dauerten, sondern, und das war viel schlimmer, auf einmal ganz anders ausfielen, als ich es mit ihnen abgesprochen hatte.

Geplante Finanzierungen, Ankäufe und Verkäufe kamen

gar nicht mehr zustande und wurden aus den verrücktesten Gründen abgesagt.

Die Veränderungen beschränkten sich nicht auf mein Geschäftsleben. Diese Veränderungen waren auch in allen anderen Lebensbereichen nicht zu leugnen.

Auch in meinem privaten Leben schien nichts mehr so richtig zu funktionieren. Alle möglichen Dinge im Haushalt gaben fast gleichzeitig ihren Geist auf. Unsere amerikanische Austauschschülerin verletzte sich ihr Ellenbogengelenk bei einem unglücklichen Sturz vom Pferd und trug nun eine unpraktische Gipsschiene. Mein Cabriolet war Dauergast in der Autowerkstatt, die schulischen Leistungen gleich beider großen Töchter gerieten aus dem Gleichgewicht und der Schiedsmann der Gemeinde stand plötzlich bei uns vor der Tür. Ein Nachbar hatte einen Nachbarschaftsstreit gemeldet, von dem ich bisher nicht einmal gewusst hatte, dass es ihn überhaupt gab. Es schien kein Tag mehr zu vergehen, ohne dass mich die Nachricht über irgendeine Katastrophe erreichte.

Nicht nur, dass jede einzelne dieser Nachrichten ein Stück meiner Aufmerksamkeit an sich band. Schleichend überkam mich die Gewissheit, dass sich mein Grundgefühl täglich ein bisschen mehr verdüsterte.

Noch schlimmer war, dass ich mir keinen Reim darauf machen konnte. Was war aus meinem Konzept geworden? Sollte die schöne Zeit schon wieder vorbei sein? Wo steckte mein Höheres Selbst?

Völlig entnervt rief ich nach meinem missglückten Triathlon am folgenden Montagmorgen bei meinem Heilpraktiker an.

»Es geht schon wieder los und ich hab keine Ahnung, was ich machen soll. Ich habe einfach keine Lust, dass es schon wieder passiert. Ich habe das alles einfach so satt. Ich will das nicht mehr. Es muss doch einen Weg geben, da rauszukommen. Es gibt doch einen Weg, oder?«

9

Natürlich gab es diesen Weg und eigentlich wusste ich das schon seit Langem. Tief in mir spürte ich bereits vor mehr als zehn Jahren, dass ich müde war. Schon damals wollte ich eigentlich nur nach Hause.

Ja – ich wollte schon so lange nach Hause. Warum nur hatte ich diesen mir so wichtigen Wunsch wieder aus den Augen verloren?

Es war noch nicht die ganze Lösung, mein Schicksal in die Hände meines Höheren Selbst zu legen.

Da war noch etwas, was ich hier herausfinden wollte.

Ich war zur Welt gekommen, um herauszufinden, wer ich in Wirklichkeit war.

Ich war gekommen, weil ich glaubte, mich selbst aus dem tiefen Vergessen aufwecken zu können. Ich hatte mich auf den Weg gemacht, um aus eigener Kraft zu entdecken, wer und was ich in Wirklichkeit war.

Plötzlich merkte ich, wie ich wieder am Beginn meiner spirituellen Reise angelangt war. Wieder stand ich vor der Frage, wer ich in Wirklichkeit war.

Ich spürte die tiefe Verbindung in mir. Ich fühlte in diesem Moment all die Geschichten, die ich mit so viel Hingabe und mit noch mehr Tränen zu Beginn meines Weges gelesen hatte. Immer wenn ich die Geschichten unseres göttlichen Ursprungs gelesen hatte, begannen die Tränen der Wahrheit zu fließen. Jetzt war es für mich an der Zeit, aufzubrechen und dem Weg dieser Wahrheit zu folgen.

Wie immer befolgte ich zunächst den Rat meines Heilpraktikers und unterzog mich an den von ihm genannten Terminen einer Rückverbindungssitzung.

Mithilfe seines Pendels hatte er während unseres Telefonates herausgefunden, dass ich unbedingt an einer solchen Behandlung teilnehmen sollte. Wie er sagte, wäre es allerdings nicht gut, vor dem 20. August einen Termin für meine Rückverbindung zu vereinbaren.

Sollten es wirklich diese beiden einstündigen Sitzungen sein, die mich mit meinem göttlichen Ursprung verbinden würden?

Ich wusste es nicht.

10

Viel wichtiger als die Teilnahme an diesen Sitzungen schien es mir eigentlich, mich diesmal wirklich mit allem nötigen Ernst auf meinen Weg einzulassen.

Diesmal wollte ich meinen Weg bis zum Ende gehen. Ich wollte nicht eher wieder anhalten, bis ich wirklich auf mich selbst getroffen war.

In dem Moment meiner Entscheidung, meinem Weg zu folgen, verloren alle anderen Fragen meines Lebens ihre Bedeutung.

Ich wollte wissen, ob ich wirklich ein göttliches Wesen war.

Ich wollte wissen, ob wirklich alle Menschen dieses göttlichen Ursprungs waren.

Stammten wir alle wirklich aus der einen Quelle und hatten wir alle unser Leben auf diesem Planeten angetreten, um zu vergessen, dass wir in Wahrheit individuelle göttliche Wesen waren?

Was bedeutete es eigentlich, dass wir individuelle göttliche Wesen waren?

So sehr göttlich konnte ich selbst ja eigentlich gar nicht sein. Ganz offensichtlich war ich mit meinen Versuchen, mir meine Welt so zu erschaffen, wie ich sie wollte, immer wieder kläglich gescheitert. Mit großem Schrecken denke ich dabei an die Jahre zurück, in denen ich versuchte, mir meinen Lottogewinn zu erschaffen oder ich stundenlang einen Job manifestierte, den ich, Gott sei Dank, nachweislich niemals bekommen habe.

Allerdings hatte ich in den ganzen Jahren immer wieder gespürt, dass ich mehr war als dieses Wesen aus Fleisch und Blut, das mich jeden Morgen aus meinem Spiegel heraus ansah.

Woher waren all die Intuitionen und Vorahnungen der letzten Jahre gekommen?

Woher kamen all die Gefühle, die mein Leben immer wieder aufs Neue so nachhaltig beeinflussten?

Wieso hatte die Arbeitsteilung mit meinem Höheren Selbst in den letzten drei Jahren so gut funktioniert?

Was war mit den damals so lebendigen und schmerzhaften Rückführungen in die längst vergangenen Leben?

Da war mehr und ich wollte dieses Mehr kennenlernen und gemeinsam mit diesem Mehr noch sehr lange auf diesem wundervollen Planeten leben.

11

September 2012

Es hatte sich etwas verändert.

Meine Meditationen hatten sich verändert.

In den letzten zehn Jahren sah meine Meditation immer recht ähnlich aus. Bewusst oder unbewusst ging ich dabei immer wieder so vor, wie ich es damals von meinem Medium gelernt hatte.

Ich zog mich für gewöhnlich in die Stille zurück, ich schloss die Augen und stellte mir vor, dass ich auf einer Wiese stand. Ich stellte mir vor, dass ich meine Schuhe und meine Strümpfe ausgezogen hatte. Ich stellte mir vor, wie sich das frische Gras der Wiese anfühlte. Ich stellte mir vor, wie ich den sandigen Weg hinunterging. Ich stellte mir vor, wie ich mein Höheres Selbst traf.

Immer wieder *stellte ich* mir etwas vor. Stets war ich es, der *aktiv* war.

Genau das war der Punkt, der auf einmal anders war.

Ich trat jetzt nicht mehr *aktiv* in die Meditation ein.

Auf einmal stellte ich mir nichts mehr vor.

Ich schloss die Augen und im selben Moment wurde mir die Führung durch die Meditation aus den Händen genommen.

Diese Form des Kontaktes lag nicht wie bisher kurz hinter meinen geschlossenen Augenlidern.

Dieser neue Kontakt lag spürbar tiefer in meinem Kopf.

Dieser für mich neue Kanal lag tief und noch weit hinter meinen Gedanken.

In manchen Meditationen spürte ich, wie ich immer weiter, immer tiefer durchsackte und dabei durch das Feld der Gedanken hindurchrutschte. Erst hinter diesem Feld lag der für mich so neue Kanal.

Der Kanal bestimmte, was ich wann, wo und wie in den Meditationen erlebte.

Es kam vor, dass mir mein Kanal eine ganze Geschichte erzählte. Manchmal führte mich mein Kanal auch nur durch mein eigenes Feld. Mit der Zeit erkannte ich, dass mir mein Kanal ganz gezielt Informationen zukommen ließ. Informationen, die ich genau in diesem Moment für meinen Weg benötigte.

12

Die erste Reise durch meinen Kanal begann mit einem Wurmloch.

Ich schloss die Augen und sah, wie ich mit großer Geschwindigkeit durch dieses Wurmloch in eine andere Welt reiste. Dieses Wurmloch kann auch ein dunkler Tunnel gewesen sein, an dessen Ausgang ein weißes Licht zu erkennen war. Ich passierte das weiße Licht und fand mich in einer ganz anderen Zeit wieder. Meinem Eindruck nach zu urteilen war ich in der Zeit des Römischen Reiches gelandet. Ich befand mich in einem Kellergewölbe. Ich sah ein halbrundes, vergittertes Kellerfenster, welches sich unterhalb der geschwungenen Kellerdecke aus Naturstein befand. Das Kellerfenster ermöglichte mir den Blick in den Schauplatz einer Arena. Ich erkannte einen sandigen Fußboden und Menschen, die im Laufschritt mit ihren Sandalen den Sand zu staubigen Wolken aufwirbelten.

Immer wieder sagte eine leise Stimme:

»Es war nicht so, wie ihr es glaubt. Es war ganz anders.«

Ich wusste nicht, was diese Stimme damit meinte. Was war ganz anders? War die Geschichte des Römischen Reiches gemeint?

Es gab nur diese beiden Sätze. Es gab keine Erklärung.

»Es war nicht so, wie ihr es glaubt. Es war ganz anders.«

Durch das kleine Fenster erkannte ich, wie die Menschen Kreuze durch den Staub zogen und ganz offensichtlich damit beschäftigt waren, eine Kreuzigung vorzubereiten.

Wieder war da diese leise Stimme.

»Es ist nicht so gewesen. Es hat sich ganz anders zugetragen.«

Die Szene wechselte. Ohne Vorankündigung befand ich mich nun inmitten einer Runde von zwölf Männern, die in langen Gewändern um einen großen Tisch versammelt waren.

Ich fühlte, dass sich diese Runde nicht auf der Erde zusammengefunden hatte, wenngleich diese Männer aufgrund ihrer Erscheinung und ihrer Kleidung sehr gut in die Zeit der Römer gepasst hätten.

Die Männer diskutierten und gestikulierten angeregt wild durcheinander. Mit viel Engagement und ebenso vielen Emotionen waren sie dabei, einen Plan zu schmieden. Es schien mir, als planten sie etwas wirklich Bedeutendes.

»Es geht hier um nichts Geringeres als um den nächsten Abschnitt der Menschheitsgeschichte«, sagte die leise Stimme und verstummte.

Das Bellen unseres Hundes riss mich abrupt aus dieser Geschichte.

Ich saß wieder auf meiner Parkbank an dem kleinen Weg, der von unserem Haus direkt über die Felder führte. Unser Hund hatte drei Rehe auf dem Feld ausgemacht und hüpfte vor lauter Aufregung wie ein Flummi vor mir auf und ab.

Ich nahm von all dem keine wirkliche Notiz. Zu sehr war ich mit der Geschichte meiner Meditation beschäftigt. Ich spürte, dass ich den tieferen Zusammenhang – nein – ich konnte den tieferen Zusammenhang nicht erklären. Aber ich spürte, dass es einen tieferen Zusammenhang in dieser Geschichte gab. Aber ich verstand nicht, welche tiefere Bedeutung für mich in dieser Geschichte liegen sollte.

Auch in meiner nächsten Meditation wiederholten sich diese Bilder. Wieder beobachtete ich aus dem Kellerfenster diese Menschen, die sehr beschäftigt durch die Arena zogen. Wieder hatte ich keine Ahnung, welche Rolle ich in dieser Geschichte spielen sollte. Wieder besuchte ich die Gruppe von Männern, die immer noch an ihrem Tisch versammelt waren und angeregt diskutierten. Worüber diskutierten die Männer denn da nur? Ich sah, wie sich ihre Lippen bewegten, aber ich konnte keines ihrer Worte hören.

Kurz bevor ich die Augen öffnen wollte, war da wieder diese Stimme: »Es ist nicht so, wie ihr glauben sollt.«

Mit diesem Satz kam plötzlich wieder Bewegung in die Bilder.

Ich sah, wie die Männer anfingen Geschichten aufzuschreiben. Konzentriert und sehr ernst waren sie nun bei der Sache. Einer der ihren sollte die Hauptperson dieser Geschichten sein. Ich hatte diesen Mann schon einmal irgendwo gesehen. Die Bilder verschwammen mit dem Gefühl, diesen Mann zu kennen, und eine wahre Informationsflut strömte auf mich ein.

Ich hatte diese Geschichte schon einmal gehört. Ich kannte diese Gefühle.

Es war in etwa die gleiche Geschichte, die mir mein Heilpraktiker vor Jahren schon einmal erzählt hatte. Es ging wieder um das Experiment Menschheit. Ich spürte, wie dieses Experiment schon einmal gescheitert war. Damals in den Zeiten zu Atlantis war sich ein Teil der Menschen sehr bewusst, was sie im Grunde eigentlich waren. Ein Teil der Menschen hatte sehr schnell herausgefunden, dass sie den Zugang zu einer außergewöhnlichen Macht besaßen. Sie begannen mit dieser Macht zu experimentieren. Es gelang ihnen mit den Jahren, ihre Macht technisch zu erzeugen und diese über die Generationen auch noch deutlich zu potenzieren. Keiner der Menschen machte sich ernsthaft auf die Suche nach der eigentlichen Quelle seiner Macht oder stellte sich die Frage nach dem Sinn seines Lebens. Ihr Leben war bequem und es gab keinen Anreiz, sich auf die Suche nach sich selbst zu bemühen.

Dies entsprach allerdings nicht dem ursprünglichen Plan, mit dem die Menschen auf die Erde gekommen waren.

Die Quelle hatte diesen Planeten Erde erschaffen, um hier am Rande des Universums einen perfekten Spielplatz zu haben, auf dem sie sich selbst erfahren wollte. Die Quelle erschuf unzählige kleine Energiefelder, die auf diesem einzigartigen Planeten vergessen sollten, was sie in Wirklichkeit waren. Es war der Wunsch aller kleinen Energiefelder gewesen, ganz tief zu erfahren, wie es war, nichts von ihrem eigentlichen Ursprung zu wissen. Sie wollten diesen Ursprung aus eigener Kraft in sich selbst wiederentdecken und nach Hause zurückkehren.

Diese Gruppe von Männern war nun damit beschäftigt, ein Szenario für einen neuen Versuch der Selbsterfahrung zu entwerfen.

Sie wussten, dass sie den göttlichen Kern eines jeden Menschen sehr gut verstecken mussten, wenn sich jeder einzelne von ihnen völlig frei und eigenständig erfahren sollte.

Der Grundgedanke des Konzeptes Erde wurde mir immer deutlicher. Die Quelle wollte herausfinden, ob es ihr möglich war, zunächst zu vergessen, wer und was sie eigentlich war.

Nachdem sie sich dann am weitesten von sich selbst entfernt hatte, wollte sie im zweiten Schritt herausfinden, ob sie es aus eigener Kraft schaffen würde, sich selbst wieder zu entdecken. Ob es ihr gelingen würde, sich selbst in sich selbst wiederzuerkennen.

Genau zu diesem Zweck hatte sie eine unzählige Anzahl von kleinen, individuellen Energiefeldern ihrer selbst erschaffen und auf die Erde gebracht.

Das war ja alles ganz gut und schön. Mich interessierte letztlich eine Frage: Was hatte ich mit dieser Geschichte zu tun?

Warum erzählte man mir immer wieder diese Geschichte?

Warum zeigte man mir immer wieder diese Bilder?

Letztlich hatte ich ja bereits vor mehr als zehn Jahren von diesen Theorien gelesen. Ich wusste doch, dass ich ein individueller Aspekt Gottes war. Ich wusste, dass letztlich jeder Mensch ein individueller Aspekt Gottes war.

Meine geistigen Freunde zeigten sich von meinem Einwand unbeeindruckt. In den nächsten Tagen folgten die immer gleichen Bilder derselben Geschichte.

13

Ich gewöhnte mich in dieser Zeit daran, ganz konsequent dreimal am Tag in die Meditation zu gehen.

Am frühen Morgen nutzte ich meine Runde mit unserem Hund nicht mehr nur, um frische Brötchen für das Frühstück mit meiner Frau zu besorgen. Auf der kleinen Bank am Feldrand fand ich Ruhe und nahm so zum ersten Mal am Tag den Kontakt mit meinem Kanal und den geistigen Freunden auf. In der freien Natur konnte ich mich für gewöhnlich am besten in den Fluss der Informationen einklinken.

Die Informationen wurden indes immer deutlicher durch meinen Kanal übermittelt. Ich schloss auf meiner Bank die Augen und verschwand in den Bildern und Welten, die mir gezeigt wurden.

»Gott liegt in dir«, war die fortwährend wiederkehrende Botschaft.

Der Schwerpunkt meiner Meditation hatte sich nun gewandelt und die erzählte Geschichte änderte sich. Seit einigen Tagen stieg ich nun immer wieder eine steile Treppe hinab. Ich spürte, wie ich über diese Treppe durch meinen Körper mein Innerstes erreichte.

Als ich diese Treppe zum ersten Mal hinabstieg, waren ihre Stufen feucht und der enge Abgang mit Spinnenweben verhangen. Diese Treppe hätte mich auch hinab in das Verlies eines uralten Schlosses oder einer verlassenen Burg führen können. Die Fackeln an den Wänden waren schon seit Hunderten von Jahren nicht mehr entzündet worden. Die Stufen waren rutschig und ausgetreten. Es roch modrig und die Luft trug diese unangenehme und schwere Feuchte in sich.

Die Treppe war steil und führte mich immer tiefer bis an eine mächtige mit Eisenstreben beschlagene Holztür, die ich wider

Erwarten sehr leicht öffnen konnte. Im Inneren befand sich ein einfacher Tisch, auf dem eine einfache brennende Kerze stand. Die Flamme der Kerze warf flackernd Licht an die kargen felsigen Wände des Gewölbes und ihr Schein tanzte auf den Buchrücken der unzähligen in kräftiges Leder gebundenen Bände. Diese Bände gehörten allem Anschein nach zu einer Chronik, in der alle Einzelheiten zu allen meinen Leben aufgezeichnet waren.

Alle diese Bücher handelten immer wieder von meinen Versuchen, einen Weg zu Gott zu finden. Auf alle nur erdenklichen Arten hatte ich immer wieder versucht, Gott ein Stück näher zu kommen.

In all diesen Leben hatte ich an jedem erdenklichen Ort nach Gott gesucht.

In all diesen Leben war ich ganz offensichtlich nicht ein einziges Mal darauf gekommen, ganz tief in mir selbst nach Gott zu suchen.

Ganz hinten, etwas versteckt war in diesem großzügigen Kellergewölbe noch eine Tür.

Irgendwann entdeckte ich auch diese Tür. Als ich sie öffnete, stand ich unverhofft wieder vor der mir schon so gut bekannten zwölfköpfigen Männergruppe. Sie schienen mich schon erwartet zu haben. Sie scherzten und ulkten mit mir, so als ob wir uns schon seit Ewigkeiten kennen würden. Nur leider konnte ich immer noch kein Wort von dem verstehen, was sie sagten. Ärgerlich.

An manchen Tagen war ich mir eigentlich schon vor dem Beginn der Meditation sehr sicher, was mich auf der nächsten Reise erwarten würde. Ich schloss die Augen und erwartete, dass die Geschichte genau dort weitergehen würde, wo ich sie nur wenige Stunden zuvor verlassen hatte.

Weit gefehlt. Die ersten Bilder entsprachen zwar meinen Erwartungen, aber ich merkte sehr schnell, dass diese wohl nur ein Konstrukt meiner Gedanken gewesen waren. Die Bilder drehten sich nach einigen Augenblicken und das, was dann kam, stammte wieder aus dem viel tieferen Bereich, der so viel tiefer lag als das Feld meiner Gedanken.

14

Anfang Oktober 2012

Es war ein regnerischer Vormittag, und statt mich auf meine nasse Bank am Feldrand zu setzen, zog ich es vor, im Warmen zu bleiben. Ich war allein zu Hause, nur der Hund lag dösend auf dem Rücken vor meinen Füßen. Ich hatte es mir auf meinem Sessel in unserem Wohnzimmer bequem gemacht. Den Sessel hatte ich so platziert, dass ich durch die doppelflügelige Terrassentür einen wunderbaren Blick in unseren Garten hatte. Ich lehnte mich gemütlich zurück und freute mich auf einen kurzen geistigen Ausflug, bevor ich den Weg in mein Büro antreten würde.

Die Bilder wollten an diesem tristen Herbstvormittag nicht so recht in Gang kommen. »Gut«, dachte ich mir, »du brauchst dir keinen Druck zu machen.« Mit Druck funktionierten diese Reisen ohnehin nicht. Ich ließ also meinen Blick durch das restliche Grün unseres recht weitläufigen Gartens streichen. Die ersten Blätter hatten sich bereits leicht verfärbt und die wenigen Äpfel, die wir in diesem Jahr hatten, waren zum Großteil bereits reif vom Baum gefallen.

Ich spürte, wie sich mein Zwerchfell langsam zusammenzog. Ich kannte dieses Gefühl. Was im nächsten Augenblick folgte, war eine der mir wohlvertrauten Hustenattacken. Ich bemerkte, dass die Attacken sehr zu meiner Überraschung in den letzten Wochen ausgeblieben waren. Im Grunde waren diese Hustenkrämpfe doch immer da, wenn sich bei mir irgendetwas veränderte. Dieser Husten war für mich mittlerweile das untrügliche Zeichen gewesen, dass eine tief greifende Veränderung in mir im Gange war.

Ich spürte, wie da ganz deutlich etwas aus dem Bereich meines Magens nach oben wollte und sich mein Magen stärker und stärker zusammenkrampfte. Unser Hund erschrak sich, als ich hastig aufsprang und in Richtung Badezimmer verschwand. War es wirklich so, dass ich mich diesmal übergeben musste?

Als ich den Toilettendeckel mit einem kräftigen Schwung öffnete, war das Gefühl, mich übergeben zu müssen, verschwunden.

Ich spürte, dass da dennoch etwas rauswollte. Ich ließ mich wieder auf meinem Sessel nieder und schloss die Augen. In diesem Moment fühlte ich in mir das Etwas, das an die Oberfläche musste. Der Husten setzte ein und mit jedem einzelnen Hustenkrampf war da dieses Etwas, das schrittweise immer ein bisschen weiter nach oben kam.

Ich sah das Etwas. Es war eine feste, ebenmäßige Kugel in der Größe eines Pfirsichs.

Es war, als ob diese Kugel mit mir spielte. Mit jedem Hustenschub kam sie etwas weiter nach oben, sackte dann aber in der nächsten Atempause wieder ein kleines Stückchen ab. Mein Oberkörper zog sich jedes Mal aufs Neue zusammen und ich wand mich in der Anspannung auf meinem Sessel hin und her. Dabei rutschte ich mit meinem Hintern immer tiefer, bis irgendwann nur noch mein Rücken auf dem weichen Sitzkissen lag.

In der nächsten Hustenpause entschied ich mich, dem Ganzen ein Ende zu bereiten. Ich atmete durch und ging ganz tief in mein Gefühl. Ich wollte mich der Sache stellen – was immer es auch sein mochte.

Immer tiefer glitt ich in meine innerste Mitte.

Mit jedem Hustenschwall öffnete ich ein Stückchen mehr von meinem ganzen Sein. Schicht für Schicht kam ich meinem Selbst näher. Immer wieder ließ ich alles los, was ich loslassen konnte. Immer wieder ging ich einen Schritt tiefer. Jedes Mal wenn ich dachte, es gebe nichts mehr zu öffnen, öffnete ich mich abermals ein weiteres Stück.

Mit der letzten Hustenattacke war es vollbracht. Meine innere Kugel war aus mir herausgetreten.

Aber was zum Kuckuck hatte ich da so mühevoll aus meinem Innersten hervorgebracht?

15

Es fühlte sich gut an und ich fühlte mich komplett. Das war es, was meine Kugel mit sich gebracht hatte. Die Kugel erinnerte mich mehr an eine bewegliche Blase. Diese Blase dehnte sich nach dem Austritt aus meinem Körper gleichmäßig aus.

Die Blase wuchs weiter und nahm mich dabei ganz vorsichtig auf. Ich spürte, wie ihr Feld meinen Körper sehr angenehm und gleichzeitig sehr kraftvoll umschloss.

Erneut schloss ich meine Augen. Ich wollte sehen, was ich mit geöffneten Augen nur fühlen konnte.

Das Feld der Blase dehnte sich ganz langsam immer weiter in seinen Dimensionen. Als sie schließlich einen Durchmesser von etwa sechs Metern erreicht hatte, stoppte sie und begann sich an mir auszurichten. Die äußere Hülle schillerte dabei in allen möglichen Farben und erinnerte mich an die Struktur einer Seifenblase. In ihrem Inneren begannen sich unzählige hauchdünne Fäden mit mir zu verbinden. Diese Fäden waren feiner als ein menschliches Haar. Es waren hauchdünne, weißsilbrig schimmernde Energiebahnen, die sich ihren Weg durch das Feld bahnten. Sie pulsierten und flatterten ganz leicht dabei, genauso wie es ganz feine Spinnenweben taten.

Ich tauchte mit der Hilfe meines inneren Kanals noch tiefer in das Feld hinein. Mühelos folgte ich den einzelnen feinen Bahnen.

Mein Fokus verlagerte sich. Ich verließ die kleine Detailansicht der Energiebahnen und meine Perspektive weitete sich. Die Umrisse meines Körpers waren deutlich zu erkennen. Mein menschlicher Körper war ganz offensichtlich bereits vor der Ankunft des neuen Feldes von einem Energiefeld umgeben gewesen. Das alte Feld war grau und ermattet. Es hatte nicht die Größe und den Glanz des neuen Feldes.

Seine Oberfläche war unregelmäßig und ausgefranst. Mein altes Feld erinnerte mich spontan an das Gebilde eines alten zerrupften Weihnachtsbaumes, dessen Blütezeit längst vorbei war. Seine Nadeln hatte er bereits vor einiger Zeit abgeworfen und sein Glanz war längst verloren gegangen.

Die Energiefäden des neuen Feldes schenkten meiner abschätzigen Beurteilung keine weitere Beachtung. Die Fäden hatten alle Hände voll zu tun.

Sie waren emsig dabei, sich mit den Elementen des alten Feldes zu verbinden.

Immer wieder glitt ich nun gemeinsam mit den feinen Fäden durch das Feld. Ich konnte sehen, wie sich die Fäden und die einzelnen Elemente des alten Feldes ganz vorsichtig annäherten und dabei begannen, sich ganz behutsam miteinander zu verschmelzen. Immer wieder durchkreuzten neue Fäden ganz sachte mein altes Feld und lösten sich in den Strukturen meines Feldes auf. Das war kein Akt einer feindlichen Übernahme. Mein altes Feld wurde nicht einfach zur Seite gedrängt und gegen etwas Neues und Besseres ausgetauscht. So war es nicht. Die Verbindung beider Energiefelder, die Verbindung der einzelnen Stränge und Fäden ergab jetzt zusammen etwas Neues. Es vereinte sich, was von jeher ganz wunderbar zusammenpasste.

Es war wie ein gigantisches dreidimensionales Puzzle, das aus der Ferne betrachtet ein großes, harmonisches Bild ergab.

Wieder änderten sich die Bilder und ich fand mich irgendwo da draußen auf der anderen Seite der Galaxie wieder. Vor mir schwirrte das Lichtermeer der Sterne und Planeten. Der Himmel war glasklar wie in einer frostigen Winternacht. Es war still und die Lichtpunkte glitzerten leise vor sich hin. Irgendwo in der Weite sah ich das Aufblitzen eines Lichtpunktes.

Es war eine Rückmeldung, die für einen kurzen Augenblick durch das Universum gesendet wurde.

Es war die Rückmeldung, dass ein Mensch sich selbst wiedergefunden hatte.

16

»Woher weiß die Zelle eines Haares, dass sie die Zelle eines Haares ist?«

Es war einer dieser wunderbaren Tage im Herbst. Die Luft trug diese klare Kühle in sich und auf den Straßen und Plätzen tanzte das bunte Herbstlaub im immer wieder leicht auffrischenden Wind. Es war einer dieser letzten Tage, bevor die Betreiber der Cafés ihre Tische und Stühle einsammelten, um diese in ihrem Winterlager zu verstauen.

»Im Chemieunterricht habe ich gelernt, dass alle Materie aus Atomen und Elektronen besteht. Aber was ist es, das dem Atom sagt: ›Hey, liebes Atom, du bist ein rotes Haar und nicht der weiße Teil von der Rinde einer Birke?‹«

Ich machte eine Pause.

Meine Schwester überlegte. »Das ist das Bewusstsein«, war ihre kurze Antwort.

»Aber was ist Bewusstsein?«, lautete meine Frage auf ihre knappe Antwort. »Für mich war Bewusstsein bisher immer nur etwas, das ich bei einem Unfall verlieren konnte. War es wirklich das Bewusstsein, das die Elektronen so um den Atomkern kreisen ließ, dass dieses Gebilde die Zelle eines roten Haares ergab?

Ich habe Bewusstsein bisher nicht als so weitreichend begreifen können.

Wenn also dieses Bewusstsein erst aus den Einzelteilen der kleinen Zelle einen Bestandteil des roten Haares machte, wo hörte dann der Einfluss des Bewusstseins auf? Auch in der Haarwurzel des roten Haares musste es ja ein ›Bewusstsein‹ darüber geben, an welcher Stelle des Körpers diese Wurzel ihren Platz hatte.

Wenn ich mich gedanklich von der kleinen Zelle entfernte,

traf ich immer wieder auf eine größere, übergeordnete Ordnung, die dann ja auch über ein ›Bewusstsein‹ verfügen musste. Zudem müsste dieses ›Bewusstsein‹ ja auch noch sehr schlau sein, wenn alle diese einzelnen Bewusstseinsebenen so perfekt aufeinander abgestimmt waren.

Also – auf welcher Ebene unseres Lebens war die Grenze dieses ›intelligenten Bewusstseins‹ erreicht?

Gab es vielleicht so etwas wie ein ›intelligentes Bewusstsein‹, das die ganze Welt ordnete?

Das diesem scheinbar so unberechenbaren Leben doch eine höhere Ordnung gab?«

Meine Schwester zuckte mit ihren Schultern und nahm einen Schluck von ihrem Milchkaffee.

»Was wäre, wenn dieses ›intelligente Bewusstsein‹ wirklich existierte? Wenn es, sagen wir mal, ein Feld ist, das uns alle umgibt?

Wenn es ein Feld ist, das alles organisiert?

Das würde dann zwangsläufig bedeuten, dass im Grunde alles, was wir hier auf diesem Marktplatz sehen und wahrnehmen, von diesem Feld erzeugt wird, oder etwa nicht?«

»Ja klar, könnte schon sein. Worauf willst du eigentlich hinaus?« Die Augenbrauen meiner Schwester kräuselten sich leicht zusammen.

»Lass es mich anders ausdrücken. Wir wissen doch, dass alles aus Energie besteht. Letztendlich bestehen auch wir aus Energie. Da stellt sich doch die Frage: ›Wer oder was organisiert diese Energie?‹

Ich glaube, dass wir beide ausschließen können, dass die Menschheit aus purem Zufall entstanden ist.

Ich glaube, dass dieses ›intelligente Bewusstsein‹ etwas ganz Entscheidendes mit unserer Existenz zu tun hat.

Ich glaube, dass in diesem ›intelligenten Bewusstsein‹ alles gespeichert ist, was uns ausmacht.

Ich glaube, dass in diesem ›intelligenten Bewusstsein‹ nicht nur gespeichert ist, welche Haarfarbe wir haben, sondern dass einfach alles aus dieser Quelle stammt.«

»Meinst du nicht, dass in der menschlichen DNA unsere genetischen Veranlagungen gespeichert sind?«

»Ja, vielleicht ist dies der Ort, wo die ganzen Informationen gespeichert werden. Was wäre also, wenn meinetwegen in unserer DNA neben der Haarfarbe auch alle Informationen unseres Menschseins gespeichert wären?

Wenn dort wirklich alles gespeichert ist, was uns als Menschen ausmacht und zu diesem einzigartigen Individuum werden lässt?

Wenn irgendwo in uns all unsere Fähigkeiten, unsere Möglichkeiten und unsere Talente gespeichert sind?

Was wäre, wenn also unser ganzer Lebensweg irgendwo fein säuberlich gespeichert ist und wir uns im Grunde auf all diese Informationen einfach verlassen können?«

»Ja, aber wir entwickeln uns doch in unserem Leben immer weiter und lernen täglich neue Dinge hinzu. Wie passt das mit deiner Theorie zusammen?«, gab meine Schwester zu bedenken.

»Das ist im Prinzip genau die Frage, die ich mir im Moment stelle.

Ist es wirklich so, dass wir als Menschen unser Leben in der Hand haben?

Ist es so, dass wir wirklich Veränderungen herbeiführen können, ohne dass diese Veränderungen auch mit unserem Bewusstsein harmonieren?

Ich denke, dass wir da an einem ganz gehörigen Maß an Selbstüberschätzung leiden. Schau, ständig treffe ich Menschen, und auch ich zähle mich dazu, die stetig dabei sind, irgendetwas in ihrem Leben doof zu finden, und sich bemühen, dieses zu verändern.

Die einen fühlen sich zu dick, die anderen plagen finanzielle Sorgen, der Nächste ist unglücklich mit seinen Kindern, der andere hasst seinen Job. Alle haben immer irgendetwas an ihrem Leben auszusetzen. Alle glauben immer irgendetwas besser oder wenigstens anders machen zu müssen.

Wenn du dieselben Menschen dann nach einigen Jahren wieder triffst, hat sich in der Regel eigentlich nichts verändert.«

»Bei einigen ändert sich aber schon etwas«, entgegnete meine Schwester energisch.

»Ja, vielleicht hat sich bei irgendjemandem auch was verändert. Aber darauf will ich gar nicht hinaus. Jetzt schau doch mal mein Leben an. Ich habe zwei Themen, die mich schon mein Leben lang verfolgen.

Erstens mache ich mir seit jeher Sorgen um meine Existenz. Gott, was habe ich in meinem Leben schon unter diesen Ängsten gelitten! Was habe ich alles versucht, um diesen Ängsten zu entkommen!

Zweitens verfolgt mich dieser Körper, seitdem ich denken kann. Seit jeher habe ich immer wieder das Gefühl, zu dick zu sein. Und du weißt, dass es zeitweise nicht nur ein Gefühl gewesen ist. Ich war einfach dick.

Du weißt aber auch, was ich in den letzten gut fünfundzwanzig Jahren alles angestellt habe, um meinen Körper wirklich zu verändern.

Ich denke dann immer wieder an das rote Haar und meine Frage, warum die Zelle genau so war, wie sie nun einmal war. Ich denke zwangsläufig an die Informationen, welche die Zelle von dem ›intelligenten Bewusstsein‹ erhält.

Natürlich kann der Mensch, zu dem die roten Haare gehören, die Haare abschneiden oder grün färben.

Aber die Zelle bleibt die Zelle eines roten Haares. Der Mensch kann diese grundlegenden Informationen nicht ändern. Die Haarfarbe wird sich in ihrem Sein erst dann dauerhaft verändern, wenn die Zelle die gottgegebene Information erhält, jetzt grau zu sein.

Für mich und meinen Körper ist die Bedeutung dieser Erkenntnis eigentlich ganz simpel:

Solange das Bewusstsein die Informationen meiner Zellen nicht ändert, wird sich auch mein Körper nicht anders verhalten als bisher.

Ich denke, dass die wirklichen Veränderungen ausschließlich auf einer höheren Ebene des ›intelligenten Bewusstseins‹ stattfinden.

Ich bin mir sicher, dass ich immer wieder gegen eine Wand laufen werde, solange mein Wunsch nach einer Veränderung nicht von dem ›intelligenten Bewusstsein‹ mitgetragen wird. Wenn meine höhere Instanz da nicht mitzieht, ist mein Unterfangen aussichtslos.«

»Und du meinst ernsthaft, das ist die Erklärung dafür, dass ich mir seit Jahren immer wieder dieselben Geschichten von denselben Menschen anhöre. Ich meine die Geschichten, in denen die Menschen schon Hunderttausende von Veränderungen in ihrem Leben herbeigeführt haben und trotzdem immer wieder in die gleiche Situation geraten?

So wie die Frau, die von ihrem Ehepartner verprügelt wurde und nahezu das gleiche Schicksal in der nächsten Partnerschaft erfährt?«

»Das glaube ich.«

»Das wäre ja schrecklich. Dann wären wir ja machtlos der Willkür des Schicksals ausgeliefert.«

»Das sehe ich nicht ganz so. Du vergisst, dass dieses alles koordinierende Bewusstsein ganz offensichtlich hochintelligent ist.

Was wäre, wenn dieses ›intelligente Bewusstsein‹ ein persönlicher Teil von uns selbst wäre?

Oder noch viel besser:

Was wäre, wenn wir ein Teil dieses scheinbar übergeordneten Systems wären?

Was wäre, wenn sich herausstellen würde, dass wir nur ein untergeordneter Teil dieses größeren, intelligenten, persönlichen Bewusstseinsfeldes sind?

Wäre es nicht so, dass dann eine ganz große Last von uns fallen würde?

Wäre es nicht so, dass wir uns einfach in diese höhere Instanz einkuscheln könnten und endlich diese so quälende Last der Verantwortung für unser Leben abgeben könnten?

Könnten wir nicht sicher sein, dass es unsere eigene göttliche Intelligenz ist, die uns sicher durch unser Leben leitet?

Warum sollte ich mich hier auf Erden noch weiter quälen, wenn ich einen so mächtigen Partner an meiner Seite habe?

Könnte ich mich nicht einfach zurücklehnen und vertrauen, dass alles, was ich erlebe, aus der Quelle meines eigenen Feldes kommt?«

17

27. Januar 2013

Ich hatte mich vor gut fünf Monaten entschieden, dass es genau das ist, was ich bin.

Ja, und ich werde diesen Weg weiter ausprobieren.

Ich werde diesen Weg nicht nur ausprobieren, nein – ich werde ihn auch bis zum Ende gehen.

Bereits vor fünf Monaten spürte ich die Tragweite meiner Entscheidung.

In den ersten Wochen meiner Entscheidung malte ich mir immer wieder aus, was es bedeuten würde, falls sich herausstellte, dass ich mich geirrt hatte.

Ich lief Gefahr, alles zu verlieren, was ich besaß, und würde vermutlich in wirklich große Schwierigkeiten geraten. Konnte ich das wirklich riskieren und alles auf diese eine Karte setzen?

Auch die geistige Welt hatte mir damals immer wieder diese Frage gestellt.

»Bist du wirklich bereit, alles aufzugeben?«

Meine Antwort kam ganz deutlich aus meinem Gefühl und war jedes Mal ein ganz deutliches »Ja«.

Wie oft hatte ich in den vergangenen elf Jahren schon an meiner eigenen Göttlichkeit geschnuppert und hatte doch immer wieder zurückgezogen. Irgendwie war ich doch immer wieder ins Glied zurückgeschwenkt und hatte stets aufs Neue versucht, mein Leben auf die eine oder andere Art zu kontrollieren und zu steuern.

Meist kam dieser Schwenk ganz allmählich und schleichend. Irgendwann stand ich wieder auf der Kommandobrücke meines Lebens, umklammerte das Steuer unnachgiebig mit meinen Händen und donnerte mit Volldampf in die nächsten Klippen.

Ich entschloss mich, dieses Mal den Weg des Vertrauens bis zum Ende zu gehen.

Diesmal würde ich die Verantwortung für meine Leben nicht einfach einer höheren Macht übergeben.

Ich entschied mich ganz bewusst, meinen Platz in meinem Feld des »intelligenten Bewusstseins« einzunehmen.

Ich fühle, wie ich ganz eng mit dieser höheren Macht verbunden bin. Mein Wunsch ist es, mit allem, was zu mir gehört, in einer Einheit verbunden zu sein.

Ich möchte nicht mehr und auch nicht weniger sein.

Ich möchte ganz bewusst komplett mit dem verbunden sein, was ich nun einmal bin. Was jeder von uns nun einmal ist.

Für mich ist es ganz klar, dass wir alle vor einer unsagbar langen Zeit auf diesen Planeten kamen, um uns als ein einzelnes Individuum erfahren zu können. Wir alle stammen aus der einen Quelle und sind alle das gleichlautende Abenteuer »Menschsein« eingegangen.

Jeder von uns hat auf seiner Reise durch die Zeit die verschiedensten Dummheiten angestellt und es war herrlich, sich mit Haut und Haar auf all diese Rollen einzulassen.

Mit jeder neuen Rolle bin ich tiefer in das Vergessen geraten und konnte mich noch tiefer losgelöst von meinem göttlichen Sein erfahren.

Ich weiß, dass viele, vielleicht auch alle meiner Leben immer wieder von der Suche nach Gott geprägt waren. Ich habe auf alle erdenkliche Arten versucht, dem Göttlichen ein Stück näher zu kommen. Vielleicht lachten die zwölf Männer in meiner Meditation deshalb immer so freundlich über mich. Ich denke, dass sie mich schon lange beobachtet haben und immer wieder viel Freude dabei empfanden, wie ich auf den von ihnen gelegten Fährten wandelte und mich dabei immer weiter von meinem göttlichen Kern entfernte.

Teilweise verzweifelt suchte ich an allen erdenklichen Orten dieser Welt nach Gott. Nur in mir selbst wollte ich, aus welchen Gründen auch immer, nicht nachschauen.

Wie es mir in den Meditationen immer wieder gezeigt wurde, war es durchaus ein schwieriges Unterfangen, die richtige Dosierung für dieses Menschheitsabenteuer zu finden.

Es hatte wohl vor dem heutigen Konzept schon einige Versuche gegeben, die weniger erfolgreich verlaufen waren.

Ich glaube, dass es Versuche gab, in denen wir komplett ohne einen göttlichen Kontakt gewesen sind. Ohne dass wir wenigstens einen kleinen göttlichen Funken in uns spürten, konnte eine eigenständige Rückbesinnung nicht stattfinden.

Dann gab es wohl andere Versuche, und die viel zitierte Zeit von Atlantis wird wohl auch dazugehören, in denen die göttliche Verbindung sehr stark war und einige von uns über eine sehr gute Erinnerung verfügten. Ich persönlich glaube, dass das Ganze damals, aus welchen Gründen auch immer, einfach aus dem Ruder gelaufen ist.

Ich vermute, dass wir einfach sehr schnell sehr selbstherrlich wurden und vielleicht unsere göttlichen Kräfte nutzten, um uns als kleine allwissende Götter aufzuspielen.

Ich denke, wir haben damals außer Acht gelassen, dass wir als Mensch zwar ein ganz bedeutender Teil, aber eben nur ein Teil des größeren Ganzen sind.

Ich habe für mich in den letzten Monaten erfahren, wie es sich anfühlt, ein Teil dieser individualisierten göttlichen Einheit zu sein.

Ich bin mir ganz sicher, dass wir uns alle in ein und demselben großen Energiefeld befinden. In diesem großen Feld wurden oder haben sich kleinere Einheiten erschaffen. Ich fühle, dass ich als Mensch eine materialisierte Einheit innerhalb dieser kleineren Einheit bin. Ich weiß, dass ich ohne eine Verbindung meiner kleineren Einheit zu dem größeren Energiefeld nicht in meiner jetzigen Form existieren würde.

Mein eigenes göttliches Feld, welches ich seit meiner letzten Hustenmeditation ganz bewusst wahrnehme, war für die lange

Zeit der letzten, vermutlich zweitausend Jahre sehr gut in mir versteckt. Ich glaube, in jedem von uns steckt dieses göttliche Feld und wartet darauf, entdeckt zu werden.

Immer wieder habe ich in den Meditationen gesehen, wie wir uns als Menschheit konzipiert haben, um so ganz tief in das Vergessen gehen zu können.

Wir haben Geschichten aufgeschrieben und von einem Gott erzählt, der auf heiligen Plätzen und Gebäuden zu finden sei. Wir erzählten von einem Gott, der nur mit wenigen Auserwählten sprach und der uns seine Botschaften und auch seine Urteile über uns durch diese höheren Menschen mitteilte.

Wir haben all die bestraft, die ganz offensichtlich dabei waren, ihren eigenen göttlichen Teil in sich selbst zu erforschen. Wie viele Schamanen und Hexen sind auf den unzähligen Scheiterhaufen der Jahrhunderte im Namen Gottes gestorben.

Bis heute ist unser eigener Schöpfungsakt mit Scham belegt und die Frauen wurden und werden in den Religionen ihrer selbst wegen verunglimpft und entwürdigt. Geschieht dies womöglich nur, weil sich Frauen ihrer eigenen Schöpferkraft während der Schwangerschaft zu bewusst sind?

Viele meiner Sichtweisen über die menschliche Geschichte verändern sich, wenn ich daran denke, dass wir über Jahrhunderte versucht haben, uns so weit wie möglich von unserem eigenen Sein zu entfernen.

Ich fühle heute mehr denn je, dass die Zeit gekommen ist, mit diesem Vergessen aufzuhören. Vielleicht ist es das, was die Mayas mit dem viel zitierten Ende ihres Kalenders am 21.12.2012 ankündigen wollten.

Es ist an der Zeit, sich auf sein Selbst zu besinnen und nach Hause zurückzukehren.

Zurück nach Hause zu gehen bedeutet für mich, dass wir uns mit dem verbinden, was wir sind. Es ist erlaubt, dass wir ganz tief in uns gehen und entdecken, was immer schon in uns gewesen ist.

Für mich ist es an der Zeit, mich noch tiefer in dieses größere Energiefeld zu begeben und mein getrenntes Dasein langsam aufzugeben.

Ich weiß, dass ich mit dieser göttlichen Verbindung kein besserer und mächtigerer Mensch sein werde. Es geht hier mit Sicherheit nicht darum, besser als irgendjemand anders zu sein. Ich fühle, dass diese Verbindung uns einfach ein wenig »mehr« sein lässt, als wir es bisher waren.

Wir werden einfach kompletter. Ich spüre seit meiner bewussten Verbindung einfach nicht mehr diese Einsamkeit und Abgeschiedenheit, die ohne meine Verbindung immer da gewesen ist.

Ich weiß, dass ich diesem Feld vertrauen kann.

Ich weiß, dass ich mich *meinem* Feld anvertrauen kann.

Alles, was ich erlebe, kommt schließlich aus meinem Feld.

Warum sollte ich mich künftig also darum bemühen, irgendetwas an mir oder an meinem Leben zu ändern?

Alles kommt aus dieser einen Quelle, die mein göttliches Feld ist.

Alles kommt aus dieser Quelle, mit der ich mich ganz behutsam immer tiefer verbinde.

»Es gibt nichts zu tun. – Alles ist eins.«

Neale Donald Walsch